U0018836

AMOR TOWLES

上流法則

RULES OF CIVILITY

亞莫爾・托歐斯——著
謝孟蓉——譯

獻給瑪姬，我的彗星

《上流法則》作家及媒體評論

爵士時代年輕男女的紐約夢。——陳雨航（作家）

紐約舊時光撞上熱騰騰的青春，女孩與男孩的愛情較勁，細膩描述上流生活裡的虛無與衝撞，猶如是紐約的惶然錄，杯影喧囂中，浮顯無盡的孤獨感。角色深邃迷人，遊走紐約繁華各有掙扎，城市成了人生景幕，就像曼哈頓中城入夜的無盡燈海，迷離而清醒，寫出了一整個時代的愛情與城市風月，讓人愛不釋手，就像在舊照片裡指認了過去幽魂，讀來酣暢卻又有著淡淡青春的哀愁。——鐘文音（作家）

很好看，聰明、機智、迷人，有如小說中的苦艾馬丁尼。——大衛・尼克斯（David Nicholls），暢銷小說《真愛挑日子》（*One Day*）作者

最好的小說要能帶你完全進入另一個時空，這本出色的處女作正是如此，有著機智、智慧、豐富的語言，托歐斯引你認識一群難忘的一九三八紐約客，他們充滿驚喜、引人入勝，如此改變了本書的女主角。——J・科特妮・蘇利文，小說《Maine》作者

《上流法則》是本有著迷人深度的小說。托歐斯在第一本作品裡，於人物發展上展現出獨特才能，不管是在主要角色身上揭露新鮮的洞察，抑或是喚出次要人物的內心世界。托歐斯對於人性動態的掌握，毫無遲疑之處。——加州文學評論（*California Literary Review*）

這是一部觀察入微的故事，描繪一位來自布魯克林、充滿企圖心的年輕祕書，在三〇年代晚期的曼哈頓結識一幫上流階級聰明年輕人，迷人地召喚出格林威治的爵士場，華爾街咖啡館，曼哈頓中城的香檳酒吧，下東城的地下酒吧等具社交魔力的機運。——《紐約時報》書評（*The New York Times Book Review*）

明快而帶有黑色電影風格，托歐斯在這部時代散文中，描繪了一座城市複雜的人際關係，既是文化熔爐，又是菁英的小圈圈——還有徹底現代派的女主角在其中力爭一席之地，無所畏懼。——《歐普拉雜誌》（*The Oprah Magazine*）

極佳的初試啼聲之作……托歐斯〔探討了〕幾個重要的主題，包括愛情與階級，運氣與命運的邂逅，正是伊迪絲．華頓小說中的動力。——芝加哥論壇報（*The Chicago Tribune*）

非常成功的處女作……值得稱讚的是敘事強而有力，角色原創新穎，筆調受到費茲傑羅與卡波提的影響，卻又忠於本色。——出版人週刊（*Publishers Weekly*）

《上流法則》的強處在於尖銳辛辣、自信老練地召喚了三〇年代末期的曼哈頓。——華爾街日報（*Wall Street Journal*）

十分亮眼……充滿瀟灑俐落的對話、一針見血的評論，還有栩栩如生的角色陣容……托歐斯描寫一個瀕臨遽變的社會，寫其中的特色民情，優雅有之，氣魄有之。——全國公共廣播電台（NPR.org）

《上流法則》吸引讀者探索愛與把握時機，探索友誼與背叛，階級與金錢，全都在精彩的對話和緊湊情節中鋪展開來……文字風格如此豐富，可以從戲謔突然變為尖銳，讓讀者不得不緩下來，細細品嘗每一個句子。——克利夫蘭誠報（*The Cleveland Plain Dealer*）

放一張比莉．哈樂黛，倒一杯苦艾馬丁尼，遁入愷蒂．康騰充滿波折的人生……（托歐斯）對筆下這個特權小圈子瞭若指掌，也清楚身處其中那些個性鮮明、有時不顧一切的角色。——時人雜誌（*People*）

再怎麼煩膩厭倦的紐約人，都可以看出亞莫爾．托歐斯小說《上流法則》的美，這本小說就像一幅仿古肖像畫，描繪一個非真實的上流人物如何充分利用曼哈頓。——舊金山紀事報（*The San Francisco Chronicle*）

最有趣的是看托歐斯如何設計故事的明暗色調，他描繪出現今文化中少見的時代地景……此外，

（男性）作者對第一人稱強悍女性之聲的掌握，也令人印象深刻。——今日美國報（*USA Today*）

簡單說就是寫得太棒了……真正創造力十足、精彩而與眾不同的一本書——成功讓人感覺返回亨利．詹姆斯年代，用老練成熟的文句支撐完整成形的思考，而且令人耳目一新……〔托歐斯〕不像初出茅廬的小說家，簡直像是出版第十本作品了。——水牛城新聞報（*The Buffalo News*）

《上流法則》裡的人物大概沒有一個是表面上看起來那麼簡單，而且他們彼此誤讀——我們也誤讀了他們——如此演成了一場有趣的舞蹈……托歐斯對語言有一套迷人的辦法，而且聰明靈巧，筆下的角色很少見，既有說服力，又使讀者驚喜。——聖彼得堡時報（*St. Petersburg Times*）

傑出佳作……托歐斯的表現精彩萬分，針對女性、階級、「最偉大世代」的美國夢，發出打動人心的觀點。他致力於打造一九三〇年代紐約真實完整的圖像，在愷蒂的故事裡埋下無數豐富的細節——曖昧的，歷史的，幽默的——就連最不起眼的角色和地點都有其深度。——The Daily電子報

一半愛情故事，一半社會觀察，百分之百引人入勝。——Redbook雜誌

令人想起每一部傑出的紐約電影和小說……這是一則你會相信的故事，有血有肉，還有精彩的時代細節。——衛報（倫敦）

《上流法則》最突出的特色就是緊湊的節奏和那股無法抗拒的衝力……愷蒂是非常有趣的敘事者，憑她本身的魅力，也是令人難忘的角色。——電訊報（倫敦）

亞莫爾．托歐斯的處女作如此自信、成熟，讓你以為他寫作已有數十年……我們很容易可以想像，托歐斯這兩位令人難忘的女主角，出沒在雪梨、上海、柏林街頭。——雪梨晨鋒報

於是王對僕人說：喜宴已經齊備，只是所邀的人不配。所以你們要往岔路口上去，凡遇見的，都邀來赴宴。那些僕人就出去，到大路上，凡遇見的，不論善惡都招聚了來，宴席上就坐滿了客人。

王進來見賓客，看到那裡有一個沒有穿禮服的，就對他說：朋友，你到這裡來怎麼不穿禮服呢？那人無言可答。於是王對侍從說：捆起他的手腳，把他扔在外邊的黑暗裡；在那裡他要哀哭切齒了。因為蒙召者眾，獲選者少。

——《馬太福音》二十二章八至十四節

前言

一九六六年十月四日晚上，當時都已經步入中年後段的我和法爾，去了現代藝術博物館，參加「蒙召者眾」攝影展開幕晚會。這是沃克・艾文斯（Walker Evans）首次展出這批作品，三〇年代晚期在紐約地鐵上用隱藏式相機拍的人像。

社會專欄作家會稱之為「一流盛事」。男人都打了黑領結，呼應那些照片的色調；女人穿著豔燦燦的禮服，裙襬有長有短，長的至腳踝，短的至大腿上段。香檳放在小圓托盤上面，端盤子的是失業年輕演員，個個生著一副完美無瑕的俊臉，以及特技演員般優雅的體態。那些照片根本沒人看，賓客都忙著尋歡作樂。

有個喝醉的社交名媛追著服務生，腳下一個不穩，差點把我撞到地上。她不是唯一一個喝醉的；不知怎的，不到八點就在正式場合醉醺醺，已經是見怪不怪的事，甚至成了流行。

話說回來，也不是那麼難以理解。五〇年代，美國把全世界從腳跟提起來甩，已經把人家口袋裡的零錢都甩了出來。歐洲成了窮親戚，牆上是掛滿了紋章徽飾，桌上卻沒有餐具；而非洲、亞洲、南美洲那些個教人分不清楚的國家，正要開始爬過我們學校教室的牆，像太陽下不怕火的蠑螈。沒錯，有共產黨，在某個地方，但是麥卡錫已經進了棺材，沒有人上過月球，現下俄國人神出鬼沒還只是在間諜小說裡。

所以我們或多或少全都醉了。我們把自己發射到這個夜晚，像是衛星，繞著離地二哩高的城市轉，崩潰的外幣和精濾的烈酒為這座城供應電力。我們隔著餐桌喊叫，帶著彼此的配偶溜進空房間，痛快暢飲、隨意喧鬧，像希臘神祇那樣不知節制。到了早上，我們準時在六點三十分醒來，神智清明，樂天開朗，準備好回到工作崗位，在不鏽鋼辦公桌後面掌著全世界的舵。

那晚的聚光燈並不是打在攝影家身上。艾文斯年過花甲，對吃不感興趣，身形已然消瘦，撐不起自己那套晚禮服。他看起來很糟，一團模糊，讓人留不住印象，好似通用汽車退休的中級主管。偶爾會有人闖進他的孤獨之中搭訕幾句，但他有整整一個鐘頭站在角落，尷尬笨拙的樣子，像是舞會上最醜的女孩。

不是，大家的目光焦點都不是艾文斯，大家都看著一個頂上稀疏的年輕作家，這人剛剛寫了自己母親外遇的情史，大為轟動。他讓他的編輯和公關一左一右護著，接受一群書迷讚美奉承，像個狡黠的新生兒。

法爾好奇地看著那群馬屁精。他靠著推動瑞士連鎖百貨與美國飛彈製造商的合併案，一天就可以賺進一萬元，卻完全無法理解一個長舌夫怎麼能引起這麼大的騷動。

那位公關時時留心著周遭，正好與我四目交接，便招手要我過去。我速速揮了揮手，就攬住丈夫的手臂。

——來吧老公，我說。我們去看那些照片。

我們走到沒那麼擁擠的第二間展覽室，開始沿著牆慢條斯理逛了起來。幾乎所有照片都是橫幅構圖，拍攝坐在攝影者正前方的一兩位地鐵乘客。

這裡是一個嚴肅的哈林區青年，頭上圓頂禮帽歪得很大膽，蓄著兩撇八字鬍。

這裡是一個四十歲眼鏡男，穿戴毛領大衣和寬邊帽，一看就是幫派會計師的模樣。

這裡有兩個單身女子，梅西百貨香水櫃員，著實有三十多歲，自知金色年華已逝而臉色微慍，眉毛一路拔到布朗克斯區那麼遠。

這裡一個他；那裡一個她。

這裡年輕；那裡老。

這裡光鮮亮麗；那裡單調灰暗。

這些照片雖然拍了不只二十五年了，卻從來沒有公開展覽過，艾文斯顯然顧慮著影中人的隱私。這聽起來可能很奇怪（甚至有點自以為是），想想看，照片是在這麼公開的場合拍的嘛。可是看著他們的臉排列在牆上，你就會理解艾文斯的為難，因為照片事實上捕捉了赤裸裸的人性。許多人戴著無名通勤者的面具發呆，渾然不察有具相機直直對著自己，不知不覺中暴露了自己的內在。

一天搭兩次地鐵上下班求溫飽的人，都知道那是怎麼一回事。上車的時候，你戴著面對同事舊識的面具；那副面具你已經一路戴著通過旋轉閘門、穿過車廂滑門，讓同車的乘客看得出你是什麼樣的人——趾高氣昂或是小心謹慎，春心蕩漾或是冷淡漠然，荷包滿滿或是靠人救濟。可是你找到位子坐了下來，列車開動，停過一站又一站，乘客來了又去了，在列車搖籃似的晃動之下，你那副仔細雕琢的面具開始滑脫，思緒漫無目標地飄過你的憂慮和你的夢想，你的超我隨之慢慢消融。更棒的是，思緒飄進一團包圍著你的催眠狀態，連憂慮和夢想都退去了，宇宙的祥和寧靜充滿其間。

我們都會這樣，差別只在要花幾站的時間。有人要兩站，有人三站，六十八街那一站，五十九街那一站，五十一街，大中央車站。好輕鬆呀，那幾分鐘我們卸下防備，眼神渙散，找到獨處帶來的絕無僅有的真正慰藉。

在不知情的人眼裡，這場攝影調查一定教他們很滿意吧，那些年輕律師和新進銀行主管和神采奕奕的交際花，他們逛過一間間展覽室，一定是看著照片心裡想：**真是精彩巨作，多麼高的藝術成就**

呀，我們終於看到人性的面貌！

但是攝影當時正年輕的我們，如今見到這些影中人，卻像見到鬼魂。

一九三〇年代……

多折磨人的十年啊。

經濟大蕭條開始的時候，我十六歲，年紀正好夠了，夠讓我所有的美夢與期望都被二〇年代唾手可得的繁華給騙了。當時彷彿經濟大蕭條是美國刻意推出的政策，就只是為了給曼哈頓一個教訓。

股市崩盤結束以後，你不會再聽見人體撞擊人行道的聲音，但大家好像一起喘了一口大氣，接著寂靜就降臨整座城，像雪一樣漫天蓋地。燈光一明一滅，樂隊放下他們的樂器，觀眾安靜地朝門外走去。

接著風向變了，西風轉成東風，把奧克拉荷馬打工仔的沙塵一路吹回四十二街[1]。風吹沙滾滾翻騰而來，落在書報攤和公園長椅上，覆蓋了蒙福的人和被詛咒的人，像是埋住龐貝的火山灰。突然我們也有了我們的喬德家族[2]，他們衣著破爛，愁雲慘霧，步履蹣跚走在窄巷，經過汽油桶牛的篝火，經過破房子和破客棧，經過橋底下的墩子，緩慢但有條不紊地走向一個個心靈上的加州——跟真的加州一樣淒慘破落無濟於事。貧窮和無奈。飢餓和絕望。一直一直，至少要到戰爭的預兆開始照亮我們的腳步，才告終結。

是呀，一九三八年到四一年間沃克．艾文斯用隱藏式相機拍的肖像，是呈現了人性沒錯，不過是某一種特別的人性，向磨難低頭的那種。

1 西四十二街與第八大道交叉口有長途巴士總站。

2 史坦貝克小說《憤怒的葡萄》的主要人物，一家人由於經濟蕭條、沙塵暴影響收成等原因，不得不上路流浪，最後和眾多奧克拉荷馬州農民一樣，到加州打工，落腳在貧民窟。

我們前面幾步有個年輕女子正在欣賞展品，她頂多二十二歲，每張照片好像都是驚喜，好像她身處城堡中的肖像畫廊，裡頭的臉孔全都莊嚴而陌生。她的皮膚泛起紅暈，散發出不自覺的美麗，教我滿心嫉妒。

我不覺得那些臉孔陌生。那些疲憊的表情，得不到回報的凝視，都太熟悉不過。就好像你有過的那種經驗，你走進另一個城市的旅館大廳，看見其他客人的衣著舉止跟你如此相像，你一定會撞見某個不想撞見的人。

說起來，那天正是如此。

——是錫哥．古瑞欸，我說。法爾正走向下一張照片。

他走回我身邊，再看了一眼。照片中的二十八歲男子鬍子沒刮乾淨，穿著破舊大衣。看起來體重不到標準，少了二十磅，兩頰的紅潤也幾乎不見，臉上看得出來很髒。但他的眼睛炯炯有神，靈敏機警，而且直盯著前方，嘴角一抹極不顯眼的微笑，彷彿正在觀察攝影者；跨過三十年的凝視，跨過無數的邂逅，像是前來探訪，而且每一寸都像他自己。

——錫哥．古瑞。法爾複述一遍，印象模糊的樣子。我弟弟好像認識一個叫錫哥的，在銀行業……

——對，我說。就是他。

這次法爾更仔細研究照片，對受困逆境的點頭之交展現出禮貌上該有的興趣。不過他一定要冒出一兩個疑問來的，他會好奇我認識這男人多深。

——真是奇了。法爾只說了這句，並且非常不明顯地皺了下眉頭。

我和法爾開始約會的那個夏天，兩人都還只有三十多歲，錯過彼此的成人歲月頂多十年。但是十年夠長了，足夠每個人去過活度日、去誤入歧途；夠長了，像詩人說的，足夠時間去謀殺，去創新，或至少保證有疑問掉進你的盤子裡[3]。

但是法爾不太覺得向後看是什麼美德，關於我過去的祕密，關於其他好多事，他都以紳士作風為優先。

儘管如此，我讓步了。

——我也認識他，我說，有一段時間在同一個朋友圈裡，不過戰前我就沒聽過他的消息了。

法爾的眉頭舒展開來。

或許這些小小事實表面上的單純安撫了他，他更仔細研究照片，還搖了搖頭。短暫的搖頭動作既給了這次巧遇該有的反應，也是鄭重表示大蕭條有多不公平的意思。

——真是奇了。他又說一次，這次多了點同情味道。他挽住我的手臂，輕輕地拉我前進。

我們在下一張照片前面站了該有的一分鐘，然後下一張，再下一張。但那些臉像是反向電扶梯上的陌生臉孔，一張一張過去，我幾乎沒看進心裡。

看見錫哥的笑容……

過了這麼些年，我全無準備，感覺猝不及防。

或許只是我自滿——一個曼哈頓中年有錢人毫無根據的欣然自滿——但是穿過博物館裡一扇又一扇門的我，甚至願意發誓作證，我的人生已經達到平靜；我的人生是兩個人心性的結合，兩個都市靈魂的結合，緩慢而無可避免地向未來傾轉，就像向日葵轉向太陽。

3 引自T．S．艾略特（T. S. Eliot，1888～1965）詩作〈普魯弗洛克的情歌〉（*The love Song of J. Alfred Prufrock*）。

然而，我發現自己的思緒探向了過去，轉身背對現時千錘百鍊而來的圓滿，反而去搜尋已逝的一年間甜美的無常，搜尋那一年所有的邂逅——那些邂逅在當時看起來如此偶然無序，如此生氣蓬勃，隨著時間過去，卻變得有些命中註定的味道。

是呀，我的思緒飄向了錫哥，飄向了伊芙，但是也飄向了華勒斯．渥卡特和迪奇．范德淮，還有安妮．戈藍登。我也想起了那些萬花筒轉呀轉呀，給了我的一九三八年形形與色色。

我站在丈夫身旁，發現自己忙著把那一年的回憶留在自己心裡。

並不是那些回憶太可恥不堪，會嚇著法爾，或威脅到我們婚姻的和諧。正好相反，要是我和法爾分享，我說不定會更喜愛他。但是我不想分享，因為我不想稀釋了那些回憶。

最重要的是，我想要獨處。我想要踏出照在身上炫目的光圈，我想要去飯店酒吧喝一杯。不如搭計程車去一趟再也沒去過的格村吧，都多少年了……

是呀，照片裡的錫哥看起來很窮。他看起來貧窮，飢餓，前途無望。但是他同樣看起來年輕，活躍，而且奇怪地充滿生氣。

突然間，牆上那些臉孔彷彿在看我。地鐵上那些鬼魂，疲憊孤單的他們，在觀察我的臉，留意我臉上妥協的痕跡，那些痕跡給人類老化的五官抹上特有的悲涼感。

然後法爾嚇了我一跳。

——我們走吧，他說。

我抬起眼，他笑了。

——走嘛，等哪天早上沒這麼多人再回來看。

——好。

展覽室中央很擁擠，我們於是靠著牆邊走，走過那些照片。一張張臉孔快閃而過，像在最高戒備牢房裡的囚犯，一個一個從門上的小方窗往外望。他們的眼神緊跟著我，彷彿說著：**你以為你逃得了？**而後就在我們走到出口之前，其中一張臉擋下了我的腳步。

我的臉上浮現苦笑。

——怎麼了？法爾問。

——又是他欸。

牆上兩幅年長女性的肖像中間，夾著錫哥的第二張照片。錫哥穿著喀什米爾羊毛大衣，沒留半點鬍碴，領帶打了個俐落的溫莎結，搭在訂製襯衫的領子上頭。

法爾拉著我的手往前站，只離照片一呎。

——你是說跟剛才那張同一個人？

——對。

——不可能吧。

法爾走回第一幅肖像。我望向展覽室那一頭，能看到他仔細地研究那張髒兮兮的臉，尋找特徵。他走回來，站回原來的位置，距離穿著喀什米爾大衣的男子一呎。

——不可置信，他說，就是同一個人！

——請往後退離開藝術品，保全人員說。

我們往後退。

——不知道的人，會以為是完全不同的兩個人。

——是呀，我說，你說得沒錯。

——嗯，他顯然是東山再起了！

——不是，我說，這幅比較早。

——什麼？

——另一幅比這幅晚，另一幅是一九三九年拍的。

我指向說明牌。

——這一幅是一九三八。

不能怪法爾弄錯。會假定這一幅比較晚，是很自然的事，不只是因為展品排序在後的關係。一九三八這一幅的錫哥看起來不只是日子比較好過了，年紀也好像比較大，臉比較圓，有一絲務實的厭倦俗世的味道，彷彿一連串的成功裡頭夾帶了一兩樁醜陋的真相。一年後拍攝的照片看起來比較像承平時期的二十歲男子，生氣蓬勃，無所畏懼，天真爛漫。

法爾為錫哥感到難為情。

——哦，他說，真是遺憾。

他又挽住我的手，為錫哥搖了搖頭，也為我們大家。

——鳳凰變麻雀，他輕聲說。

——不對，我說，不見得。

紐約市，一九六九年

冬

1　友誼萬歲[4]

一九三七年的最後一夜。

沒有更好的計畫，沒有新年新希望，室友伊芙拖著我去了「新潮俱樂部」，一家取了個一廂情願的店名、深入格林威治村地下四呎的夜總會。

看一眼整間店，你看不出來這晚是除夕夜。沒有派對帽，沒有彩帶，沒有紙捲喇叭。一團爵士四重奏森森然占據著店後面一小塊空舞池，演奏那些愛我又離開我標準曲目，沒有歌手。薩克斯風樂師身材像巨人，表情陰鬱，皮膚像機油一般黑；他顯然掉進又長又孤單的獨奏迷宮裡，找不到路出來。低音提琴手是咖啡加牛奶的黑白混血膚色，有一小撮恭順的鬍髭，正仔細著要自己別催促薩克斯風；**砰，砰，砰，砰**，他彈著，以心跳一半的速度。

零零落落的客人，幾乎跟樂隊一樣提不起勁。沒有人精心打扮，這裡那裡有幾對情侶，但是沒有浪漫氣氛。正在戀愛或口袋有錢的，都上街角那家「社交圈酒館」跟著搖擺樂跳舞去了。再過二十年，全世界都會坐在這樣的地下室俱樂部，聽著反社會的獨奏者探索內在的不舒爽；但是在一九三七年最後一夜，如果你正觀賞著四重奏，那是因為你沒有錢看全套的樂隊，或是因為你沒什麼喜迎新年的好理由。

我們覺得一切都讓人很安心。

我們不太知道聽的是什麼，但我們聽得出來它有好處。這音樂不會燃起我們的希望，也不摧毀希望；裡頭有一種類似韻律的東西，還有過多的真誠，剛好構成讓我們出門離開房間的理由。我倆給了

4　本章標題The Old Long Since來自蘇格蘭民謠〈Auld Lang Syne〉，原詞歌頌友誼，許多西方人會在除夕與新年交接那一刻唱這首歌。此曲有名為〈友誼萬歲〉的中文版，此外以「驪歌初動，離情轆轆」開頭的〈驪歌〉也是根據此曲旋律填的詞。

它相應的待遇，我們穿舒適的平底鞋，簡單的黑色連身裙；雖然我注意到，伊芙在她那件普通衣服底下，穿了最貴的一套偷來的內衣。

伊芙．羅思……

伊芙是那種來自中西部令人驚豔的美女。

人在紐約，你很容易假定城裡最有魅力的女人都來自巴黎或米蘭，其實她們只是少數，更大一群來自字母I開頭幾個身強體健的州，像是愛荷華、印第安納、伊利諾。這些原始金髮美女的生長環境有適量的新鮮空氣，適量的打打鬧鬧，適量的無知；她們從玉米田出發，看起來就像有手有腳的耀眼星光。初春的每一天早晨都有其中一個跳下門前陽台，帶著玻璃紙包的三明治，準備向第一輛開往曼哈頓的灰狗巴士招手。曼哈頓，這座城歡迎所有美麗的事物，打量一番之後，就算不立刻納為己有，至少也會試試合不合身。

中西部女孩的一大優點，就是讓你分不清誰是誰。你一定分得出來紐約富女孩和紐約窮女孩，你也分得出來波士頓富女孩和波士頓窮女孩，口音和禮儀不就是這些作用嗎。但是在土生土長的紐約人眼裡，中西部女孩全長一個樣，說話也一個樣。當然啦，不同階層的女孩在不同的房子長大，在不同的學校念書，但是她們都有足夠濃厚的中西部謙卑感，以至於錢與權的感覺變得模糊，讓我們分不清濃淡。又或者她們的差異（在愛荷華首府再明顯不過）只是相比之下顯得小了——我們這兒的社會經濟階級可是有一千層的冰河沉積，下自包厘街上的垃圾桶，上至天堂閣樓。不論是哪一種原因，她們看起來**全都是**鄉下姑娘，純潔無瑕，睜著大眼處處是驚奇，而且敬畏上帝，雖然不見得完全清白無罪。

伊芙來自印第安納財富階級的上層。她父親有公司車載去上班，她早餐吃的是黑人莎蒂在食品室切的軟烤餅。她上過兩年淑女學校，在瑞士待過一個夏天假裝學法文。但是如果你走進一間酒吧初次見到她，你會無法分辨，她是玉米餵大的女孩來釣金龜婿呢，還是富家千金出門狂歡；你能確定的只有一件事：她是道道地地的美女。因此，要跟她熟起來，可以少了很多複雜的工夫。

毫無疑問她是天生的金髮藍眼睛。夏天裡她的披肩長髮是淡黃色，到了秋天就轉金黃，好像跟家鄉的麥田共鳴一樣。她有漂亮的五官和藍色眼睛，小小的酒渦如此明顯，彷彿兩頰中央各藏著一條細鋼線，每次她一笑就會從裡頭拉緊。是啦，她只有五呎五吋高，但她可以穿著兩吋高跟鞋跳舞，她也知道一坐到你大腿上就踢掉高跟鞋。

伊芙有一點值得稱讚，她在紐約是老老實實靠自己努力。一九三六年她到了這裡，帶著父親的錢，足夠在馬汀革太太寄宿公寓租一間單人房；還帶了足夠的父蔭，在潘布洛克出版社找到了行銷助理工作，促銷那些學生時代避之唯恐不及的書。

寄宿公寓的第二晚，她在餐桌邊坐下時不小心翻倒盤子，她的義大利麵正中我的大腿。馬汀革太太說除漬最佳良方就是用白酒浸泡，所以從廚房拿來一瓶夏布利白酒，讓我倆都到浴室去。我們在我的裙子上灑了一些白酒，剩下的全坐在地板上背靠著門喝光。

伊芙一拿到第一張薪水支票，就搬出單人房，也不再從父親的帳戶開支。伊芙自食其力幾個月後，爸爸寄來一個信封，裡頭裝著五十張十元鈔，還有一張溫馨小紙條，說他有多麼以她為榮。她把錢寄回去了，好像上面沾了結核桿菌一樣。

——要我躺在什麼下面都可以，她說，只要不是別人管東管西的大拇指就行。

所以我們一起省吃儉用。我們把寄宿公寓供的早餐吃得一粒不剩，中午就餓肚子；我們跟其他同一層樓的女孩交換衣服穿，幫彼此剪頭髮。週五夜晚我們讓不想吻的男孩請我們喝酒，吻幾個不想再吻一次的男孩換來一頓晚餐。偶爾在下雨的星期三，班德爾精品百貨擠滿了有錢人家的太太，伊芙會穿上最好的襯衫和外套，搭電扶梯到二樓，把一雙雙絲襪塞進自己的襯褲裡。我們遲交房租的時候，她也盡了力：她站在馬汀革太太的房門口，流下五大湖不帶鹹味的淚水。

⋯

那個除夕，我們打定主意只靠三塊錢儘可能拉長那一夜。我們懶得跟男孩混了，一九三七年我們已經給了不少人機會，最後幾個小時不打算浪費在遲到的人身上。我們準備待在這間店租便宜的酒吧裡，這裡的音樂算是值得認真聽，所以兩個漂亮女孩不會受到打擾；琴酒算是便宜，所以我們可以每個小時點一杯馬丁尼。我們打算多抽幾根菸，稍微超過文明社會允許的分量。一等什麼慶祝活動都沒有地過了午夜，我們就要去第二大道上的一家烏克蘭小館，那裡的深夜特餐有咖啡、有蛋、有烤土司，只要你五十分錢。

但是才過九點半不久，我們就喝掉了十一點的琴酒；到了十點我們把蛋和烤土司也喝掉了，兩人身上只剩四個五分鎳幣，什麼都還沒吃。是時候開始即興演出了。

伊芙忙著對低音提琴手拋媚眼。那是她的習慣，她喜歡在樂師表演的時候對人家搧睫毛，等到演奏空檔就跟人家討菸。這位低音提琴手當然有他特殊的魅力，黑白混血兒多半如此，但是他全神貫注在自己的音樂，視線全給了鐵皮天花板；除非神蹟出現，否則伊芙可引不起他注意。我要伊芙改向酒保送秋波，但是她沒心情聽我講理。她點了根菸，把火柴棒往肩後一扔、祈求好運。要不了多久，我心裡想，我們就得給自己找個施恩布德的大善人，否則我們也會盯著鐵皮天花板看了。

他就是在這個時候踏進俱樂部。

伊芙先看到他的。她原本向著舞台，為了議論幾句，把視線轉了回來，因此越過我的肩膀看到了他。她踢踢我的小腿，朝他的方向點了點頭。我把椅子轉了個方向。

他長得十分好看，挺拔的五呎十吋，打了條黑領帶，大衣披在手臂上；褐色頭髮深藍色眼睛，臉頰中央泛著星狀的紅暈。你可以想像他的祖先站在「五月花號」的舵柄旁，發亮的眼睛盯著地平線，鹹鹹海風吹得頭髮微捲。

——我要了，伊芙說。

他站在門口好位置，先讓眼睛適應陰暗，再掃視店裡的客人。顯然他來這兒找人的，一發現人不在，臉上便微微浮現失望的表情。他在我們隔壁桌子坐下，再看了一遍整間屋子，接著，他向女侍示意，又把大衣披在椅背上，動作一氣呵成。

大衣很漂亮。喀什米爾羊毛質料，色澤類似駝毛，只是再淺一些，像低音提琴手的膚色，而且上面一塵不染，好像剛從裁縫店帶走的一樣。這件大衣想必要花五百元，說不定不只。伊芙沒辦法移開目光。

女侍走了過來，像貓鑽進沙發角落似的；剎那間我錯覺她就要拱起背，在他的襯衫上練爪子。她聽他點菜的時候，先稍微往後站再彎下腰，對他敞開襯衫裡的風景。他似乎沒注意。

他點了一杯蘇格蘭威士忌，語氣極為親切禮貌，展現的敬意稍稍多過女侍應得的分。然後他靠到椅背上，開始觀察環境。但是他的視線從吧台移到樂隊的時候，瞥見了伊芙，她還盯著大衣看。他紅了臉，他剛才太專心環視室內、向女侍示意，竟然沒發現拿來披大衣的椅子是我們這邊的。

——真抱歉，他說，我太沒禮貌了。

他站起來伸手要拿。

——不會不會，一點都不會，我們說，這裡沒人坐，沒關係。

他停下動作。

——確定嗎？

——千真萬確，伊芙說。

女侍帶著威士忌出現，轉身要走的時候，他請她留步，然後提議各請我們一杯——舊年最後一次做好事，他這樣說。

我們已經看出來這人高貴，優雅，乾淨，像他的大衣一樣。他的言行舉止帶著那種特殊的自信，對周遭環境一視同仁的興趣，還有那種含蓄的假設，假設別人都會親切友善；這些只有在生長環境富而好禮的青年身上，才看得到。這種人沒想過自己在新環境不見得受歡迎，因此，他們很少不受歡迎。

一個男人沒人作伴，請了兩個漂亮女孩喝酒，這種情形下，你會認為不論他在等誰，應該都會想要搭訕聊一聊。但是我們這位大善人沒有，他舉杯向我們友好地點頭致意後，就開始啜飲威士忌，注意力放到了樂隊上。

兩首曲子過後，伊芙開始坐立不安。她一直瞄他，希望他能說說話，什麼都好。有一次他們四目交接，他禮貌地笑了一下。我看得出來，等這首曲子結束，伊芙就要主動找話說了，就算得把手上的琴酒翻倒在他大腿上，也在所不惜。但是她沒等到機會。

曲子結束，一個鐘頭以來薩克斯風手第一次開口說話。他用當牧師也不為過的低沉嗓音，長篇大論講起下一首曲目。這首曲子是新作品，獻給一位人稱「銀牙霍金」的鋼琴手；他在音樂家聚集的錫鍋巷[5]打天下，三十二歲英年早逝。這首曲子講的是非洲什麼的，曲名叫〈食錫魔〉。

他綁緊了鞋套的雙腳踏出一段節奏，鼓手在小鼓上複習一遍，接著低音提琴和鋼琴加入。薩克斯風手聽著同伴的樂聲，跟著節奏點頭。他用一小段活潑的旋律融入樂聲，像是馬兒在拍子的畜欄裡小跑步。接著他開始粗聲喧嚷，好像馬兒受了驚嚇，瞬間跳出圍欄。

我們的鄰桌客人看起來好像觀光客在向憲兵問路。他正好對上我的目光，特地為我做了個困惑的表情。我笑了出來，他也對我笑。

5 紐約錫鍋巷（Tin Pan Alley）是二十世紀初流行音樂重地。這一帶常有鋼琴聲響起，叮叮咚咚有如敲擊錫鍋，因而得名。

——那裡頭有旋律嗎？他問。

我把椅子靠過去一些，假裝聽不清楚。我傾身，傾角比女侍少了五度。

——什麼？

——我不知道那裡頭有沒有旋律。

——旋律出去抽菸了，很快就回來。不過我以為你不是為了音樂來的。

——這麼明顯？他靦腆地笑問。其實我是來找我家兄弟的，他是爵士迷。

從桌子這一頭我都可以聽見那頭伊芙的睫毛在拍動。喀什米爾羊毛大衣，加上兄弟組新年約會，女孩兒還需要多問嗎？

——等他的時候，要不要跟我們一起坐？她問。

——哦，我不想叨擾二位。

（出現了，我們平常不會聽到的詞彙。）

——你怎麼可能**叨擾**，伊芙責備他。

我們挪了個位置給他，他把椅子拉過來。

——錫奧多·古瑞。

——錫奧多！伊芙大呼小叫地喊著，連羅斯福都要人家叫他泰迪了[6]。

錫奧多笑了。

——我的朋友都叫我錫哥。

這不是很好猜嗎？那些上流社會新教徒就愛用普通人的行業給孩子取小名，錫哥啦，箍伯啦，鐵男啦。或許是為了回首聆聽他們十七世紀在新英格蘭一步一步踩出的靴帶聲——那些手工業把他們打

6　此處指錫奧多·羅斯福（Theodore Roosevelt，1858～1919），一九〇一至〇九年任職美國總統，人稱老羅斯福。泰迪是錫奧多這個名字的暱稱。

造成堅定謙遜的人，他們的上帝眼中善良貞潔的子民。或者，也可能只是一種出於禮貌的輕描淡寫，刻意不突顯他們天生的好命。

——我是伊芙琳．羅思。伊碧說，帶她的本名出來兜了兜風。這位是愷蒂．康騰。

——愷蒂．康騰！哇，所以你現在滿意嗎？[7]

——才不，再乾一杯看看有沒有機會吧。

錫哥舉起杯子，露出親切的笑容。

——那我就祝你一九三八年一切如意。

錫哥的兄弟一直沒出現。對我們反倒好，因為十一點左右，錫哥招女侍過來點一瓶香檳。

——我們沒有在賣香檳，先生。她的語氣絕對冷淡了些，因為現在先生坐在我們這桌了。

於是他跟我們一樣，再點了一杯琴酒。

伊芙的樣子美極了。她正在說兩個高中女同學的故事，說她們爭奪開學舞會的后冠，那股勁兒就像范德堡和洛克斐勒搶著做全球首富。其中一個女孩在畢業生舞會前一晚，跑到另一個家裡放了一隻臭鼬；對手的報復之道，則是在她十六歲生日那天，到她家前院草坪上倒了一堆糞肥。結局發生在某個星期天早晨，聖瑪利亞教堂的階梯上，雙方母親上演扯頭髮大戰；歐康納神父真是千金難買早知道，他出手勸解調停，最後得出了自己的一則經典金句。

錫哥笑得好用力，讓你不禁懷疑他好一陣子沒這樣笑了。他那些老天爺給的特色全都讓笑聲打亮了，他的微笑，他的眼睛，他雙頰上的紅暈。

——你呢，愷蒂？氣順了以後他問我。你從哪來？

7 愷蒂的姓是Kontent，發音同字義為「滿意」的content。

——愷蒂在布魯克林長大的，伊芙自願回答，好像搶到吹噓的特權一樣。

——真的？那裡怎麼樣？

——這個嘛，我不確定我們有沒有開學舞會王后。

——就算有開學舞會，你也不會去啦，伊芙說。

接著她靠向錫哥，一副神祕兮兮的樣子。

——愷蒂是你這輩子能遇到最火辣的書呆子。把她看過的書疊起來，你就能爬到銀河上了。

——銀河！

——頂多到月球吧，我勉強承認。

伊芙給錫哥一根菸，他婉拒了。但是她的菸才沾上嘴脣，錫哥就已經拿出打火機，純金製的，上面刻著姓名縮寫。

伊芙頭往後靠，噘起嘴往天花板噴出一縷煙。

——那，你自己呢，錫奧多？

——嗯，如果你把我讀過的書疊起來，我想大概可以爬到計程車上吧。

——不是啦，伊芙說，我問的是：你**自己**呢？

錫哥的回答全仰賴菁英階級的弦外之音：他**來自**麻薩諸塞州，他**在普洛維登斯念大學**，他替**華爾街上的小公司**工作——意思就是說，他出生在波士頓的黃金地段，讀布朗大學，現在在祖父創立的銀行工作。這種答非所問通常就是虛偽，讓人一眼就看透，覺得討厭；但是從錫哥嘴裡說出來，卻感覺是真誠的惶恐，擔心常春藤盟校文憑的陰影會破壞氣氛。他說自己住在**上城**，以此結束自我介紹。

——上城哪裡？伊芙「一派天真地」問。

——中央公園西路二一一號，他有點尷尬地說。

中央公園西路二一一號！貝瑞斯福華廈，二十二層樓高，有露台的公寓大廈。

伊芙又在桌底下踢我，不過她聰明識趣，換了個話題。她問起他的兄弟什麼樣子？比他大，比他小？矮一點，高一點？

亨利．古瑞年紀大一點，身材矮一點，是個畫家，住在西村。伊芙問起最適合描述他的一個詞，錫哥想了想，選了「絕不動搖」，因為他哥哥向來知道自己是什麼人，想要做什麼事。

——聽起來好累，我說。

錫哥大笑。

——好像是哦。

——而且有點乏味？伊芙提出意見。

——不不，他絕對不乏味。

——欸，我們還是會堅持站在動搖這一邊。

聊到某個時候，錫哥向我們告退離座。五分鐘過去，然後十分鐘，我和伊芙開始心神不寧了；他不像是拍拍屁股留下帳單那種人，但是在公廁待上一刻鐘，就是女孩也算久了。就在恐慌來襲之際，他又出現了，臉頰發紅，小禮服的布料散發出除夕夜的冷空氣，手裡抓著香檳瓶頸露齒而笑，像逃學的小孩抓著一條魚的尾巴。

——大成功！

他朝鐵皮天花板砰一聲開了瓶塞，引得每個人投來勸阻的目光。低音提琴手除外，他的牙齒從鬍髭底下偷偷露出，還一邊點頭一邊給我們**砰，砰，砰**！

錫哥把香檳倒進我們的空杯子裡。

——我們需要新年新希望！

——我們「沒有在賣」新年新希望，先生。

——不如這樣，伊芙說，我們來替彼此立下新希望？

——如此甚好！錫哥說，我先來。到了一九三八年，你們兩個……他上下打量我們。

——應該大方一點，別那麼害羞。

我們都笑出聲了。

——好了，錫哥說，換你們。

伊芙毫不猶豫。

——你應該打破慣例，別再一成不變。

她抬起一邊眉毛，瞇著眼睛看他，彷彿在下戰帖。他大吃一驚，顯然是讓她說中了。他慢慢點著頭，然後微笑。

——多好的願望，他說，用來替別人許願的話。

午夜將臨，我們開始聽見街上傳來的歡呼聲和喇叭聲，於是決定加入外頭的慶祝活動。錫哥用新鈔付了高過帳單金額的錢。伊芙抓起圍巾，當頭巾一樣包在頭上。然後我們就搖搖晃晃地穿過一張張桌子，走向黑夜。

到了外頭，天還在下雪。

我和伊芙走在錫哥左右兩邊，挽住他的手臂，像在取暖一樣靠向他的肩膀，然後挾著他走上韋佛利街，直往熱鬧歡騰的華盛頓廣場而去。我們經過一家時髦的餐廳，兩對中年夫婦從餐廳出來，上了等在路邊的車；他們開走的時候，餐廳門僮喚起錫哥注意。

——再次謝謝，古瑞先生，他說。

這裡顯然就是我們那瓶香檳的來源，而且有人得到了豐厚的小費。

——我才該謝你呢，保羅，錫哥說。

——新年快樂，保羅，伊芙說。

——新年快樂，小姐。

華盛頓廣場公園覆滿落雪，看起來無比可愛。雪花飄到每一棵樹上，落在每一座門上。那些曾經高貴時髦的褐石建築，如今一到夏季便在痛苦折磨中垂下目光，陷入多愁善感的回憶中。二十五號二樓的窗簾開著，伊迪絲．華頓[8]的鬼魂帶著羞赧的羨慕眼光向外眺望。她甜美，通透澄澈，沒有了性別；看著我們仨走過，好奇她曾以如此生花妙筆想像過的愛情，什麼時候會鼓起勇氣來敲她的門，什麼時候會做不速之客堅持求見，從管家身邊硬擠進來，衝上那座清教徒的樓梯急急喚著她的名字？

恐怕永遠不會。

我們愈來愈接近公園中央，噴泉邊的狂歡活動逐漸成形：一群大學生聚在一起，還有一個散拍爵士樂隊，準備倒數跨年。男生全穿了燕尾服，四個大一生除外，他們穿著有希臘字母紋飾的栗紅色毛衣，在擁擠的人群中穿梭斟酒。一個衣著單薄的女子假裝在指揮樂隊，而樂隊不知是熱情不足或是經驗不足，一遍又一遍重複著同一首歌。

樂隊突然在一個青年的揮手示意下停止演奏。他跳上公園長椅，手裡拿著小艇舵手的喊話筒，看起來自信十足，就像為貴族表演的馬戲班主。

——各位女士先生，他宣告，新的一年就要來臨。

他用花俏的手勢招來同夥。他們把一個穿著灰袍的老男人強行推上長椅，推到他身邊。那男人臉上掛著戲劇學校那種扮摩西用的棉花球鬍子，手裡拿著紙板做的長柄大鐮刀，看起來腳步有些不穩。

馬戲班主打開一個長得落地的卷軸，開始數落老人帶來一九三七年的羞辱：**經濟衰退……興登堡號飛船爆炸……林肯隧道工程！**接著他拿起喊話筒，呼喚一九三八年登場。一個兄弟會的胖男生從草

8 Edith Wharton，1862～1937，出生於紐約上流家庭，後成為知名作家，小說作品《純真年代》描寫紐約市的上流社會。

叢後面現身了，他沒穿衣服，只包著尿布，爬上長椅，譁眾取寵地賣力展示肌肉。這時，老人臉上的鬍子從一邊耳朵上掉下來，你看得出來他滿臉憔悴，沒刮鬍子，一定是那些大學生用錢或酒從小巷裡誘來的流浪漢。可是無論他們答應給的是錢或是酒，那東西的影響力一定已經耗盡了，因為他突然開始四下張望，神情就像遊民落在巡守隊員手裡。

馬戲班主帶著推銷員的熱忱，開始對著新年寶寶的體格比手畫腳，一一說明它的進步：它有靈活的懸吊系統，有流線形底盤，有優異的加速度。

——快來。伊芙大笑著，往前頭蹦蹦跳跳而去。

錫哥似乎沒那麼想同樂。

我從大衣口袋拿出一包菸，他拿出他的打火機。

他往我靠近一步，用肩膀擋風。

我吐出一縷煙，錫哥抬頭看著雪花。雪花緩緩飄落，在街燈的光暈下更加明顯。然後他再回身面向那一團騷動，用近乎哀悼的目光凝視著人群。

——我看不出來你替哪個難過，我說，舊年還是新年。

他給我一個溫和的微笑。

——只有這兩個選擇嗎？

突然，站在人群邊緣的一個狂歡客被雪球直直擊中背部。他和他的兩個兄弟會朋友一轉身，又有一個被擊中襯衫褶子。

我們回頭，看見一個頂多十歲的男孩，一直躲在長椅後面發動攻擊。他身上裹了四層衣服，看起來像是班上最胖的孩子。他的左右兩邊堆著雪球塔，塔高及腰，他一定是花了整天準備彈藥，彷彿他從保羅・列維爾口中親耳聽見了英軍即將來襲的消息[9]。
三個大學生給驚得目瞪口呆，小男孩趁他們還摸不著頭腦之際，又一連快發了三枚飛彈，個個命中。
——抓住那個小鬼。其中一個說著，完全沒有開玩笑的意思。
三人開始從石磚路上抓起雪球還擊。
我又拿出一根菸，準備看好戲。但此時另一頭又有了出人意表的發展，把我的注意力拉了回去。長椅上那個流浪酒鬼旁邊，穿著尿布的新年寶寶用完美的假音唱起了〈友誼萬歲〉，歌聲純淨動人，空靈脫俗，彷彿雙簧管樂音在湖面上哀哀悠蕩，為這個夜晚增添詭奇的美。雖然我們幾乎可以說依法每個人都要跟著唱〈友誼萬歲〉，但他的歌音彷彿來自另一個世界，沒有人敢出聲。
最後一句副歌在他細膩的處理之下逐漸淡出，現場一片靜默，繼而一陣歡呼。馬戲班主把手放到男高音肩上，對任務成果表示滿意。接著他拿出錶，舉起一隻手，要大家安靜。
——好了各位，好了，安靜。準備好了……？十！九！八！
伊芙在人群中央，興奮地對我們招手。
我轉頭要挽住錫哥的手臂，他卻不見了。
我左邊的公園小徑空空如也，右邊有一個矮壯的人影獨步街燈下，於是我回頭往韋佛利街走——這時我看見他了，他弓著背躲在長椅後面，和小男孩並肩作戰，抵擋來自兄弟會學生的攻擊。小男孩有了意外的增援，看起來意志更加堅定了。至於錫哥，他臉上的笑容可以點亮北極的每一盞燈。

・・・

9 美國獨立戰爭爆發之際，波士頓西部一帶的民兵領袖列維爾（Paul Revere，1734～1818）得到線報，連夜快馬通知各鄉鎮英軍即將來襲。

我和伊芙回到家已經快兩點了。寄宿公寓通常午夜就鎖門，但今天是節慶，門禁時間往後延。寄宿的女孩沒幾個人好好把握了這次的開禁，我們發現客廳空無一人，沉悶冷清，四處散落乾淨無瑕的彩色紙片，每張小几上都擺了玻璃杯，杯裡還有蘋果汁沒喝完。我和伊芙得意地互看了一眼，便上樓回我們房間去。

我們都沒說話，任憑好運的氣息縈繞徘徊。伊芙從頭上拉掉連身裙，去了浴室。我們同睡一張床，伊芙習慣睡前先把床單拉開往下摺好，好像我們住在飯店一樣。雖然我總覺得這樣多餘的小小準備工作很蠢，但就這麼一次，我替她摺好了。然後我從放內衣的抽屜拿出雪茄盒，好遵照我接受的教導，在睡前把沒花完的五分錢收起來。

我伸手到大衣口袋裡拿零錢包，卻摸到一個沉重光滑的東西。我有些困惑，拿出一看，原來是錫哥的打火機。我便想起自己確實有些伊芙作風地從他的手上拿來點了第二根菸，差不多就在新年寶寶開始唱歌的時候。

我在唯一擁有的家具——我父親的麥褐色安樂椅上坐下來，彈開打火機的蓋子，撥了打火石。火焰一躍而出，搖著晃著，在我啪一聲蓋上蓋子之前，一直散發出煤油味。

打火機重量適中討喜，外觀柔和老舊，是一千次紳士的舉動給磨出來的。錫哥名字的縮寫用的是一種第凡內字體，刻得非常精細，你可以用拇指指甲不偏不倚地沿著豎筆劃過去。不過上面不只刻了他的姓名花押字，在縮寫字母底下，還刻了像是尾奏的一行字，頗有雜貨店內設鐘錶櫃的業餘風格，合起來就是：

TGR
1910-?

2 日月星辰

隔天早晨，我們到貝瑞斯福華廈，請門僮轉交一張匿名紙條給錫哥：

還想要你的打火機活著回來，就到三十四街和第三大道轉角，六點四十二分，自己一個人來。

我說他出現的機率是五成，伊芙說百分之一百一。他爬出計程車的時候，我們穿著束腰風衣，站在高架鐵軌的陰影下等著。他穿了丹寧布襯衫和毛裡羊皮外套。

——手舉起來，兄弟，我說。他照做了。

——你那些慣例現在怎麼樣了啊？伊芙出招戳他。

——呃，我在平常起床的時間起床，打了平常打的壁球以後，吃了平常吃的午餐……

——大部分的人都會身體力行，一直到一月第二週為止。

——可能我起步比較慢？

——可能你需要幫忙。

——哦，我絕對需要幫忙。

我們給他的眼睛矇上一條海軍藍手帕，帶他往西走。他落落大方，並沒有像剛失明的人一樣伸出手來，而是任憑我們控制。我們帶著他穿過人群。

又開始下雪了。大片雪花朵朵分明，緩緩飄向地面，偶爾停在你的頭髮上。

——在下雪嗎？他問。

——不准發問。

我們穿過公園大道，麥迪遜大道，第五大道。紐約市民與我們擦肩而過，表現出世故的冷漠。穿過第六大道的時候，我們看見高二十呎的國會戲院遮簷在三十四街上閃閃發亮，好像一艘遠洋客輪的船頭衝出建築立面。第一場電影的散場觀眾正走出來混進冷空氣裡；他們快活自在，一副得意洋洋的樣子，令人煩膩的元旦夜典型。他聽得見他們的聲音。

——兩位小姐，我們要去哪？

——安靜。我們警告他，同時轉進一條小巷。

怕雪的大灰鼠在菸絲盒之間亂竄，我們頭上一座座逃生梯好像蜘蛛爬在房子側邊。唯一的光線來自戲院安全門上的一盞小紅燈，我們經過安全門，在垃圾桶後面就定位。

我解開矇住錫哥眼睛的手帕，在嘴唇上豎起一根手指。

伊芙伸手到襯衫裡，變出一件舊的黑色胸罩。她笑容滿面，眨了眨眼，然後又回頭沿著巷子躡手躡腳，走到掛在空中的逃生摺疊梯底下，踮起腳尖把胸罩勾在最低一階。

她走回來，我們等著。

六點五十。

七點。

七點十分。

安全門吱嘎一聲開了。

一個中等年紀穿著紅色制服的帶位員走出來，逃離已經看過上千次的電影。他那副樣子在雪中好像掉了帽子的《胡桃鉗》木刻士兵。他讓門扇關閉的速度緩一些，又在門縫裡塞了一份節目單，讓門不能完全關上。雪花穿過逃生梯，落在他的假肩章上。他靠著門板，從耳朵後面拿出一根菸，點著了，然後呼出煙，露出腦滿腸肥的哲學家會有的笑容。

吸了三口菸以後他才發現胸罩。他隔著安全的距離先研究了一會兒，然後把香菸彈到巷子牆壁上，接著走過去，歪著頭，好像想讀標籤似的。他轉頭看看左邊，再看看右邊，再小心翼翼地把勾住的胸罩取下，用雙手捧著。然後他把胸罩貼到臉上。

我們偷偷溜進安全門內，沒忘了把節目單塞回門縫裡。

一如往常，我們彎著腰低著頭穿過放映幕下方，從對面走道往上爬。新聞短片在我們背後閃爍，羅斯福和希特勒站在黑色加長型敞篷車上輪流揮手。我們走出去到了大廳，爬上樓梯，再從二樓觀眾席的門進來。黑暗中我們摸索著，找到了最高那一排。

我和錫哥開始吃吃地笑。

——噓，伊芙說。

我們走進二樓觀眾席的時候，錫哥撐住門，伊芙一馬當先進了門，所以最後是伊芙坐裡邊，我坐中間，錫哥坐在靠走道的位子。我和伊芙對上眼的時候，她給我一個惱怒的假笑，意思是我故意的。

——你們常這樣嗎？錫哥悄聲說。

——一有機會，伊芙說。

——噓！銀幕變黑的時候，一個陌生人毅然決然地噓了我們。

整座戲院裡，打火機火焰此起彼落，好似螢火蟲。接著銀幕亮了起來，開始播放正片。播的是《賽馬場的一天》，典型的馬克斯兄弟風格：拘謹世故的角色早早登場，建立了得體有禮的氣氛，觀眾出於禮貌也耐著性子買帳；但是格魯喬（Groucho Marx）登場的時候，觀眾都從座位上站起來鼓掌了——彷彿看見提早退休的泰斗級莎劇演員重返舞台。

第一卷正在播，我拿出一盒軟糖，伊芙拿出一品脫裝的裸麥威士忌。輪到錫哥吃糖的時候，還得搖搖盒子才能引他注意。

那一品脫傳過一輪又一輪，見底了以後，錫哥也做出貢獻，拿出一個用皮套裝著的銀扁壺。傳到我手上時，我可以摸到皮革上烙印了縮寫TGR。

我們三個開始酣醉，笑得好像從沒看過這麼好笑的電影。格魯喬幫老婦人檢查身體的時候，錫哥還得擦眼淚。

突然我尿急了，再也憋不住，便推推擠擠到了走道，三步併作兩步下樓去洗手間。我尿的時候沒坐到馬桶座上，後來也沒給門口清潔婦小費。回座的時候，我錯過的戲還不到一幕之多，但錫哥已經坐到中間去了，不難想像怎麼發生的。

我一屁股坐進他的位子，想著要是不提防點，就會在**我的**前院草坪上發現一車的糞肥。不過就算年輕女子嫻熟微小復仇的技藝，宇宙還是自有一套以牙還牙的道理；因為就在伊芙對著錫哥耳邊咯咯笑的時候，我發覺錫哥的毛皮外套正擁著我。外套的羊毛襯裡跟綿羊皮上的一樣厚，而且他的體溫猶存，感覺暖暖的。雪融在翻領上，潮溼的羊毛散發出麝香味，混著一股淡淡的刮鬍膏香。

初看見錫哥穿這件外套，感覺有點像是做做樣子——土生土長的新英格蘭人，打扮成約翰・福特（John Ford）電影裡那副西部片英雄的模樣。但是羊毛被融雪弄溼後的味道增添了真實感，突然間，我可以想像錫哥騎在馬背上，身處某處——穹蒼之下，林線邊緣……或者大學室友家的農場……他們用古董來福槍獵鹿，帶著的獵犬從小過得比我還優渥。

電影結束，我們和所有可敬可靠的公民一起從前門離開。伊芙學電影豪華歌舞場面裡的黑人，跳起林迪舞。我牽了她的手一起跳，配合得天衣無縫。學習舞步是美國每一個寄宿公寓女子在淒涼週六夜的娛樂。

我們牽起錫哥的手，他魚目混珠跳了幾步。接著伊芙脫隊，蹦蹦跳跳跑到街邊招計程車，我們擠到她身後。

——去哪？錫哥問。

伊芙一拍都沒停頓，立刻回答埃塞克斯街和得藍西街口。

呵，想當然耳，她要帶我們去柯諾夫小館。

司機已經聽到伊芙說的街名了，但錫哥還是重複了一遍。

——埃塞克斯街和得藍西街口。

司機換檔開動車子，百老匯開始從車窗外滑過，好像從聖誕樹上扯下燈串一樣。

• • •

柯諾夫俱樂部原本是禁酒時期賣私酒的店，老闆是烏克蘭猶太人，移民過來的時間就在末代沙皇全家死於雪地槍決前不久。俱樂部位在一家猶太戒律餐廳廚房的地下室，大受俄國幫派人士歡迎，分屬各敵對政治陣營的俄國流亡人士也喜歡在這裡聚會。任何一天晚上你都可以看到兩派人馬進駐狹窄舞池的兩側，左邊是蓄山羊鬍的托洛斯基派分子，正在共商打倒資本主義大計；右邊是留鬢角的保皇黨，在舊日冬宮的美夢裡流連。就像全世界所有對戰的部落一樣，這兩派人都千辛萬苦來到了紐約，然後你挨著我、我挨著你定居了下來。他們在同一個社區裡住，在同一間窄小館子裡逗留，可以互相監視。在這樣緊密的關係中，時間慢慢加強了他們的感傷，也稀釋了他們的決心。

我們下了計程車，走上埃塞克斯街，經過那家餐廳明亮的窗戶，然後轉進通往廚房後門的小巷。

——又一條小巷，錫哥勇氣十足地說。

我們經過一個垃圾桶。

——又一個垃圾桶！

小巷盡頭有兩個蓄鬍穿黑衣的猶太人，正在反覆琢磨著現今世道，假裝沒看見我們。伊芙打開往廚房的門，我們經過兩個中國佬，他們在熱氣蒸騰的大水槽邊埋頭苦幹，也沒理睬。我們經過一隻隻滾煮著冬季包心菜的鍋子以後，前面就是一道通往地下室的窄梯。地下室是個冷凍庫房，厚重橡木門上的黃銅門因為太常拉開，已經變成柔和有光澤的金色，就像大教堂門上聖人的腳一樣。伊芙拉開門門，我們走進一堆木屑和冰塊之中，最裡頭有一道暗門開著，露出設了銅吧台和紅皮卡座的俱樂部。

運氣很好，一組顧客正要離開，帶位的很快就把我們領到保皇黨那一側舞池的小卡座。柯諾夫的服務生從來不問你點什麼菜，他們直接往你的桌面扔下一盤盤斯拉夫餃子、鯡魚、舌頭肉，在桌子中央放上烈酒杯和裝滿伏特加的舊瓶子——雖然第十八條修正案已經廢除了，他們的伏特加仍舊是在浴缸裡釀的。錫哥倒了三杯酒。

——我發誓總有一天要找到耶穌。伊芙說完，仰頭乾杯，然後告退去了化妝室。

一個哥薩克人單獨在台上用三角琴自彈自唱，表現不錯。他彈唱的是一首老歌，歌詞說一匹馬沒了主人，孤身自戰場歸來，在接近士兵的家鄉時，馬兒認出椴樹的味道，認出雛菊草叢，認出鐵匠落鎚的鏗鏘聲。雖然歌詞翻譯得不好，那位哥薩克人的表演卻有一種流亡者才懂得捕捉的韻味，就連錫哥也突然一臉思鄉模樣，彷彿歌曲描述的國家，他也曾被迫拋下。

一曲唱畢，觀眾真心真意鼓起掌來。但這掌聲很清醒，像在讚賞一場優秀不造作的演講。哥薩克人鞠了個躬便下台去。

錫哥環顧四下，欣賞了一番，說他哥哥應該會喜歡這地方，大家應該一起再光顧。

——你覺得他會討我們喜歡嗎？

——我覺得他尤其討你喜歡，你們兩個一定氣味相投。

錫哥安靜下來，手裡把玩著他的空酒杯。不知道他是想著哥哥，或者還沉浸在哥薩克人的歌曲裡。

——你沒有兄弟姊妹吧？他邊說邊放下酒杯。

他的話讓我措手不及。

——怎麼？我像是備受寵溺的樣子？

——不是！完全相反。或許是因為你似乎一個人也很自在。

——你不行嗎？

——以前行吧，我想。不過我已經沒了那個習慣，現在如果我一個人在公寓裡沒事做，我就會開始想誰在城裡。

——我住在母雞舍裡，我的困擾跟你相反，得出門才能獨處。

錫哥露出笑容，然後斟滿我的杯子。有一會兒我們都沒說話。

——你都去哪裡？他問。

——什麼時候都去哪裡？

——想獨處的時候。

舞台邊一支小管弦樂隊開始集合，又拿椅子，又調樂器。後面走廊早已出現伊芙的身影，這時她正穿梭在桌子之間，往我們走來。

——她來了，我說著起身，讓伊芙可以移進卡座，回到我倆中間。

柯諾夫的食物是冷的，伏特加像藥水，服務態度很粗魯。但是大家來柯諾夫不是為了食物或伏特加或服務態度，大家是為了看秀而來。

近十點，管弦樂隊開始演奏俄國風味濃厚的前奏，聚光燈光束穿過煙霧，打亮舞台右側的一對中年男女；女的打扮成農村姑娘，男的一身新兵戎裝。新兵轉向村姑開始清唱，唱著她該如何記住他，記住他溫柔的吻，記住他在夜裡的腳步聲，記住秋天他從她祖父的果園為她偷偷摘下的蘋果。新兵臉上的腮紅比村姑還濃，身上外套少了一顆扣子，尺寸還小了一號。

不要，她回答。我不要用那些東西記住你。

新兵雙膝跪地，絕望不已；村姑把他的頭拉向自己的肚子，上衣都被他的腮紅染了顏色。不要，姑娘唱著，我不要用那些東西記住你，我要用你從我的子宮聽見的心跳聲記住你。

這齣戲選角失當，化妝技術拙劣，差點就要讓人笑掉大牙——要不是前排那些大男人號啕大哭起來的話。

二重唱結束，演員對台下熱烈的掌聲三度鞠躬，便將舞台讓給衣著暴露、頭戴黑貂帽的年輕舞群。開場舞先向百老匯大師科爾．波特（Cole Porter）致敬，開頭是〈萬事皆可〉，連著改編幾首熱門曲目，包括那句「得兒美妙，得兒好味，得兒藍西街」[10]。

音樂驟停，舞群動也不動，燈光暗下，觀眾屏住呼吸。

聚光燈再次亮起，舞群站成一橫排，中間兩個中年舞者，男的戴高帽，女的穿亮片連身裙，高帽男拿著拐杖對樂隊一指：

——來吧！

舞群便一起跳起〈打動我的心〉，以此曲結束表演。

最初拉著伊芙來柯諾夫那次，她極討厭這裡，她討厭得藍西街，討厭小巷口，也討厭水槽邊的中國佬。她不喜歡這裡的客人，他們滿臉鬍鬚、滿口政治。她甚至不喜歡這裡的秀。不過啊，她慢慢上癮了，她愛上華麗亮片和嗚咽故事的結合，愛那些真誠動人的過氣主演和那些想出人頭地的暴牙配角。她愛多愁善感的革命分子和反動分子並肩掉淚，甚至學會了幾首歌，喝多了的時候能跟著唱。我想在伊芙心裡，在柯諾夫俱樂部的夜晚，變得有點像是把爸爸的錢寄回印第安納一樣。

如果伊芙的盤算是讓錫哥開開眼界，看看他不認識的紐約另一面，那麼她成功了，因為隨著哥薩克人的失根懷鄉曲結束，科爾．波特無憂無慮的俏皮歌詞和長腿、短裙、舞群未經考驗的夢想一擁而

---

10 原曲名是〈得兒可愛〉（*It's De-lovely*），歌詞有許多de開頭的字，de-lovely則是為此曲刻意創造的詞彙。作者故意將其中一句歌詞It's delightful; it's delicious; it's de-lovely的de-lovely改成Delancey，以配合俱樂部所在的街道名。

上，錫哥的模樣變得好像開幕日沒有入場券的小孩，卻有人揮揮手讓他進了旋轉門。

我們決定今晚已經盡興，可以離開了。我和伊芙付了帳，錫哥自然是要拒絕，但我們堅持請他。

——好吧。他邊說邊收起皮夾。但星期五晚上換我請。

——行！伊芙說。我們要穿什麼？

——想穿什麼就穿什麼。

——要穿好的，很好的，還是最好的？

錫哥微笑。

——我們試試最好的吧。

錫哥和伊芙坐在桌邊等我們的大衣送來，這次輪到我告退去化妝室。裡面擠滿了幫派分子濃妝豔服的女伴，她們在洗手台邊站了三排，身上的假皮草和脂粉就跟歌舞團的女孩一樣多，打進好萊塢的機會也一樣少。

出化妝室回頭路上，我遇見老柯諾夫本人，他站在走廊盡頭，看著一屋子人。

——**哈囉，灰姑娘**。他用俄語說。**你看起來美若天仙**。

——**你的光線不好**。

——**我的視力很好**。

他朝著我們的桌子點點頭，伊芙好像在說服錫哥一起乾杯。

——**那個年輕人是誰？你的還是你朋友的？**

——**算是我們兩個的吧，我猜**。

柯諾夫笑了。他有兩顆金牙。

——**這樣撐不了多久的，我的苗條美女**。

——聽你在說。

——是聽日月星辰在說。

3 敏捷的棕毛狐狸[11]

瑪克姆女士門上的桃花心木鑲板有二十六個紅色燈號，各代表一個英文字母，每個燈號和字母各代表奎金與哈爾法律事務所祕書區的一個女孩，我的代號是Q。

我們二十六個人五五成行，祕書組長帕蜜拉．裴特思（代號G）獨自坐在前頭，好像一場乏味遊行中的鼓樂隊長。我們二十六個全受瑪克姆女士指揮，負責繕打所內所有信件、合約、文件，還負責聽寫。瑪克姆女士接到合夥人的工作要求，就查一查她的工作表（讀作**工作表兒**），找出最適任的女孩，然後按下對應的按鈕。

外面的人會覺得，如果有合夥人跟哪個女孩合作得很好，應該要讓合夥人可以自己指派她負責一個案子，看是繕打購買契約一式三份，或是在離婚訴訟案中條列女方不檢點的行為，這樣感覺合理些。但是這種安排在瑪克姆女士看來可不合理，站在她的立場，每一項任務都要適才適用，雖然每個女孩都是適任的祕書，但是總有人特別擅長速記、有人能一眼看出誤用的逗號。我們有一個女孩，憑那口嗓音，就安撫了一個凶巴巴的客戶；還有一個，僅僅是在會議中用精準的動作把摺好的紙條遞給

11 原句為「敏捷的棕毛狐狸從懶狗身上跳過」（The quick brown fox jumps over the lazy dog），並無特殊意義，只是包含了英語每一個字母，常用來測試鍵盤打字。

資深合夥人，就能讓那些年輕合夥人打直腰桿坐好。瑪克姆女士老愛說，既然要追求頂尖表現，你就不能派摔角手去擲標槍。

最佳案例：夏綠蒂．賽克斯，我左手邊新來的祕書。十九歲，有一雙樂觀的黑眼睛和機靈的小耳朵，卻已經犯下戰略錯誤──第一天上班就一分鐘打了一百字。如果你一分鐘不能打七十五個字，你不能在奎金與哈爾事務所上班；但是夏綠蒂的速度還超過全體祕書平均值足足十五個字。一分鐘一百，就是一天四萬八千，一週二十四萬，一年一千兩百萬。夏綠蒂是新人，週薪大概十五塊吧，也就是打一個字還賺不到一分錢的百分之一。好笑的地方就在這裡，在奎金與哈爾事務所打字快過一分鐘七十五字的話，從這個速度起算，打得愈快，每個字賺到的錢就愈少。

可是夏綠蒂不這麼想。她彷彿想要完成首次飛越哈德遜河的冒險家，一心挑戰人類打字速度的極限。結果，每次出現數千頁的複寫工作，你儘可以打賭，下一個在瑪克姆女士門上亮起的燈號，一定是F。

由此可知，你務必小心選擇自豪的事物，因為這世界絕對有意拿它來對付你。

可是星期三那天，一月五日下午四點零五分，我正在謄打一份證詞，亮起來的是我的燈號。我蓋上打字機（人家教我們，中斷打字的時間再怎麼短，都要蓋上），站起來順順裙子，再拿起速記簿，穿過祕書區到瑪克姆女士的辦公室。裡頭有鑲板裝潢，還有歌舞廳衣帽間櫃台那種半門，辦公桌小而華美，桌面是壓紋皮革，當年拿破崙在戰場上用鵝毛筆寫令旨，用的一定就是這種書桌。

我進門，她抬頭看了一眼，又繼續工作。

──愷瑟琳，有你的電話，是康登與克雷事務所的法務助理。

──謝謝。

──記住你是替奎金與哈爾工作，不是康登與克雷，可別讓他們把懶得做的事兒丟給你。

——知道了，瑪克姆女士。

——對了，愷瑟琳，還有一件事兒。我知道你處理迪克森泰康德羅佳合併案，做了很多急件工作。

——是，巴內特先生說交易一定要在年底前完成，我想是因為稅的關係。還有幾次趕著最後一刻修改。

——嗯，我不喜歡我手下的女孩兒在聖誕週加班。不過，巴內特先生很感謝你完成工作，我也是。

——謝謝，瑪克姆女士。

她揮了揮筆讓我出去。

我回到祕書區，走向前頭的小電話桌。在這裡擺電話，是要方便合夥人或對方事務所跟祕書溝通要修改的地方。康登與克雷是城裡規模數一數二的訴訟事務所，雖然他們跟我手上的工作沒有直接關係，卻很可能什麼都能插上一手。

我拿起聽筒。

——我是愷瑟琳．康騰。

——嘿，老姊！

我看向祕書區，二十六部打字機有二十五部正在辛勤工作，喀答喀答的聲音，響得你幾乎聽不見自己的思緒，我猜這正是重點。總之我放低了音量。

——你最好是頭髮著火了，小姐，我有份證詞一個小時內要打完。

——做得怎麼樣了？

——還有三個刻意誤導和一個漫天大謊要趕。

——錫哥工作的銀行叫什麼名字？

——我不知道，幹嘛？

——我們還沒計畫好後天的事。

——他要帶我們去某個高檔場所，在上城某個地方，八點前後某個時間會來接我們。

——唷，某個場所，某個地方，某個時間，你怎麼知道這些的？

我停下來沒說話。

我怎麼知道這些的？

真是個好問題。

・・・

百老匯大道和交易所街交叉口、三一教堂對面這一側，有一家小吃店，牆上掛著汽水圖案鐘，店裡的夥計名叫邁克斯，他連自己要吃的燕麥粥都用烤盤煮。這裡冬天冷得像極地，七月熱得讓人發昏，而且離我上下班的路線有五個街區遠，卻是我在這城裡的愛店，因為我每次都有靠窗那個歪歪的雙人座可以坐。

坐在這個位子，一頓三明治的時間，你可以見證紐約獻身者的朝聖之旅。他們來自歐洲各個角落，身穿深深淺淺各種灰色，轉身背向自由女神，憑著本能走上百老匯大道。他們彎著身子，勇敢迎向呼呼告誡著的風，抓緊一模一樣的帽子，蓋住一模一樣的髮型，高興自己成為那群相似不可辨的一分子。他們身上背著超過數千年的傳統，各自瞥見過帝國光華，和人類情感表現的巔峰（一座西斯汀禮拜堂，或一齣《諸神的黃昏》），但現在的他們，只要可以羅傑斯三選一（週六下午場看是偏愛金姐或羅伊或巴克[12]），就感到心滿意足，就算是表達了自己的獨特性。美國或許是機會之地，然而在紐

12　三位姓羅傑斯的名人分別為歌舞演員（Ginger Rogers，1911～1995）、牛仔歌手（Roy Rogers，1911～1998），以及科幻漫畫電影的虛構角色Buck Rogers。

約，卻是入鄉隨俗的努力，拉著他們進得了門。

我正想著這些，突然間一個頭上無帽的男人從人群中走來，敲了敲玻璃。心跳漏了一拍。是錫哥・古瑞。

他的耳尖像小精靈一樣紅，笑得露出牙齒，好像逮到我做壞事一樣。他隔著玻璃開始熱切地講起話來，卻什麼聲音都沒有。我招手要他進來。

——那，就是這裡嗎？他一邊滑進座位一邊問。

——就是哪裡？

——就是你想獨處的時候會去的地方！

——哦。我笑了。不一定。

他彈彈手指，假裝失望的樣子。接著，他宣布自己快餓死了，毫無理由地讚賞起店內環境，然後拿起菜單，花了整整四秒鐘看。他擋不住的好心情正高昂，就像在地上撿到一張百元大鈔，急著想告訴別人。

女侍過來，我點了培根生菜番茄三明治，錫哥則是直接跳進未經探勘的地域，點了以邁克斯為名的三明治——菜單上說無與倫比、舉世聞名而且已成傳奇。錫哥問我有沒有吃過，我說我老覺得那串敘述的形容詞太長了一點、具體細節太短了一點。

——那，你在附近上班嗎？女侍走的時候他問。

——走路很近。

……

——伊芙不是說你在法律事務所上班嗎？

——是啊，是華爾街的傳統行業。

……

——喜歡你的工作嗎？

——有點悶，不過我想是可以預期的吧。

錫哥微笑。

——你自己還不是形容詞太長了一點、具體細節太短了一點。

——禮儀專家愛蜜麗．波斯特（Emily Post）說，談論自己不太合乎禮貌。

——我相信波斯特女士再正確不過，但她的話似乎阻止不了我們這些人。

幸運之神必眷顧勇者，原來邁克斯特製三明治，就是烤乳酪夾牛里肌和甘藍沙拉，它不到十分鐘便消失無蹤，被一塊乳酪蛋糕砰一聲取代了桌上的位置。

——好棒的地方！錫哥說了第五次。

——當銀行家是什麼感覺？我在他進攻甜點的時候問。

他透露，菜鳥實在稱不上什麼銀行家，他比較像是掮客。銀行服務一些富有的家族，他們在私人公司大量持股，什麼都要插手，從鋼鐵廠到銀礦，無所不包，需要現金周轉的時候，錫哥就負責幫他們找到適當的買家，而且要小心避人耳目。

——我很樂意買你手上的銀礦，我邊說邊拿出香菸。

——下次，一定第一個找你。

錫哥伸手越過桌面幫我點火，然後把打火機放在桌上，他的盤子旁邊。我吐了煙，用手上的菸指指他的打火機。

——喏，裡頭有什麼故事？

——喔。他的聲音聽起來有點忸怩。你是說上面的刻字？

他拿起打火機，仔細看了一會兒。

——我拿到第一筆大薪水以後買的，你知道嘛，算是送自己的禮物。刻了我名字縮寫的純金打火機呢！

他搖搖頭，露出哀哀眷戀的笑容。

——我哥哥看到，給了我一頓排頭吃。他不喜歡我的打火機是金子做的，也不喜歡上面有刻字。但是真正讓他發火的，是我的工作。我們會在格村碰面喝啤酒，他總是破口大罵銀行家和華爾街，再拿我環遊世界的計畫捅我一刀；我一直告訴他總有一天我會完成這件事。弄到最後呢，有天晚上，他拿了打火機走出去，到街上找了個小店，加刻了那一行附注。

——當作提醒，讓你每次幫女孩點菸的時候，都不忘記把握今朝？

——差不多那個意思。

——噯，我聽起來你的工作沒那麼糟呀。

——是啦。他承認。是不糟，只是……

錫哥望向百老匯大道，整理思緒。

——我記得馬克．吐溫寫過一個老翁開駁船的故事，就是從一邊碼頭把人運到另一邊碼頭那種船。

——《密西西比河上》？

——我不知道，大概吧。總之，馬克．吐溫算了算，三十年間這個人開船來來回回，里程已經超過河流長度的二十倍，卻始終沒離開過他住的郡。

錫哥笑著搖搖頭。

——有時候我就是這麼想。好像一半的客戶正在往阿拉斯加的路上，另一半客戶要去佛羅里達大沼澤地，而我呢，則是從河岸前往河岸。

——續杯嗎？女侍拿著咖啡壺問我們。

錫哥看向我。

奎金與哈爾事務所的女孩午休四十五分鐘，我習慣提早幾分鐘坐到我的打字機前面，現在就離開，大概還趕得上。我可以謝謝錫哥請吃午餐，然後小跑到拿叟街，搭上往十六樓的電梯。不過，一個很少遲到的祕書小姐，可以得到多少寬容？五分鐘？十分鐘？還是十五分鐘，如果她的鞋跟斷掉？

——好啊，我說。

女侍斟滿杯子，我們都往椅背靠，兩個人的膝蓋碰在一起，因為座位太窄了。錫哥往他的咖啡裡倒奶油，攪拌再攪拌再攪拌。一時半刻，兩人無語。

——是教堂，我說。

他看起來有點困惑。

——什麼？

——我想獨處的時候去的地方。

他又坐直身子。

——教堂？

我往窗外指向三一教堂。有半世紀的時間，那尖塔是曼哈頓建築物的最高點，也是水手高興看到的景象。現在你得坐在對街的小館子才看得見了。

——真的呀！錫哥說。

——很驚訝嗎？

——不是，我只是覺得你不像信仰虔誠那種人。

——我不是呀。我不在禮拜的時間去，只在沒什麼人的時候去。

——去三一教堂？

——去任何教堂。不過我偏好又大又老的，像是聖巴德利爵和聖米迦勒。

──我好像去聖巴多羅買參加過婚禮，不過了不起就這樣了，我一定經過三一教堂上千次了，從來沒踏進去過。

──妙就妙在這裡。下午兩點老教堂都不會有人，就這麼矗立著，和那些石頭和桃花心木和彩色玻璃一起，而且杳無人跡。我的意思是說，老教堂一定也門庭若市過，對吧？好讓人可以做那些大費周章的事；告解室外面一定大排長龍過，舉行婚禮的時候有小女孩在走道上撒花瓣。

──從洗禮到喪禮。

──正是。可是隨著時間過去，會眾散了，去蕪存菁；新來的蓋了自己的教堂，獨留那些大的老的無人聞問，好像老人，只能回憶當年風光。我覺得有老教堂陪伴，心情非常平和。

錫哥安靜了一會兒。他抬頭看著三一教堂，一對海鷗念著往日之情，在尖塔上盤旋打轉。

──那真的很棒，他說。

我舉起咖啡杯敬他。

──我的這件事沒幾個人知道。

他看著我的眼睛。

──告訴我一件**沒有人**知道的。

我大笑。

但他是認真的。

──沒有人知道的？我說。

──一件就好，我保證，不會告訴任何人。

他雙手在胸前交叉，以示證明。

──好吧，我邊說邊放下咖啡杯。我很能算時間。

──什麼意思？

我聳聳肩。

——我可以在六十秒內數出六十秒，一秒不差。

——我不相信。

我用大拇指比了比身後那個汽水圖案鐘。

——秒針指到十二的時候跟我說。

他看向我身後，盯著時鐘。

——好。他露出不服輸的微笑。就位……預備……

…

唷。那天下午伊芙這樣說。**某個場所，某個地方，某個時間，你怎麼知道這些的？**

做過取證工作，你就懂得一件事：大多數的人會尊重直接而適時的提問，他們對這種提問沒有設防，有時會表現出願意配合的樣子，故意對提問人複述一遍問題（藉以爭取時間）：**我怎麼知道這些的？**他們會這樣客氣地問。有時他們會迎戰提問的冒昧無恥，帶上憤慨的情緒說：**我怎麼知道什麼？**無論採用哪一種戰術，經驗老到的律師都知道，只要對方如此支吾其詞，就代表有好東西可以挖，應該追問下去。因此應對一個好問題最好的方式，就是簡簡單單地回答，態度不遲疑，語調不改變。

——在柯諾夫，你上洗手間的時候他提到的。我對伊芙說。

我們客套幾句掛了電話，我回到辦公桌，打開打字機蓋子，找到謄到一半的證詞，便喀答喀答打了起來。在第三段第二句，我打了今天下午第一個錯字，謄錄某人的主要持股時，把chief（主要）打成了thief（小偷）。並且，庭上，請書記官記錄下來——鍵盤上c和t這兩個字母根本不在附近。

4 機械降神[13]

星期五晚上，我們梳妝打扮的時候，伊芙連天氣都不想聊。早前我良心發現，跟她告解了——算是吧。我們在說話，我故意隨口提起在下城巧遇過錫哥，一起喝了杯咖啡。

——一杯咖啡。她的語氣同樣隨性。不錯嘛。

然後她就不說話了。

我稱讚她的衣服，看看能不能讓她開口。那是件黃色禮服，過季半年，反而更時髦。

——你真的喜歡？她問。

——看起來很漂亮呀。

——你改天應該拿去試穿看看，說不定可以跟它喝一杯咖啡。

我張著嘴，不知道說什麼好。這時一個女孩闖進來。

——不好意思打擾了，兩位小姐。白馬王子到嘍，還帶了他的馬車呢。

伊芙站在我們房門口，對著鏡子再看了一眼。

——我還要一下子，她說。

說完她便走回房裡脫掉禮服，彷彿我的讚美讓它退了流行。我看見窗外下著冷冷細雨，為她的情緒作證辯護。我跟在她後頭下樓，心裡想著：**我們這下要倒大楣了**。

13 Deus ex machina是古希臘戲劇常見的手法，在劇情陷入無可解決的僵局時，突然有神仙從天而降，解決難題。因為是利用舞台機械將扮演神仙的演員降下舞台，所以稱為機械降神。

錫哥站在寄宿公寓前，旁邊是一輛賓士雙門跑車，像水銀一樣的銀色，就算馬汀革公寓裡的女孩都拿一年薪水出來湊，也買不起一輛。

身高五呎九的福蘭．帕切里是大學中輟生，來自北澤西，跟我們住同一條走廊。她吹起口哨，好像建築工人正欣賞著裙子的下襬。我和伊芙走下樓梯。

錫哥的好心情全寫在臉上。他親了伊芙的臉頰，又說**你看起來美極了**。他轉向我的時候，對我微笑，緊緊握了一下我的手，沒有親我，也沒有恭維我，但伊芙盯著看，看得出來她才是被冷落的那個。

他打開乘客那一側的門。

——後座恐怕有點擠。

——我坐後座吧，我說。

——你人真好哇，伊芙說。

錫哥察覺不太對勁，看著伊芙，眼神透露一絲掛慮。他一手搭在車門上，一手比畫著紳士的動作，邀請她上車。她似乎沒注意到。她忙著看車子，從頭到尾細細打量；不是福蘭那樣，比較像專業人士的打量法。

——我來開車。她一邊說，一邊伸手討鑰匙。

錫哥沒料到這招。

——你會開車嗎？他問。

——**我會開車嗎？**她用南方佳麗的口吻說。**喂，我九歲就在開我爸爸的拖拉機了欸**。

她從他手上一把抓走鑰匙，從車頭繞過去。錫哥坐進副駕駛座，表情還有些沒把握，伊芙則是大大方方調整坐姿。

——去哪呀，老兄？她邊問，邊把鑰匙插進點火開關。

——五十二街。

伊芙發動引擎，猛然倒車，以二十哩時速從人行道後退，又嘎一聲煞住。

——伊芙！錫哥說。

她看著他，露出甜美、同情的微笑。接著她開動車子，呼嘯穿過十七街。

沒幾秒鐘我們就清楚了，耶和華的靈充滿她的身，她突然彎進第六大道的時候，錫哥差點要伸手去抓方向盤了。但是我們在車水馬龍中蛇行時，她的動作一氣呵成，加速和減速都沒有頓挫感，好比鯊魚穿出水面，還能抓緊每個燈號變換，分秒不差。於是我們都往椅背靠上去了，安安靜靜，睜大眼睛，好像那些把自己託付給至高大能的人。

我們轉進五十二街的時候，我才知道他要帶我們去「二十一聯誼社」。

其實也可以說是伊芙逼他的。**要穿好的，很好的，還是最好的**，他還能怎麼答呢？

不過，就是因為伊芙想要唬一唬錫哥，拿了我倆算是半常客的類俄羅斯地下社會出來炫耀，所以錫哥大概也想還以顏色，讓我們一瞥**他的**紐約。看看眼前景象，他應該是勝券在握了，不論伊芙的情緒好還是不好。餐廳前面，一輛輛加長型禮車怠速空轉，從排氣管出來的廢氣盤旋上升，好像神燈裡出來了精靈。侍者頭戴高頂禮帽、身穿及膝大衣，過來幫我們打開車門；接著另一個侍者開了餐廳大門，眼前門廳滿滿的曼哈頓人，一個挨著一個，等待入座。

初見「二十一」，並不感覺特別高雅。深色牆面上掛著畫框，畫可能是從週報畫刊撕下來的；桌面擦痕累累，銀器像小餐館或大學食堂的一樣難用。但是顧客高雅的品味是錯不了的，男性穿著訂製套裝，胸前口袋放著沒動過的手帕畫龍點睛；女性穿著朱紫爭妍的絲質禮服，頸戴珍珠短鍊。

我們經過管理衣帽的女侍面前，伊芙的肩膀朝錫哥微微一偏，錫哥迅速把她的大衣從肩上取下，動作俐落，好似鬥牛士甩弄披風。

餐廳裡，手裡沒端著盤子的，就屬伊芙年紀最輕；她也準備要善用這一點。她最後一刻選上的衣服是紅色低領絲質禮服，顯然還穿了托高效果最好的胸罩，站在五十呎外的霧中就能看見她的上半乳房。她還特別用心，沒讓首飾破壞胸前的視覺效果。她有一個紅漆小盒，裡頭裝著一對鑽飾，是她的畢業禮物，戴在耳垂上會發出小小的光亮，襯得她的酒窩更可愛。但是她不傻，沒有戴那副耳飾來這種場所——在這裡呢，拘泥形式沒啥好處，跟人比較卻可能輸得一塌糊塗。

領班是奧地利人，大有理由瑣事纏身、焦頭爛額，卻一點也不。他叫出錫哥的名字，歡迎他光臨。

——古瑞先生，久候大駕。請。請。這邊走。

他說「請」字的語調，彷彿自成一個句子。

他領我們到主樓層的一張桌子，那間餐室裡只有這張空著，已經擺好三人座位。領班有讀心術似的，拉開中間那張椅子，請伊芙坐。

——請。他又說一次。

我們都坐下以後，他往空中伸手，隨即出現三本菜單，像是魔術師變出三張巨大的撲克牌。他鄭重其事地遞過來。

——請慢慢看。

我沒看過這麼大的菜單，幾乎有一呎半那麼高。我以為打開以後會看見洋洋灑灑的選擇，但是只有十種，龍蝦尾，威靈頓酥皮牛排捲，頂級燒烤肋排，用喜帖那種大花體字手寫上去。沒有標價，至少我這一份沒有。我偷瞄伊芙，但她就是不瞄我。她冷靜看過一遍，放下菜單。

——我們點杯馬丁尼吧，她說。

——如此甚好！錫哥說。

他舉起手，一個穿白套裝的侍者出現在剛才領班站的位置，連珠炮似的花言巧語，讓人想到遊走鄉村俱樂部的江湖騙子。

——晚安，古瑞先生；晚安，兩位小姐。容我冒昧說一句，三位是現場最漂亮的一桌客人了。當然當然，還不打算點餐嗎？天氣實在糟透了呀。還是我先為各位上一杯開胃酒？

——其實，凱斯柏，我們剛剛才說到要來一杯馬丁尼。

——當然要來一杯馬丁尼。這些我先幫各位收走吧。

凱斯柏用手肘夾住菜單，沒幾分鐘飲料便上桌了。

應該說，是三只空杯子上桌了，上頭各有橄欖三顆成串架在杯口，好像櫓槳架在小舟上。凱斯柏在銀搖杯上蓋了一塊餐巾，徹底搖勻，然後仔細倒酒。他先斟滿我的杯子，酒液冰涼純淨，彷彿比水還要透明。接著他斟滿伊芙的杯子。他開始幫錫哥倒的時候，酒從搖杯流出來的速度很明顯地變慢了，接著變成涓涓細流；有一度感覺就要不夠了，但是琴酒繼續涓涓流出，杯子水面也持續上升，直到最後一滴流出，錫哥的馬丁尼也滿到杯緣。正是這種精準給了人自信。

——友情呀，凱斯柏說，今天使也稱羨。

——本店招待。他說完就離去。

定眼一瞧銀搖杯已經不見，凱斯柏又拿出一個擺了生蠔的高腳盤。

伊芙用叉子敲了敲水杯，好像要對整間餐廳的人致詞一樣。

——我要告解，她說。

我和錫哥抬起眼等著。

——我今天吃醋了。

——伊芙……

她抬起手要我安靜。

——讓我說完。我知道你們兩個一起享用了你們的咖啡、奶油和糖——我承認，那時候我很眼紅，而且不是微怒而已。其實我原本一心一意要破壞今天晚上，好給你們一個教訓，但是凱斯柏說的沒錯：友誼至上。

她舉起酒杯，瞇起眼睛。

——敬打破慣例！

沒幾分鐘，伊芙就變回原來那個完美的她：輕鬆自在，活潑樂天，愉快爽朗；高深莫測。

我們附近幾張桌子的客人都在聊聊了好幾年的話題——他們的工作和他們的小孩和他們的夏季別墅——或許一成不變，卻鞏固了共享期望與經歷的意識。錫哥機靈，他把那些掃到一旁，開始新的話題，內容更適合我們的處境——一個基於假設的處境。

你們小時候怕什麼？他問。

我說貓。

錫哥說怕高。

伊芙說怕老。

我們就這樣玩開了，變成一種親密的競爭，每個人都想說出最漂亮的答案，要出人意表，有趣，意義深遠，但是真實。伊芙真是不可小覷，結果勢如破竹，一路領先。

你一直想要、父母卻不給的東西？

我：零用錢。

錫哥：樹屋。

伊芙：痛打一頓。

如果可以有一天扮成別人，你想扮成誰？

我：瑪塔．哈里。

錫哥：納蒂．邦波。

伊芙：戴若．柴納克。[14]

如果你的人生有一年可以重來，你希望是哪一年？

我：我八歲那年。我們住在麵包店樓上。

錫哥：十三歲，我和哥哥去爬了阿第倫達克山脈。

伊芙：新的這一年。

生蠔下肚，蠔殼掃到一旁。凱斯柏帶著另一輪馬丁尼回來，還多倒了一杯招待。

——這次要敬什麼？我問。

——敬不那麼害羞，錫哥說。

我和伊芙附和祝詞，並且舉杯就口。

——敬不那麼害羞？有人發問。

有個女人一手放在我的椅背上站著，看起來高䠷優雅，年紀約五十出頭。

——似乎是個不錯的抱負，她說，不過如果能先立志回人家電話，會更好。

14 此三人分別為歐洲知名交際花間諜（Mata Hari，1876~1917）、小說《最後的莫希干人》的主角（曾改編為電影《大地英豪》）、知名電影製片（Darryl Zanuck，1902~1979）。

——對不起，錫哥有點發窘地說，我本來今天下午要打的。

她露出迷人的笑容，揮揮手表示不介意。

——拜託，泰迪，我只是開玩笑。我看得出你有了最值得分心的事。

她向我伸出手。

——我是安妮．戈藍登，錫哥的教母。

錫哥站起來，向我們兩個比了比。

——這位是愷瑟琳．康騰，這位——

但伊芙已經站起來。

——伊芙琳．羅思，她說，幸會。

戈藍登夫人繞過桌子去握伊芙的手，堅持讓她坐下，接著又往錫哥那邊去。從她身上幾乎看不出歲月痕跡，一頭短短的金髮，芭蕾舞者的精緻五官，那種長得太高沒法再跳舞的芭蕾舞者。她穿著一件黑色無袖禮服，突顯手臂修長；沒有戴珍珠短鍊，但是戴了耳環，水果糖大小的貼耳祖母綠。那對寶石燦爛美麗沒得爭辯，而且跟她的眼睛顏色相配。從她的舉止，你看得出來她會戴著那耳環游泳；從水裡起來以後，她會拿起毛巾擦乾頭髮，一分一秒沒想過寶石是還在耳朵上呢，還是已經落入海底。

她走到錫哥身邊，湊上臉頰，他忸怩地輕吻了一下。錫哥坐下之後，她把一隻充滿母愛的手放到他肩上。

——愷瑟琳，伊芙琳，記住我的話，這情況不論教子或外甥姪兒都一樣，他們剛到紐約的時候，你見到他們的時間很多，譬如洗衣籃滿了，或是食品櫃空了；一等他們能自立了，你想請他們喝茶，還得先跟平克頓偵探社雇個人才行。

我和伊芙都笑出來。錫哥則是擠出一個羞怯的笑容；教母現身，讓他變得好像十六歲。

——在這裡遇見您，真是美妙的巧合，伊芙琳說。

——世界很小呀。戈藍登夫人回應她，有點揶揄的感覺。

不用說，是她先帶錫哥來這家餐廳的。

——要不要和我們喝點東西？錫哥問。

——謝謝你，親愛的，但我不行，我跟葛楚一塊兒來的，她千方百計要拉我進美術館的董事會，我得保持清醒才行。

她轉向我們兩個。

——要是留給泰迪去拿主意，我肯定再也見不到兩位，所以請接受我的邀請，改天一起吃午餐——他來不來都行。我保證不會講太多他小時候的故事，害你們無聊。

——我們不會覺得無聊的，戈藍登夫人。

——請。戈藍登夫人說了這個字，和領班一樣說成一個句子。叫我安妮吧。伊芙要她放心。

戈藍登夫人優雅地揮了手，走回自己那桌，這時伊芙興奮得滿臉通紅。不過，如果說戈藍登夫人的小造訪點亮了伊芙蛋糕上的蠟燭，那麼錫哥的蠟燭就是被吹熄了。

她意外出現，改變了這次外出活動的走向，一眨眼間，報紙標題就從**富男帶二女上奢華餐廳**，變成了**年輕公子哥在家族後花園炫富**。

伊芙一派樂天，看不出來這晚正瀕臨敗壞邊緣。

——多好的女人。她是你母親的朋友嗎？

——什麼？錫哥問。哦，對，她們一起長大的。

他拿起叉子在手裡轉。

——或許我們該點菜了，伊芙提議。

——你想不想離開這兒？我問錫哥。

——可以這樣嗎？

——當然。

伊芙一臉失望。她迅速給了我一個惱怒的眼神，張嘴準備提議來個開胃菜就好，但是錫哥整張臉已經重新亮起來。

——好吧。她說著，把餐巾扔到盤子上。咱們閃人了。

一從桌邊站起來，我們都感受到第二杯馬丁尼的眷顧。大門邊，錫哥用德語向領班致謝，也為必須匆忙離開致歉。伊芙為了表示寬恕，從寄物小姐那裡拿走我的飛波姐兒[15]外套，留了她自己的二十一歲生日禮——毛領大衣給我穿。

外頭的毛毛細雨已經停了，天空乾淨無雲，空氣清新宜人。我們速速開了個會，決議去柯諾夫俱樂部看第二場秀。

——我們可能會趕不上門禁時間，我一邊說一邊爬進車子後座。

——如果真的趕不上，伊芙轉向錫哥問，我們能不能睡你家？

——當然可以。

雖然這一夜的開頭不甚平順，總算我們的同志情誼再一次化解危機。伊芙坐在前座，手往後伸放在我的膝蓋上；錫哥開了收音機，轉到播著搖擺樂曲的頻道。沒有人說話，車子轉進公園大道，一路往下城開去。

我們在五十一街路口經過聖巴多羅買教堂。這座宏偉的圓頂教堂由范德堡家族起造，他們給教堂擺了個便利的位置，禮拜日早晨一邊稱讚牧師講道講得好，同時眼睛還可以往牧師身後看過去，看見

15 flapper，指一九二〇年代的摩登新女性，穿及膝裙，剪鮑伯頭，聽爵士樂，抽菸、喝酒，不畏世俗眼光。飛波姐兒的服裝特色是無袖低腰直筒連身裙，不強調身材曲線。

他們家蓋的大中央車站。范德堡家族和其他鍍金時代的貴族一樣，祖上可以追溯到三代以前一個契約奴工。他出身名叫「德堡」的荷蘭小鎮，搭統艙渡海來到紐約，下船時還只是揚．范．德堡，意思是「從德堡來的揚」，等到子孫鐵路大王柯尼留斯（Cornelius）發了財，才把這綽號升了級。

但你不需要擁有鐵路，就能把名字縮短、拉長。

泰迪變成錫哥。

伊芙變成伊芙琳。

愷蒂雅變成愷特。

在紐約市這地方，像這樣改改名字，不用花你一毛錢。

車子穿過四十九街，我們可以感覺底下車輪滑了一下。前頭路面閃閃發亮，似乎有些小水坑，但是雨停了以後，已經凍成一片片的冰。錫哥換檔減速，穩住了車子。他慢慢轉了個彎，可能是想著第三大道路況好一點，就在這時，牛奶卡車撞了上來，我們甚至看都沒看見。它從公園大道以五十哩時速駛來，車上載滿貨物，我們減速的時候，它試過煞車，卻碰上冰坑，隨即不偏不倚重重撞上我們的車尾巴。雙門跑車像火箭一樣衝出去，飛躍四十七街後，撞進分隔島上的鑄鐵路燈。

我醒過來的時候，發現自己頭下腳上，卡在排檔和儀表板中間。空氣冷冽，駕駛座車門大敞，我看見錫哥躺在邊石上。副駕駛座的門關著，但伊芙不見了。

我把自己解救出來，爬出車外，覺得吸氣會痛，彷彿斷了肋骨。現在錫哥爬起身了，一跛一跛地往伊芙走去。她衝出擋風玻璃被甩出車外，現在蜷在地上。

不知哪來一輛救護車，兩個穿白袍的年輕人抬著擔架，像是從西班牙內戰的新聞片走出來的。

——她還活著，一個對另一個說。

他們把她抬起來，放上擔架。

她的臉皮開肉綻，好像一塊生肉。

我忍不住轉過臉去。

錫哥也忍不住。他的眼睛定定看著伊芙，一直到手術室的門關上了，都不願移開。

一月八日

他從醫院出來，路邊停著一排計程車，彷彿這裡是飯店。他很驚訝天已經黑了，心想不知現在幾點。

前頭那輛計程車的司機朝他點頭示意，他搖搖頭。

一個穿皮草的女人從醫院出來，跳進那輛計程車的後座，一邊關車門，一邊傾身向司機匆匆說出一串地址。那女人的計程車開走了，其他輛往前一格。有一刻他感覺那女人倉促的樣子不太合宜，不過話說回來，我們有充分的理由倉促來到醫院，不代表我們就沒有充分的理由倉促離開。

他有多少次跳進計程車後座、匆匆說出一串地址？幾百次？幾千次？

——來一根？

一個男人從醫院裡面出來，站在他右邊數呎的地方。他是其中一個外科醫師，負責主持重建手術的。他的態度鎮定而友善，年紀一定不到四十五。現在應該是兩台手術中間的空檔，因為他的手術服乾淨無瑕。他手上拿著一根菸。

——謝謝。他道了謝，接受幾年來的第一根菸。

一個舊識有一次說，要是他戒菸，他會永遠記得最後一根菸的滋味，記得比其他抽過的菸還清楚。他說得沒錯。那根菸在普洛維登斯火車站抽的，就在登上往紐約的火車前幾分鐘；那是快要四年以前的事了。

他把菸咬在嘴裡，伸手到口袋拿打火機；但是醫生已經替他點了火。

——謝謝。他又道了謝，傾身靠近火苗。

有個護士跟他說，這位外科醫師上過戰場，當時是年輕的內科醫師，駐紮在法國前線。你看得出來，他的舉手投足有那個味道。他看起來就像在逆境中長出一身膽識那種男人，好像再也不欠任何人什麼。

醫生仔細看他。

——你上次回家是什麼時候？

我上次回家是什麼時候，他在心裡問自己。

醫生沒有等他回答。

——她最快要三天後才會醒，她醒來以後，會需要你全力支持。你應該回家好好睡一覺，好好吃一頓，給自己倒一杯。別擔心，你太太有最優秀的人照顧。

——謝謝你，他說。

一輛新來的計程車靠過來，排在最後一位。

麥迪遜大道上會有像這樣的一排計程車，停在卡萊爾大飯店前面，空轉著引擎；第五大道上，會有另一排這樣的計程車，停在思丹荷普大飯店前面。這世界上還有哪個城市有更多計程車隨你使喚？每一個街道口，每一個遮篷下，他們等在那裡，讓你不必更衣、不必三思、不必對任何人交代任何一個字，就可以走避哈林區或合恩角[16]。

——……不過她不是我太太。

醫師把菸從嘴裡拿出來。

——哦，眞抱歉，有個護士害我以爲……

——我們只是朋友。

16 哈林區在曼哈頓北端，合恩角則是智利火地群島南端的陸岬，南美洲的最南端。

——呃，是，當然。

——我們一起出的車禍。

——我了解了。

——是我開的車。

醫師沒說話。

一輛計程車開走，排隊的往前一格。

哦——眞抱歉——呃，是——當然——我了解了。

春

The Metropolitan Museum of Art
FOUR FREE CONCERTS
PELHAM BAY PAR

5 有與無有

三月下旬某一夜。

我的新住處在十一街，夾在第一和第二大道中間，一棟無電梯六樓公寓裡的套房。房間面對狹小的天井，窗台與窗台之間掛著曬衣繩。這季節還有人晾著灰色床單，在距離結冰地面五層樓高的空中飄呀飄，像乏味又沒創意的鬼魂。

天井對面有個穿著內衣的老人，拿著長柄鍋在窗前走來走去。他一定是清潔工或門房，因為他總是早上穿戴整齊煎肉，晚上只穿內衣煎蛋。我給自己倒了一點琴酒，回頭專心對付一副破舊的撲克牌。

不知哪來的衝動，我花十五分錢買了一本橋牌入門，而且很快就回本了，每個星期六我都可以從起床號玩到熄燈號。我會在我的小廚房桌上發牌，然後一張椅子坐過一張，輪流玩四家。北家是我想像出來的搭檔——是個英國貴族，叫牌輕率，跟我這個謹慎的初學者正好互補；他最喜歡不顧後果隨便加叫，逼得我拿一手低花牌還得玩賭倍。

東家和西家好像要呼應我們一樣，也開始表現出個性了。我左手邊坐的是一位老猶太拉比，每張牌他都記得住；我右手邊是退隱江湖的芝加哥幫派老大，他什麼都記不住，評估局勢倒很厲害，有時單憑意志力就能贏得大滿貫。

——兩墩紅心？我仔細算過手上的點數以後，先開叫試試。

——兩墩黑桃。拉比的語氣有點警告意味。

——六墩紅心！我的搭檔大喊出聲，手上的牌都還沒整理好呢。

——跳過。

——跳過。

電話響起，我們都嚇得抬起頭。

——我來接，我說。

電話在一疊托爾斯泰小說上面搖搖晃晃。

我想一定是那個年輕會計師打來的，他在法內麗咖啡很努力逗我笑，我一時糊塗讓他寫下我的電話號碼，四七－一－〇九二三，這是我擁有的第一條私人電話線路。我拿起聽筒，卻是錫哥．古瑞。

——嗨，愷蒂。

——哈囉，錫哥。

將近兩個月沒聽過錫哥或伊芙的消息了。

——最近忙什麼？他問。

以目前的狀況來看，算是個懦弱的問題。

——還有兩局才能定勝負。你呢？

他沒回答。有一會兒什麼都沒說。

——你今晚可以過來嗎？

——錫哥……

——愷蒂，我不知道你跟伊芙兩個人怎麼了，可是這幾個星期實在難熬。醫生說過會先惡化然後才好轉，我不太相信，但事實如此。今天晚上我得去公司，我覺得不能留她一個人。

外頭開始雨雪雜下，那些床單上開始出現一個一個灰斑。有人實在該趁著還有機會趕快收拾起來的。

——好啊，我說，我可以過去。

——謝了愷蒂。

——你不必謝我。

——好吧。

我看看錶，這時間百老匯大道的地鐵採區間行駛，班次不多。

——我四十分鐘後到。

——坐計程車吧？我把車錢拿給門房。

我把聽筒掛回去。

——我加倍，拉比嘆口氣說。

跳過。

跳過。

跳過。

⋯

車禍後的頭幾天，伊芙還昏迷不醒，主要是錫哥在床邊顧著。幾個寄宿公寓的女孩輪流在等候室看雜誌，而錫哥幾乎沒離開過她身邊。他讓他家門房送乾淨衣服過來，在醫師的更衣間沖澡。

第三天，伊芙的父親從印第安納來。看他站在她床邊，你知道他沒了主張，發不出一聲啜泣或禱告。要是發得出來，他倒是能好過一些，但他只是盯著女兒嚴重受創的臉，搖頭數千次。

她在第五天清醒，第八天差不多算是恢復成她自己了，或者該說是鋼鐵版的她自己。她聽醫師解說病情，冰冷的目光毫不閃躲；她接受任何醫學專業用語，像是**骨折**和**縫合術**和**血管結紮術**，並且鼓勵他們採用她那套比較生動的詞彙，像是**跛腳**和**破相**。她差不多準備好出院的時候，她父親宣布要帶她回印第安納；她拒絕了。羅思先生跟她講理，後來變成懇求。他說她回家的話，恢復體力會快得多；他說她的腳這個樣子，沒辦法爬寄宿公寓的樓梯；他還說，她母親等著她回家。但是伊芙不動搖，沒有一個字能說服她。

錫哥向羅思先生提了個辦法，算是試探；他說如果伊芙想要在紐約復建，可以住到他的公寓去，那裡有電梯，有送餐服務，有門房，還有一間客房。伊芙接受了他的好意，臉上不見笑容。不知道羅思先生心裡是不是反對這個安排，就算是，他也沒說；他已經開始了解，自己在女兒的事情上面再也沒有說話的分兒。

伊芙出院前一天，羅思先生兩手空空回到太太身邊。但是那時親吻女兒道別以後，他示意有話跟我說。我陪他走到電梯口，他在那裡塞了一個信封到我手裡，說是給我的，用來支付年底之前伊芙那一半的房租。從信封的厚度我知道裡頭有很多錢，我想要還他，我說寄宿公寓會再給我弄一個室友來；但是羅思先生執意如此。之後他就消失在電梯門後，我看著指針，一直看到他下到大廳。然後我打開信封，裡面是五十張十元鈔，大概就是兩年前伊芙寄回去的那一疊。當時她那麼一寄，便從此確定了，這些鈔票再也不必給他倆之中任何一個人花用。

我把這些情勢發展當作老天給的暗示，是時候走自己的路了，尤其馬汀革太太已經警告我，再不把她地下室那些箱子搬走，她就要趕我出去。所以我用了一半羅思先生的錢預付六個月租金，租了一間五百平方呎的小套房；另一半錢收在我拉司科伯父的軍用床尾箱裡。

伊芙想要直接從醫院去錫哥家，所以我得負責搬她的東西。我盡量打包得漂亮些，襯衫和毛衣都照她會喜歡的樣子摺得四四方方。我聽錫哥的指揮，把她的袋子拿到主臥室整理。我發現裡頭的抽屜、衣櫃都是空的，錫哥已經把自己的衣服挪到走廊盡頭的傭人房。

伊芙住在貝瑞斯福華廈的第一個星期，我每個晚上跟他倆一起吃飯。我們會坐在廚房外面的小飯廳，吃著大廈地下室膳房燒煮的正式晚餐，還有穿著正式服裝的員工伺候上菜。海鮮濃湯，球芽甘藍佐牛腰肉，飯後再來杯咖啡配巧克力慕絲。

晚餐後伊芙通常已經累壞了，我會扶她回房間。

她會坐在床尾，我替她脫衣服。我會先脫掉她右腳的鞋襪，幫她拉下連身裙的拉鍊，再從頭上把裙子拉起來，還要小心別碰到爬在側臉上的黑色小縫線；她會直直盯著前面看，什麼都依我。過了三個晚上我才發現，她盯著看的是梳妝台上的大鏡子。是我笨得疏忽了，我跟她道歉，我說會請錫哥把鏡子搬走，但她不讓我們動那鏡子。

我幫她蓋好被子，親她一下，關了燈，然後我會悄悄關上門，回到客廳；錫哥正在那裡焦急等著。我們沒有喝一杯，我們甚至沒有坐下來，在我回家前那短短幾分鐘內，我們會像家長一樣輕聲討論她的進展：**她的胃口好像恢復了……她的氣色好轉了……她的腿好像沒那麼難受了……**自我安慰的話語啪答啪答地，像雨滴落在帳篷上。

但是伊芙出院第七天夜裡，我幫她蓋被、給她晚安吻，她止住我。

——愷蒂，她說，你知道我會一直愛你，到世界末日那一天。

我坐到床上，在她旁邊。

——我也一樣。

——我知道，她說。

我拿起她的手握緊，她也用力握了我的手。

——我覺得你一陣子不要來比較好。

——好。

——你懂的吧？

——當然懂，我說。

因為我真的懂。至少懂得夠多了。

現在不是誰先開口說要了的問題，也不是誰坐在誰旁邊看電影的問題。遊戲規則已經變了，或者說，再也不是什麼遊戲了；現在是如何熬過夜晚的問題，這問題通常聽起來容易做起來難，而且是做法人人大不相同的一件事。

・・・

計程車在中央公園西路停下來的時候，原本天上雨雪紛飛的，現在已經變成凍雨。晚班門房彼特拿著雨傘在路邊接我，一塊錢的車資，他給了兩塊錢，車子到遮簷五呎的距離，他也幫我遮著雨。電梯員裡年紀最輕的漢密爾頓今晚值班，他出身喬治亞州亞特蘭大，帶著農場文化來到紐約，這一點要嘛讓他走得更遠，要嘛把他捲進是非之地。

——您去旅行了嗎，康騰小姐？他在電梯開始往上升的時候問我。

——只去了生鮮雜貨店，漢密爾頓。

他給了我一聲甜甜的笑，表示他知道更多內幕。

我太喜歡他的幻想了，捨不得澄清。

——請代我問候伊芙琳小姐和錫哥**先森**。他用南方口音說著，電梯也慢慢停下來。

電梯門打開，外面是私人門廳——完美的希臘建築風格復興典範，拼花地板，白色裝飾線板，牆上掛著前印象派的靜物畫。錫哥坐在一張沒有扶手的直背椅子上，手臂撐在膝蓋，低垂著頭，看起來好像回到了急診室外面。我踏出電梯的時候，他很明顯鬆了一口氣，好像已經開始擔心我不會來了一樣。

他雙手握住我的雙手。他五官的線條變得圓潤，彷彿伊芙在醫院掉的十磅長到他身上了。

——愷蒂！謝謝你來，看到你真好。

他有點壓低了聲音說話的樣子，讓我伸長了天線。

——錫哥，伊芙知道我要來嗎？

——知道知道，當然。他低聲說。她很高興可以見到你。我只是想說明一下，她最近狀況不太好，尤其是夜裡，所以我盡量留在家裡，她會比較好，有……人陪的時候。

我脫掉大衣，放在另一張椅子上。這應該可以解釋錫哥的心境，為什麼他一直不曾要求我來。

——我不確定要多晚，你可以待到十一點嗎？

——可以呀。

——十二點？

——錫哥，你需要我待多晚，我就待多晚。

他再次握住我的手，然後放下。

——進來吧。伊芙！愷蒂來了！

我們穿過往客廳的門。

錫哥的門廳裝潢成古典風格，那是個小花招，因為整間公寓只有門廳的布置來自鐵達尼號沉沒前的時代，客廳呢——空間大而方正，露台落地窗俯瞰中央公園，卻好似整間直接從二九年巴塞隆納萬國博覽會空運過來：三張白沙發和兩張黑色的密斯．凡德羅單椅緊密圍繞著玻璃茶几；几上陳設可見巧思，有一疊小說，一個黃銅菸灰缸，和一架裝飾藝術風格的飛機模型。客廳裡沒有綢緞，沒有絲絨，沒有變形蟲圖案，沒有粗澀觸感或圓滑邊角，只有交錯的矩形加強整體的抽象感。

用來居住的機器，我想那個法國人是這樣形容的[17]，而伊芙就斜臥在這些工藝品之間。她穿著白色連身裙，倚在其中一張沙發上，一隻手臂枕在頭底下，一隻放在身側，呈現「一輩子沒離開過這兒」的姿勢。城市燈光垂掛在她身後，馬丁尼酒杯擺在地毯上，她看起來好像宣傳車禍益處的廣告。

只有更靠近些，你才看得到損害。她的左臉有兩條傷疤交會，從太陽穴一路劃到下巴；僅剩的對

17 指建築大師柯比意（Le Corbusier，1887~1965）的名言：房子是用來居住的機器。

稱也已經遭到破壞，一邊嘴角微微耷拉下來，好像中風過一樣。從她的坐姿看起來，左腿好像只是稍微歪扭，但是從裙襬往上一瞄，你可以看見植皮手術留給她的拔了毛的雞皮。

——嘿，伊碧。

——嘿，愷特。

我靠過去親她一下，她不加思索便湊上右臉頰，反射作用已經適應了身體新的狀況。我在對面沙發坐下來。

——你覺得怎麼樣？我問。

——好多了。你最近好嗎？

——一樣嘍。

——那不錯啊。要喝點東西嗎？錫哥，親愛的，麻煩你？

錫哥一直沒坐下，他站在空著的沙發後面，兩隻手臂撐在沙發椅背上。

——沒問題。他站直了身體說著。你要喝什麼，愷蒂？我們剛剛在喝馬丁尼，可以幫你調一杯新的。

——搖杯裡有什麼就喝什麼吧。

——你確定嗎？

——當然嘍。

錫哥拿了一只玻璃杯，繞過沙發，伸手到茶几上拿那架飛機。機身拿起來了，機翼還架在茶几上——非常巧妙的裝飾藝術玩藝兒，走在流行的尖端。錫哥拔掉飛機頭，倒滿我的酒杯。把搖杯放回原位之前，他猶豫了一下。

——你還要嗎，伊芙？

——我不用了。不過你留下來陪愷蒂喝一杯吧。

錫哥看起來為之苦惱。

——我不介意自己喝，我說。

錫哥把搖杯放回去。

——我盡量早點回來。

——如此甚好，伊芙說。

錫哥在依碧的臉頰上親了一下。他走向門口，她則是往外望著整座城市。門關上，她沒有回頭看。

我啜飲一口馬丁尼，冰塊融化稀釋了酒液，幾乎嘗不出琴酒的味道；這一杯幫不上什麼忙。

——你氣色不錯，我終於開口說。

伊芙耐心地看著我。

——愷蒂，你知道我受不了那種廢話，你尤其不該。

——我只是要說，你看起來比上次見面好多了。

——是地下室那些男生的功勞，每天都是早餐培根、午餐濃湯，法式小點配雞尾酒，蛋糕配咖啡。

——我嫉妒了。

——是啊，《聖經》說的浪子回頭什麼的嘛。可是你很快就會覺得自己其實是那頭養肥了待宰的小牛。[18]

她費了一番工夫坐起身來，伸出兩根手指，從茶几上拿起一粒幾乎看不見的白色小藥丸。

——我總有一天要找到耶穌。她說完，配著已經不冰的琴酒把藥丸吞下。

18　《路加福音》裡的故事。男子有二子，么子要求分家後，便散盡財產窮苦潦倒，後來醒悟返家，父親大喜，便命人宰了牛犢飲宴。長子在田裡工作，得知上情，就生父親的氣，父親解釋說，浪子回頭，失而復得，理當歡喜。

——你要再來一杯嗎？她問。

——如果你要的話。

她靠著茶几把自己撐起來。

——我可以自己弄，我說。

她對我苦笑。

——醫生要我多運動。

她把搖杯從架子上拿起來，一步一步走向吧台。她的左腳在後面拖著，好像小孩子在街上拖著行李箱。

她用夾子一顆一顆夾起冰塊，放進搖杯機身裡；琴酒隨意倒，苦艾酒則是量得一滴不差。吧台上有面鏡子，她一邊攪拌，一邊研究自己的臉，表情像是一種冷酷的得意。

人家說吸血鬼照鏡子照不出影，或許那場意外已經讓伊芙變成某種特質正好相反的鬼——變得看不見自己，只有照鏡子的時候除外。

她蓋上搖杯，一邊跛著走回座位，一邊懶洋洋地扣緊搖杯蓋。她倒滿自己的杯子，然後把搖杯放在茶几上，往我推過來。

——你跟錫哥處得怎麼樣？我斟滿杯子以後問她。

——我不想閒扯淡，愷蒂。

——那是閒扯淡嗎？

——夠淡了。

我隨便比了一下公寓裡面。

——至少，看起來他把你照顧得不錯。

——你弄壞，你就要賠，對吧？

她喝了一大口，然後看著我，這次比較直視我了。

——我想你不會就這樣回家吧？我好得很，十五分鐘內就會睡得不省人事。她還搖了搖杯子，以為例證。

——我沒別的事做。我說。我會待著，至少扶你進房間。

她往空氣裡揮了揮手，好像在說：**想留就留，想走就走**。她又喝了一大口酒，然後躺回沙發上。我低頭看我的酒杯。

——要不你念書給我聽好了，她說，錫哥都這樣。

——你想聽？

——一開始我聽得快瘋掉，感覺好像他沒有勇氣跟我交談一樣。可是我慢慢喜歡上了。

——好吧，你想要我念什麼？

——隨便。

茶几上有八本書疊在一起，愈往下愈大本；亮面書衣的顏色令人有所聯想，整疊看起來好像包裝得漂漂亮亮的聖誕禮物。

我拿起最上面那一本，書頁全無摺角，所以我從開頭念起。

「好，當然好，只要明天天氣好就行，」雷姆齊太太說。「可是你得跟雲雀一樣早起唷。」她又加上但書。

這些話給她的兒子送上無比的快樂，彷彿事情已經定下，探險之旅一定能成行；而他期盼的奇景，感覺期盼了好多好多年，終於要在一夜的黑暗與一日的航行之後，來到眼前。

——哦，停停停，伊芙說，好可怕，這什麼呀？

——維吉妮亞・吳爾芙。

——哎唷。錫哥帶這些女人寫的小說回來，彷彿我需要靠這些重新站起來似的。他拿到我床邊擺滿了，好像要把我關進書牆裡。都沒有別的嗎？

我把那疊書推歪一些，從中間抽了一本出來。

——海明威如何？

——感謝主。但是這次跳過開頭好嗎，愷蒂？

——跳多遠？

——不要從開頭念起就好。

我隨手翻到一〇四頁：

> 第四個男人，壯的那個，他看著他從銀行門口出來，他胸前舉著一把湯普森衝鋒槍，就在退出門外時，銀行裡警鈴響起，發出讓人無法呼吸的長聲尖叫，此時哈力看見槍口跳跳跳跳，聽見砰砰砰砰。[19]

她挪了挪頭底下的枕頭，往後躺好，閉上眼睛。

——這才像話，伊芙說。

我朗讀了二十五頁，伊芙在第十頁以後睡著。我想我可以停了，但是我讀得正開心。從一〇四頁開始讀，海明威的散文體變得比以往更精力充沛，沒了開頭那幾章，所有事件都變成速寫，所有對話都是含沙射影。小角色和主角平起平坐，而且真的用公正持平的普通常識痛打主角；主角不反擊，反倒好像鬆了一口氣，因為可以逃離主線故事的暴政。我想要用這種方式讀所有海明威的書。

19 海明威小說《雖有猶無》，也有人譯成《富有與匱乏》，本章標題To Have & to Haven't即從該小說英文書名To Have and Have Not變化而來。

我喝乾了酒杯，然後小心放下，免得杯腳跟玻璃几面碰出聲音。伊芙的沙發椅背上放了一條白色蓋毯，我等她呼吸均勻了，便拿來披在她身上。她不必再尋找耶穌了，我在心裡對自己說，耶穌已經來照顧她。

吧台牆上掛著四幅斯圖爾特．戴維斯（Stuart Davis）的加油站習作，是這廳裡唯一的藝術品；畫裡只用基本色，和家具相映成趣。酒瓶前面擺了又一個裝飾藝術小銀件，是個小框框，還有個轉盤可以幫象牙色的卡片翻頁，像火車站的時刻表那樣，一張蓋住一張；卡片是一張張雞尾酒譜：馬丁尼、曼哈頓、大都會——翻，翻，翻。竹子、班奈特、床笫之間——翻，翻，翻，翻。琴酒瓶後面有四種蘇格蘭威士忌，每一種我都買不起。我倒了一杯年分最久的，信步走進後廊。

右邊第一個房間是我們以前一起用餐的小飯廳，後面是廚房，設備齊全，很少使用，乾淨全無汙點的銅鍋擺在爐子上，還有一隻隻陶罐裝著**麵粉**、**糖**、**咖啡**、**茶葉**，全滿到罐口。

廚房後面是傭人房，從裡頭的樣子看起來，錫哥還睡在這兒，椅子上有一件無袖內衣，他的刮鬍刀在浴室玻璃杯裡。小書櫃上方掛著一幅滿簡單的社會現實主義作品，畫面俯瞰一座貨運碼頭，裝卸工人正在集結抗議，群眾外邊停了兩輛警車，碼頭盡頭有個藍色霓虹燈牌，勉強可以看出「通宵營業」四個字。這幅畫並非一無是處，不過看看這公寓裡裡外外，我看得出來它為什麼會被貶黜到傭人房。房裡還有其他情節相仿的流刑犯，是書櫃裡滿滿的冷硬派偵探小說。

我回頭經過廚房，經過睡著的伊芙，到了前廊。左邊第一個房間是又一間鋪上鑲板的書房，附帶壁爐，空間有我的公寓一半大。

桌上又一件設計新穎的裝飾藝術小玩藝兒，是個賽車形狀的菸盒。這些銀件——搖杯啦，雞尾酒牌啦，賽車啦——都和整間公寓的國際主義風格十分相配，做工有如珠寶般細緻，用途卻有明明白白的陽剛味，而且都不是錫哥會給自己買的東西，看得出來有幕後高手在指揮。

兩個書擋中間夾著一小排參考書，有一本同義字字典、一本拉丁文文法、一本很快就要大為過時的地圖集。還有一本薄薄的冊子，脊背上沒印書名，原來是一本華盛頓文集，從第一頁題字看得出來，是錫哥的母親送他的十四歲生日禮物。這本書收錄所有華盛頓著名的演講和信件，按照年分排列，不過開頭是一份自我期許表，我們國父在青少年時期寫下這些規條：

《社交與談話禮儀》

一、與人共處時，一舉一動皆須對在場者表示若干尊重。

二、與人共處時，手不可置於通常不對人暴露之身體部位。

三、勿向朋友展示任何可使其驚恐之物。

諸如此類。

我剛才說諸如此類嗎？此類一共有一百一十條！而且超過一半畫了線——一個少年和另一個少年跨過一百五十年的鴻溝，共享學習禮儀的熱忱。我實在很難決定哪個比較貼心，是錫哥的母親送他這冊子，還是錫哥真的把冊子留在身邊。

書桌後面的椅子可以旋轉，我轉了一圈停下來。抽屜都可以上鎖，但是沒一個鎖上；下層幾個是空的，最上層左右兩個抽屜塞了一般的文具，但中間抽屜裡，放在一疊紙張上面的，是伊芙父親的來信。

古芮〔原文如此〕先生台鑒：

閣下在醫院坦懷相待，此舉令我欣賞，我願意相信閣下所言，您與伊芙琳並非情人關係。這也是為何我必須不顧您反對，堅持支付小女在貴府停留期間的開銷。隨信附上一千元支票，後續尚有，請務必惠予兌現。

一次慷慨之舉鮮少能解除對他人之責，反而是責任之始。通曉此理者幾希，我卻相信您深諳此理。若閣下與小女之間有日久生情之可能，我只能信任您，不會因為小女身體欠安、近在咫尺或虧欠於您，而趁人之危。我相信閣下自有把持，君子有所不為，直到您準備好為所當為的時機來臨。

送上感謝與信任。順候

近祉

查爾斯・伊夫睿・羅思　敬上

我把信摺好放回抽屜裡，心中對羅思先生的敬意更添幾分。他的信硬邦邦又枯燥，一派生意人對生意人的口吻，我想情聖唐璜看了都要打退堂鼓。難怪錫哥把信放在那兒，伊芙一定看得到。

主臥室窗簾敞開著，城市燦爛奪目，有如一條鑽石項鍊；項鍊它清楚明白，自己已經是誰的囊中物。床上蓋著藍黃相間的罩布，和一對繃布椅顏色相襯托。如果要說整間公寓的設計完全符合有錢單身漢的調調，那麼這裡的色彩和舒適感則是恰到好處，任何有幸入主這房間的女性，都不會感覺格格不入。又是那個幕後高手的傑作。

衣櫃裡，伊芙添了新行頭，一定是錫哥買的，因為新衣服不便宜，也不是伊芙喜歡的風格。我的手指從一件件連身裙上滑過去，像一頁頁翻過雞尾酒譜，突然一件藍色的飛波姐兒外套映入眼簾。那是我的。我一時奇怪我的外套怎麼跑來這兒，伊碧的衣物明明都是我打包的，但我隨即想起，車禍那晚伊碧就穿著這件外套；「禮儀」創造了奇蹟，有人把外套搶救回來，也清洗乾淨了。我把外套掛回原位，關上衣櫃門。

浴室裡，伊芙的藥放在水槽上，是某一種止痛劑。我看著鏡子，心想換成是我，我的忍受力又會是如何。

不怎麼樣，我承認。

回到客廳，伊芙不見了。

我走到廚房和傭人房，又走回書房。我開始擔心她會不會跑出去了。後來我看見客廳窗簾旋起旋落，她的白衣身影站在露台上。我走出去站到她身邊。

——嘿，愷蒂。

我不知道伊芙是不是懷疑我到處窺探，就算是，她也沒有表現出來。雨雪已經停了，天上星光燦爛。公園東邊的公寓大樓閃爍著燈光，隔著中央公園，好像隔著海灣眺望對岸的房子。

——這裡有點冷，我說。

——但是值得，對不對？夜裡的天際線美得令人屏息，但你卻可能住曼哈頓一輩子都沒看過，像隻老鼠住在迷宮。

伊芙說的當然沒錯。走在下東城每一條街道，一路上遮天蔽日的，高架鐵軌和逃生梯和電話纜線都還沒地下化，大多數紐約客一輩子就住在水果攤車和五樓之間的某個地方。像這樣遠離下層社會，從空中數百呎俯瞰這城，可是神仙的享受。我們給了這一刻應得的待遇。

——錫哥不喜歡我出來這兒，她說，他堅信我會跳下去。

——你會嗎？

我想在問句裡添一些玩笑味道，但味道出不來。

她似乎沒怎麼生氣，就只用幾個字驅走這個概念。

——我是天主教徒，愷蒂。

離地數千呎的空中，有三個綠色燈光進入我們的視線，一路往南穿過公園。

——你看，伊芙指著說，我用一夜好眠跟你打賭，他們一定是繞著帝國大廈轉。那些小飛機一向如此，他們就是忍不住。

就像剛出院那幾天一樣，伊芙準備就寢的時候，我便扶她到房間，脫掉她的襪子和連身裙，把被子蓋好，親吻她的額頭。

她伸出雙手，扶著我的額頭回吻。

——看到你真好，愷蒂。

——要不要我幫你關燈？

她看著床頭桌。

——你看看。她抱怨。**夏綠蒂**．白朗特，**愛蜜莉**．白朗特，**珍**．奧斯汀，錫哥弄的復建計畫。但這些女人不是一輩子老處女到死嗎？

——我想奧斯汀是吧。

——哼，其他幾個說不定也是。

她這句話猝不及防，害我猛地大笑出聲。伊芙也笑了，笑得好用力，頭髮都遮到臉上來。這是打從今年第一個星期以來，我倆第一次如此盡情地笑。

我關上燈，伊芙說我不必等錫哥回來，自己離開就好。我差點照她說的走了，但錫哥要我保證等他。

所以我關上走廊的燈，和客廳大部分的燈，在沙發上找了個舒服的地方窩著，白色蓋毯披在肩頭。我從那疊書中間抽了一本，便讀了起來。書是賽珍珠的《大地》，到了第二頁我開始覺得讀不下去，便翻到一〇四頁，重新開始，但是沒有用。

我盯著桌上那一疊，思考了一會兒裡頭的選書。然後我把那一疊抱起來，經過走廊到傭人房，換了十本偵探小說。放到客廳桌上以後，不需要整理上下次序，因為每一本都是一模一樣的大小。然後我去給自己弄一盤「廚房休息了」煎蛋包。

我在碗裡打兩顆蛋，加上碎起司和香料拌勻，倒進已經熱了油的煎鍋裡，蓋上鍋蓋。熱油和鍋蓋讓蛋液膨脹起來，煎得褐黃而不焦。小時候我父親會這樣煎蛋給我吃，可是我們從來不當早餐吃，他總是說，在廚房休息了以後做煎蛋包，才是美味。

我聽見錫哥急急叫我的名字，那時我正在吃掉盤裡最後一口。

——我在廚房。

他進了廚房，鬆了一口氣的表情。

——你在這兒呀，他說。

——我在這兒。

他一屁股坐到椅子上。他的頭髮梳得整整齊齊，領帶打了個俐落的溫莎結，但他的裝扮掩蓋不了疲倦的事實。他眼皮浮腫，精力全失，看起來好像新手爸爸因為雙胞胎報到大受衝擊，嚇得熬夜加班。

——情況如何？他試探地問。

——很好呀，錫哥，伊碧比你想的還要堅強，她會沒事的。

我幾乎要繼續說下去，說他應該放輕鬆一些，給伊碧一點空間，順其自然，但我終究不是開車的人。

——我們公司在棕櫚灘有個辦事處。過了一會兒他說。我考慮帶她南下幾個星期，好天氣，新環境，你覺得呢？

——聽起來不錯。

——我只是覺得她可能需要換個步調。

——你自己看起來都需要了。

他回我一個疲倦的微笑。

我站起來收拾，他的視線跟著空盤子，好像乖狗兒盯著不放。所以我弄了一盤他專屬的「廚房休息了」煎蛋包；打蛋，煎蛋，裝盤，上菜。先前看見廚櫃裡有一瓶沒開封的料理雪利酒，我打開瓶塞，給我倆各倒一杯。我們啜飲雪利酒，用毫無必要的匆忙語氣聊著天，一個話頭換過一個。

我們說起佛羅里達，又聊到那裡的礁島群，錫哥因此想起小時候讀了《金銀島》，跟哥哥在後院裡挖西班牙金幣；於是我們又想起《魯賓遜漂流記》，還有幻想過的荒島情節，如此又聊到如果真的遇上船難，孤身一人，會希望身上帶了哪兩樣東西。錫哥（很合理地）說要一把大摺疊刀和一塊打火石；我（不合理地）說要一副撲克牌和梭羅的《湖濱散記》——只有這本書能讓你每隔一頁就發現無窮無盡。

至於現在，我們讓自己假裝還在邁克斯的小店裡，桌底下膝頭碰著膝頭，海鷗在三一教堂塔尖上盤旋；而新年帶來各種色彩鮮豔的展望，晃呀晃地引誘我們，還在伸手可及的地方。

往日舊夢呀，像我父親常說的，你要是不小心，就會像吃魚一樣把你一口給吞了。

錫哥在門廳又握住我的雙手。

——看到你真好，愷蒂。

——我也是。

我後退，他卻沒有立刻鬆手。他的神情好像正在掙扎，有話想說。但是他並沒有說話，伊芙就在走廊盡頭安睡，而他吻了我。

那不是強吻，而是探問的吻；只要我再往前一些，他就會伸出雙臂抱緊我。但是此時此刻這樣做，又會把每個人帶往何處？

我把手抽出來，一手掌心貼住他光滑的臉頰。我為聽從善勸的耐心感到寬慰：耐心等待那凡事包容，凡事相信，凡事盼望——最重要的是，凡事忍耐的到來。

——你很可愛，錫哥．古瑞。

隨著電梯接近，纜線咻咻飛過，我在漢密爾頓打開電梯門之前放開了手。錫哥點點頭，雙手插進外套口袋。

——謝謝你煎的蛋，他說。

——別以為多厲害，我只會煮這個。

錫哥露出笑容，平常模樣的他一閃而過。我進了電梯。

——我們還沒聊到你的新家呢，他說，我可以過去看看嗎？下星期如何？

——非常歡迎。

漢密爾頓恭恭敬敬地在那兒等談話結束。

——好了，漢密爾頓。我說。

他關上門，拉下控制桿，我們開始下降。接著他用口哨吹出一小段調子，一邊看著一個個樓層過去。

南北戰爭結束後，華盛頓和傑弗遜這些開國元老的名字，在他那個種族之間流行起來，但我還是第一次遇到有黑人以起創中央銀行、死於決鬥的漢密爾頓為名。抵達大廳後，我走出電梯，又回頭問他這件事；但是鈴響了，他聳聳肩，電梯的黃銅大門很快又關上。

門上有一個盾形徽章，上面紋飾一條惡龍，還題上貝瑞斯福華廈的拉丁文格言：**勿輕信外表**。

我同意。

雖然土撥鼠沒看見自己的影子[20]，冬天還是包圍著紐約，圍城又持續了三星期。中央公園裡報春的

20 美國賓州民眾每年在二月二日觀察一隻名叫菲爾的土撥鼠，如果菲爾鑽出洞外沒看見自己的影子，就代表春天不遠了，如果看見影子、回到洞裡，就代表冬季氣候還有六週。據傳這項活動可追溯到一八八七年。

番紅花結了凍；唱歌的鳥兒下了唯一一個合理的結論，飛回了巴西。至於錫哥先森，星期一他就帶了伊芙琳小姐去棕櫚灘，沒有留下隻字片語。

6 最殘酷的月分[21]

四月某個晚上，我站在IRT的華爾街站，等著搭死老百姓的交通工具回家。距離上一班車開走已經二十分鐘了，月台擠滿帽子和嘆息和亂摺一通的晚報，我附近的地上有一只裝太滿的提箱，外面用繩子捆著。這月台要不是少了小孩，根本就是戰爭時期的鐵路小站。

一個男人從我身邊擠過去，撞到我的手肘。他褐色頭髮，穿喀什米爾大衣，不合時宜地轉身道歉。一瞬間我以為是錫哥。

但我的腦袋該清楚一點才對。

錫哥．古瑞不可能在跨區捷運公司的地鐵線附近。他們去棕櫚灘一個星期後，伊芙從他倆藏身的碎浪大飯店寄了明信片。老妹，我們想死你了——之類的，錫哥在紙邊空白處附和她的看法，用小小的大寫字母把我的住址包圍起來，一路寫到郵票旁邊。伊芙在圖片上畫了個箭頭，指向他們那望海的陽台；又畫了個標示牌插在沙灘上，上面寫著：請勿跳海。信末附帶一筆：一週後見，但是兩週後，我收到一張從西礁島休閒碼頭寄來的明信片。

21 T．S．艾略特詩作《荒原》第一句：「四月是最殘酷的月分。」

這段時間，我做了五千頁的聽寫；我打了四十萬個字，那語言和天氣一樣灰暗；我縫合裂開的不定詞，抬起晃呀晃的修飾語，磨壞了我最好的那條法藍絨裙的臀片。夜裡，我獨自一人坐在廚房餐桌前吃著花生醬烤土司，玩熟了將吃加墊牌的技巧，勉強讀著E．M．佛斯特的小說，只為了弄清楚到底在囉唆什麼。總結下來，我攢了十四元五角七分。

我父親會以我為榮的。

優雅有禮的陌生男士在月台上一路左彎右拐，然後在一個害羞不起眼的年輕女子身旁站定位子。女子抬眼看著他靠近，因此短暫迎上我的目光。她是夏綠蒂．賽克斯，坐在我左邊辦公桌的打字天才。

夏綠蒂的眉毛又粗又黑，但五官細緻，皮膚光滑。她本來可以給人留下好印象，可惜她總是一副整座城市隨時要往她身上踩的樣子。

今晚她戴了一頂圓筒無邊帽，帽頂縫了一朵陰沉的菊花。她住在下東城，似乎是看我何時下班，來決定自己下班的時間，因為她常常在我後頭沒幾分鐘就到了月台。夏綠蒂偷偷往我的方向看了一眼，顯然要鼓起勇氣接近我。為了避免疑慮，我從提包裡拿出《窗外有藍天》，翻到第六章。人的天性有一個可愛的古怪之處，通常比較傾向打斷兩個人聊天，比較少打斷獨自看書的人，即使那本書是愚蠢的浪漫愛情故事：

喬治聽見她的腳步聲，便轉身過來。有那麼一會兒他仔細看著她，彷彿她是落入凡間的天使。他看見她臉上散發喜悅的光采，他看見花朵在她的裙子上一下又一下地拍著

花朵的拍擊聲被煞車聲給掩蓋，月台上的難民拿起大包小包，準備殺出一條路來。我任他們在我

身旁推擠前進，站內擠成這樣，通常搭下一班車會舒服些。

整個月台上的戰略位置都站了尖峰時段引導員，他們戴著小綠帽，舉止就像車禍現場的警察，打開肩膀準備一有必要就把人推進去或推出來。車門開了，群眾圍上前去，夏綠蒂帽子上的藍黑色菊花一跳一跳地往前進，像海上的漂流物。

——裡面讓一讓。引導員喊著，不論高矮一律大力猛推。

沒多久列車開走，留下少少幾個比較聰明的。我翻到下一頁，安心獨處。

——愷瑟琳！

——夏綠蒂……

她一定是在最後一刻像切羅基族的斥候一樣折了回來。

——我不知道你搭這一條線呢，她假惺惺地說。

——每天搭。

她臉紅了，知道我逮到她說謊。紅暈給她的雙頰添上迫切需要的顏色，她應該多撒點小謊才對。

——你住在哪裡？她問。

——十一街。

她臉色一亮。

——我們差不多是鄰居呢！我住在露洛街，在包厘街東邊幾個街口而已。

——我知道露洛街在哪。

她賠了個笑臉。

——是啦。

夏綠蒂雙手拿著一大本文件，抱在腰前，像女學生抱課本那樣。從厚度看得出來是合併合約的草稿，要不就是出售計畫書；不管是什麼，她都不應該帶在身上。

我故意讓沉默愈沉愈尷尬。

不過顯然還不夠尷尬。

——你在那一帶長大的嗎？她問。

——我在布萊頓海灘[22]長大。

——哇喔，她說。

她正要問布萊頓海灘是什麼樣子，或是哪一條地鐵線可以到，或是我有沒有去過科尼島，幸好列車進站來拯救我。月台上的人仍舊只有三三兩兩，所以引導員沒理我們，兀自抽著香菸，世故冷漠，像兩次進攻之間的士兵。

夏綠蒂在我旁邊的位子坐下。我們對面的長條椅上坐著一個中年女房務員，眼睛連抬都懶得抬一下，穿著黑白制服和舊舊的酒紅色外套，還有一雙實用的鞋子。她的頭上掛著一幅衛生署宣導海報，說打噴嚏不可以不用手帕遮著。

——你替瑪克姆女士做事多久了？夏綠蒂問我。

給夏綠蒂加分，她說的是瑪克姆女士，不是奎金與哈爾。

——一九三四年開始，我說。

——那你一定是最資深的那一批！

——沒這可能。

我們安靜了幾秒鐘。我想她大概終於領會我的意思了，可是她反而自言自語起來。

——不覺得瑪克姆女士很了不起嗎？我從來沒遇過像她這樣的人。她實在太厲害了，你知道她會說法語嗎？我聽過她對其中一個合夥人說法語。我發誓，她真的可以看一遍信文草稿就一字不漏全記

22 Brighton Beach，位在布魯克林區最南端，是俄國移民社區，西鄰以海濱遊樂場聞名的科尼島。

下來。

夏綠蒂突然開始喋喋不休，說話比平常快了一倍。我不知道她是緊張，還是想在到站前努力把話說完。

——……不過奎金與哈爾的每個人都**太**好了，就連合夥人都是！我前幾天去奎金先生的辦公室請他簽一些東西，你去過他的辦公室嗎？哎呀，你當然去過，你知道他有那個魚缸裡面滿滿都是魚嘛，那，有一條小魚是美得不可思議的藍色，牠的鼻子抵在玻璃上，我沒辦法把眼睛轉開呢。雖然瑪克姆女士告訴我們在合夥人的辦公室裡眼睛不要東看西看，可是奎金先生簽完名以後，居然從辦公桌那邊走過來告訴我每一條魚的拉丁名字！

夏綠蒂講個不停，對面的女房務員抬起眼。她盯著夏綠蒂，一直聽著，彷彿她不久前也曾站在這樣的魚缸前面，那時她也有細緻的五官和光滑的皮膚，那時她的雙眼充滿希望，睜得大大的，世界看起來光明燦爛，公平公正。

列車抵達運河街，門開了。夏綠蒂還連珠炮似的講著，根本沒發現。

——你不是在這一站下車嗎？

夏綠蒂跳了起來，對我甜甜地、怯怯地揮了個手，便消失了。

車門關了我才看見合併合約在我旁邊的椅子上。封面夾了一張**湯瑪士．哈波先生專用便箋**，上面是哈波那一手私校生才有的花俏草書，寫了一個康登與克雷所內律師的名字。可以想見，他對夏綠蒂施展了一些小男生迷人的魅力，把遞送這份合約的工作丟給她；不用施展太多，她生來就是要讓人迷住的，或者嚇住，不管是哪一種情況，都看得出來雙方都糊塗得可以。然而如果紐約是一座許多齒輪組成的機器，糊塗就是為我們其他人推動齒輪順轉的潤滑油；他們兩個無論如何都會自食其果。我把合約放回長椅上。

我們還停在車站裡。月台上幾個通勤族聚在關閉的車門前，一臉盼望地望穿玻璃，就像奎金先生的魚。我把視線移向對面長椅，發現那名房務員正盯著我，她陰鬱的雙眼垂看著夏綠蒂遺忘的文件，並不是他們兩個都會自食其果，她好像在說，那個迷人的男生有他優雅的發音和垂軟的瀏海，他們會讓他為自己辯護脫罪，而我們的大眼睛小姐，會付出兩個人的代價。

門又開了，通勤族蜂擁而入。

——可惡，我說。

我抓起合約，搶在車門關上之前伸出一隻手臂擋住。

——拜託，小甜餅。一個引導員說。

——甜你媽的餅，我回他。

我爬上東側樓梯，開始往露洛街走，在一頂頂寬邊帽和一顆顆飛機頭中間，尋找一跳一跳的黑色菊花。我告訴自己，如果不能在五個街口內趕上她，這份合約就得去跟垃圾桶合併。

我在運河街和克里斯提街口找到她。

她站在休茲父子食品行前面，這家店專賣符合猶太戒律的醃漬食品。她不是在採買，她在跟一個出奇矮小的老婦說話；黑眼睛的老婦穿著常見的喪禮服裝，手上昨天的報紙包著今晚要吃的燻鮭魚。

——不好意思。

夏綠蒂抬頭，表情先是驚訝，再而露出小女孩的笑容。

——愷瑟琳！

她比了比身旁的老婦。

——這是我奶奶。

（開什麼玩笑。）

——您好，我說。

夏綠蒂用意第緒語對老婦說了一些話，大概是解釋我們在同一個地方上班。

——你把這個留在車上了，我說。

笑容從她臉上消失。她接下文件。

——哦，我實在太不小心了。我要怎麼謝你才好。

——別放在心上。

她停頓了一秒鐘，便向最糟糕的那種衝動屈服了：

——哈波先生明天一早就要跟一位重要客戶開會，可是這份校訂稿九點以前就要送到康登與克雷，所以他問我上班路上能不能……

——除了哈佛學位，哈波先生還有信託基金。

夏綠蒂疑惑地看著我，笨頭笨腦像牛一樣。

——萬一他被開除，他還有這些依靠。

夏綠蒂的奶奶看著我的手。夏綠蒂看著我的鞋。

夏天的時候休茲父子會把一桶桶醃菜和鯡魚和西瓜皮推滾到人行道上，帶醋酸味的鹵水潑灑到地磚上，過了八個月你還聞得到。

——我奶奶想請你跟我們一道吃晚飯。

——只怕我有約了。

夏綠蒂翻譯了我的話，多此一舉。

從運河街回家，還有十五個街區遠；要再多十個街區，才值得買地鐵票。所以，用這一帶的語言來說，我連拖帶拉地上路了。每個十字路口我都看看左邊，看看右邊，海斯特街，格蘭街，布隆街，湧泉街。王子街，第一街，第二街，第三街。每個街區都像是從不同國家走來的死巷。在廉價公寓之間，你看見一爿爿父子店舖，賣著他們改過配方的家鄉味——他們的香腸或起司；他們的煙燻魚或鹽醃魚，包在義大利或烏克蘭報紙裡，好讓他們屹立不搖的奶奶用菜籃車一路推拉回家。往上看，你看見一排排兩房公寓，每晚屋裡三代同堂吃飯，餐前餐後都要來上一段甜膩而奇特的宗教儀式，如同他們飯後的利口酒。

如果百老匯街是一條河，從曼哈頓北端一路往南流到炮台公園，隨著車流和商事和燈光高低起伏，那麼那些東西向的街道就是漩渦，人在漩渦裡，像葉子一樣慢慢打轉，從起點開始，到永遠沒有盡頭的世界。

到了艾斯特街，我停下來向路邊報攤買紐時晚報。頭版有一幅改繪過的歐洲地圖，美美地添上一條平緩的虛線，標示出戰場前線的變化。櫃台後面的老人有一雙典型的白長眉，和心不在焉的鄉下老伯那種慈顏，讓你奇怪他在那裡做什麼。

——天氣不錯，他說，大概是參考女帽店櫥窗上他僅見的些微倒影。

——是啊。

我往東城成片的屋頂上方望去，黃昏之星像飛機燈一樣明亮。

——你看會下雨嗎？

——不會，我說，今晚不會。

他露出微笑，鬆了一口氣的樣子。

我遞給他一塊錢，這時另一個顧客靠過來，在我旁邊站定，比必要的距離還要近上一呎。我還沒看到他之前，就注意到報攤老闆的眉毛垂了下來。

——嘿，小姐。那顧客說。你有香菸什麼的嗎？

我轉身和他四目交接。他已經在失業往無業的路途上走了好一段，現在頭髮長了許多，還留了一把亂七八糟的山羊鬍，但是那放肆冒失的笑和飄移的視線卻沒變，和我們十四歲的時候一樣。

——沒有，我說，不好意思。

他隨便揮了一下手。然後他歪了歪頭。

——嘿，我認識你，對吧？

——你認錯人了吧。

——沒錯。他說。我認識你，二一四教室，莎莉．撒拉蒙修女的課。E在I後面，除非C在I前面……

他想起這條拼字規則，笑了出來。

——你把我錯認成別人了，我說。

——我沒認錯，他說，你也不是別人。

——喏。我邊說邊遞出我的零錢。

他舉起雙手，輕微地抗議。

——我可沒法預先意想。

接著他為自己的用字遣詞大笑，往第二大道走開了。

——這就是生在紐約的壞處，那報攤老人語帶傷感地說，你沒辦法逃到紐約去。

7 寂寞的垂墜大耳環

——我是愷蒂．康騰。

躍。

——我是克萊倫斯．丹諾[23]。

奎金與哈爾所裡的打字機一台台馬力全開，向前衝刺，但是還沒吵到讓我聽不見伊碧聲音裡的雀

——你什麼時候進城來的，丹諾小姐？

——八十又七小時以前[24]。

——西礁島如何？

——滑稽。

——我不必嫉妒了？

——完全不必。喂，我們今天晚上有幾個朋友要過來，想請你來湊一桌。拋棄原本的行程，讓我們把你拐走如何？

——哪有什麼行程？

——這樣就對啦。

我遲了四十分鐘才到貝瑞斯福華廈。

說起來難為情，我遲到是因為沒辦法決定穿什麼。我和伊芙住在寄宿公寓的時候，總是和同一層樓其他女孩交換衣服穿，週六夜晚總是打扮得光鮮亮麗。但我搬出來以後，經歷過一次頓悟——我發現所有好玩的衣服都是她們的，顯然我的都是呆板實用款。掃視一遍衣櫃，裡面的衣服就跟窗外的床單一樣灰暗，最後我決定穿一件已經過季四年的海軍藍連身裙，然後花了半小時用針線包把下襬改

23 Clarence Darrow，1857~1938，美國著名民權律師，畢生為許多弱勢團體與窮人義務辯護。他卒於一九三八年三月，亦即這一通電話前兩、三個月。

24 原文為Four score and seven hours ago，仿自林肯蓋茨堡演說第一句「八十又七年以前」（Four score and seven years ago）。

短。

管電梯的是個壯漢，我不認識。

——今晚漢密爾頓沒班？我在電梯上升的時候問。

——他不做啦。

——真可惜。

——我不覺得，不會吶，如果他還做這工作，我就沒工作啦。

這次是伊芙在門廳等我。

——愷蒂！

我們互吻對方的右臉頰，她的雙手牽起我的雙手，就像錫哥喜歡的那樣。她退後一步把我看了個仔細，好像我才是剛去海邊度假兩個月回來。

——你氣色真好，她說。

——你開玩笑吧？你才是氣色很好，我看起來像《白鯨記》那頭鯨。

伊碧瞇著眼睛微笑。

她看起來是真的氣色好。她的頭髮在佛羅里達曬成亞麻色，還剪到齊下顎的長度，更凸顯五官精緻；三月間那副冷嘲熱諷的委靡樣已經被驅散一空，眼裡重現調皮揶揄的神色。她還戴了一副非常華麗醒目的鑽石垂墜大耳環，瀑布似的從耳垂傾瀉而下直到頸項，在她曬得均勻的皮膚上閃閃發亮。毫無疑問，錫哥的棕櫚灘處方開得恰到好處。

伊芙領我到了客廳。錫哥站在其中一張沙發旁邊，和一個男人談論鐵路公司的股票；伊芙牽起他的手打斷他。

——看看誰來了，她說。

他看起來氣色也很好，在佛羅里達甩掉了他的保母肥和畏縮內疚的神態。他開始習慣請客不打領結了，領子敞開，露出曬黑的胸膛。他靠過來在我臉上啄了一下，還半牽著伊碧的手。如果啄那一下是要表示什麼，他大可不必，我已經摸清楚現在的局勢。

看起來我的遲到沒有讓任何人特別不悅，但我付出的代價就是錯過了幾杯。他們把我介紹給眾人之後，不到一分鐘，就把兩手空空的我帶到餐廳去。從大家的神情看起來，我錯過的酒不只一巡。

除了我一共有三位客人。我左手邊是我來的時候錫哥對他講話那位，綽號叫巴奇的股票經紀人。他小時候跟錫哥在同一個地方避暑，三七年經濟二次衰退期間，似乎是靠著正確的眼光，比他的客戶先一步獲利出場，現在手頭闊綽，住在康乃狄克州的格林威治市。他長相好看，魅力迷人，雖然一點不像他嘴上說的那樣聰明，但至少比他的太座爽朗歡樂得多。那位葳絲（「葳斯迪里」的暱稱！）頭髮全往後梳，像女教師一樣古板又討厭；康乃狄克的面積是我國數一數二的小，對她卻還嫌太大，下午時間她大概都會爬上她那座殖民時期風格的樓梯，在二樓窗戶邊用她尖刻嫉妒的目光看向德拉瓦州。

坐在我正對面的是錫哥的朋友，名叫華勒斯．渥卡特，在聖喬治中學高錫哥幾個年級。他有一頭金髮，還有一種嚴肅的氣質，就像其實從來沒真心愛過網球的網球校隊明星。有一會兒我在想，為了我而把他請來，究竟是伊芙還是錫哥的主意；也許是兩個人共謀的吧，好姻緣都是這種路人皆知的密謀造就的。不管是誰的主意，算盤都打錯了，華勒斯這個人呢，有點語言障礙，每句話說到一半都會頓一下，而且顯然比較有興趣玩他的湯匙，沒興趣看我。總之，他給人的印象是巴不得現在正坐在家族造紙公司的辦公桌後面。

大家突然聊起鴨子。

回紐約的路上，他們五個人去過渥卡特家在南卡羅來納的獵場，現在他們正在辯論綠頭鴨哪一枝羽毛的尖端比較細。我讓自己神遊太虛，一直到突然發覺有人在問我問題才回神。是巴奇。

——什麼？我問。

——你下南部打獵過嗎，愷蒂？

——我東南西北都沒打獵過。

——這運動不錯，你明年應該跟我們去。

我轉向華勒斯。

——你年年打獵嗎？

——幾乎是，去幾個星期，在……秋天和春天的時候。

——那鴨子為什麼還要飛回來？

大家都笑了，只有葳絲沒笑。她為我釐清問題。

——他們種一塊玉米田，再放水淹了，鳥就是這樣受到吸引而來。所以這運動說起來，其實不怎麼有運動精神。

——哦，巴奇不就是靠這方法吸引你的嗎？

有一會兒大家都笑了，只有葳絲沒笑。後來葳絲開始笑了，大家也笑，只有巴奇沒笑。

湯送上來了，是加了一匙雪利酒的黑豆湯。說不定是我和錫哥一起喝的那瓶雪利酒，如果是，那就是為某人伸張正義了，詩意的正義。只不過現在還看不出來是為誰。

——這很好吃。錫哥對伊芙開口，說了這半小時以來第一句話。什麼做的？

——黑豆和雪利酒。別擔心，裡面一丁點奶油都沒放。

錫哥不好意思地笑了笑。

——錫哥一直在注意飲食，伊芙解釋說。

——很有成效呀，我說，你看起來氣色好極了。

——我懷疑，他說。

——真的。伊芙向錫哥舉杯。愷蒂說得沒錯，你絕對是容光煥發。

——那是因為他一天刮兩次鬍子，巴奇說。

——不是，華勒斯說，是……運動。

伊芙對華勒斯伸出一根手指，表示贊同。

——在礁島上的時候，她解釋，有一座小島離岸大約一哩，錫哥每天來回游兩次。

——他是一條……魚。

——那不算什麼，巴奇說，有一年夏天他泳渡納拉甘西特灣呢。

錫哥雙頰上星形的紅暈又更深了一些。

——只是幾哩而已，他說，算準了潮汐時間就不難。

——你呢，愷蒂？巴奇再接再厲問我。你喜歡游泳嗎？

——我不會游。

大家都坐直起來了。

——什麼?!

——你不會游泳？

——一下都不會。

——那你會什麼？

——我會沉下去吧，跟大部分的東西一樣沉下去。

——你在堪薩斯長大的嗎？葳絲不帶嘲諷地問我。

——我在布萊頓海灘長大的。

大家更興奮了。

——了不起。巴奇說得一副我征服了馬特洪峰似的。

——你不想學嗎？葳絲問。

——我也不懂射擊。兩個比起來，我寧願學射擊。

笑聲。

——哎那你是手到擒來，巴奇鼓勵我，那真的沒什麼難的。

——不用說，我知道怎麼扣扳機，我說，我想學的是怎麼射中靶心。

——我教你，巴奇說。

——不對。錫哥現在自在多了，因為焦點已經不在他身上。華勒斯來教你才對。

華勒斯一直用甜點匙在桌巾上畫圈。

——對不對呀，華勒斯？

——……差遠了。

——我看過他在一百碼外正中紅心，錫哥說。

我抬起眉毛。

——真的假的？

——真的。他害羞地說。可是說起來……靶心並不會動哇。

我趁著收湯碗的時間去上廁所。剛才有一瓶勃艮第好酒佐湯，我已經開始頭暈。客廳旁邊有一間小洗手間，但我不管什麼禮節，直接走到主臥室的衛浴間去。隨便瞥一眼臥室，就知道伊芙現在不是一個人睡了。

我尿了尿，沖了水。站在洗手台前洗手的時候，伊芙來了。她對著鏡子裡的我眨眼，撩起裙子便坐到馬桶上，就像從前一樣。這舉動讓我後悔想要窺探。

——那，她故作害羞地問，你覺得華勒斯怎麼樣？

——他看起來是個優級。

——不只呢。

她沖了水，拉起絲襪，然後過來洗手台邊，讓我讓出位置。浴櫃上有一個陶做的小菸盒，我點了一根菸，坐在馬桶上抽，看著她洗手。從我坐的位置可以看見她的疤，看起來還很紅，有點發炎，但是不會再怎麼礙著她了。

——耳環很漂亮，我說。

她對著鏡子欣賞。

——可不是。

——錫哥對你很好。

她自己點了一根菸，把火柴往身後扔，便靠到牆上，吸了一口菸，露出笑容。

——不是他給的。

——那是誰？

——我自己在床頭桌裡找到的。

——天哪。

她吸一口菸，抬起眉毛點了個頭。

——那樣一副一定要萬把塊吧，我說。

——不只呢。

——它們躺在床頭桌裡做什麼？

——就躺在那裡虛度光陰無益蒼生哪。

我伸伸腿，把菸扔進洗手盆裡。

——精彩的來了，她說，從棕櫚灘回來我就天天戴，可是他連一聲羊咩咩的咩都沒有。

我大笑出聲，這熟悉的伊式語言說得可真好。

——那，我猜現在是你的了。

她在她的洗手台盆子裡捻熄了菸。

——你不如說你相信，老姊。

吃主菜的時候，又倒完兩瓶勃艮第。根本是倒在我們頭上吧，我看沒人嘗過一口菲力牛排——或羊排，或是什麼鬼東西。

巴奇已經醉了，但還沒醉倒，開始為我講起長篇故事來了。他說他們五個人去了坦帕灣聖彼得那一帶的賭場，在一張輪盤桌旁邊混了十五分鐘以後，情勢明朗了——原來這幾個男生沒一個想下注（大概害怕輸錢，錢根本不是自己的）。伊芙為了給他們一點教訓，便向他們每個人各借一百元，然後隨便在偶數、黑色、她的生日數字上下了注。出現紅九的時候，她立刻當場還了本金，把贏的錢塞進胸罩裡。

說到賭博，有人贏了會反胃想吐，有人輸了會反胃想吐，伊芙有一顆好胃，是輸是贏她都好得很。

——巴奇，老公。他老婆提醒他。你講話含含糊糊的了。

——含糊乃口語之草書，我下了評論。

——元全贈確，他一邊說，一邊用手肘頂我的肋骨。

這時客廳那邊說咖啡準備好了，正是時候。

伊芙實現諾言，帶葳斯迪里參觀房間，巴奇則是逼著華勒斯答應邀他們秋天去打獵。於是客廳只剩我和錫哥；他在其中一張沙發上坐下來，我在他旁邊坐下來。他把雙肘靠在膝蓋上，雙手相扣。他回頭看看餐廳，好像希望有第七個人奇蹟般出現。他從口袋拿出打火機，打開蓋子，闔上，然後又收起來。

──你能來真好，他終於開口說。

──晚宴而已，錫哥，不是什麼危機事件。

──她看起來好多了，對不對？

──她看起來很好，我跟你說過她會沒事的。

他微笑點頭，接著看著我的眼睛，可能是整晚第一次。

──其實我要說的是，愷蒂──我跟伊芙現在算是在交往看看。

──我知道，錫哥。

──我覺得我們並不是一開始就打算──

──我覺得很好啊。

──真的嗎？

──當然。

如果有中立旁觀者聽到我的回答，大概會抬高一邊眉毛。我的語氣並不鏗鏘有力，而且這種一兩個字的回答就是不怎麼有說服力。但其實我要說的是，我是真心的，字字真心。

首先，你真的沒辦法怪他們。宜人暖風，青綠海水，加勒比海蘭姆酒，這些都是歷久不衰的催情劑；別忘了感情還會生於親近、出於需要、迫於絕望。如果錫哥和伊芙兩人，都在那場車禍失去了自己重要的東西，就像三月我們在痛楚中看見的那樣，那麼在佛羅里達，他們已經幫彼此找了一些回來。

牛頓物理定律有一條，說移動中的物體會堅守軌道，除非碰上外力。我猜，這外力絕對有可能找上錫哥和伊芙，讓他倆脫離目前的軌道，因為這世界本質如此，只是那外力絕對不會是我。

巴奇踉踉蹌蹌走進客廳，倒在椅子上；看到他，連我都鬆了一口氣，錫哥則是趁機走到吧台那邊。他拿著沒人需要的飲料回來，在另一張沙發上坐下來。巴奇滿懷感激大口牛飲，接著一跳跳回鐵路股票的話題。

——喏，你覺得有機會嗎，小錫？我們能在阿許維爾鐵路這門生意分一杯羹嗎？

——我看不出不做的理由，小錫勉強承認，如果對你的客戶有利的話。

——那我去一趟華爾街四十號，我們吃午餐詳細談，怎麼樣？

——好啊。

——這個星期？

——哦，別煩人家了，巴奇。

葳斯迪里剛剛跟伊芙一起回來。

——不要像鄉下土包子一樣，她說。

——哎呀，葳絲，他不會介意寓工作於娛樂的啦，對不對，小錫？

——當然不介意，小錫客氣地說。

——看吧？而且啊，他都有專賣權了，全世界也只能爭先恐後來找他啊。

葳絲橫眉怒目。

——伊芙琳，華勒斯很內行地打了岔，晚餐很……美味。

——對啊對啊，眾人異口同聲。

接下來幾分鐘，大家把晚上的菜徹底複習了一遍（那肉可真好吃，醬汁非常完美，哦那道巧克力慕絲。）這一種社交禮節，只要你往上層階級爬得愈高、女主人愈少親自下廚，似乎就愈流行。伊芙接受大家的讚美，神情是恰到好處的氣派，又不當一回事似的揮了一下手。

時鐘敲了一點，我們都在門廳。伊芙和錫哥十指交握，既是撐住彼此，也是表現愛意。

——今晚很愉快。

——非常盡興。

——一定要再聚一次。

連葳絲都說要再聚，天知道為什麼。

電梯到了，電梯員是稍早帶我上樓那位。

——往一樓。一把梯廂門關上，他就報上樓層，好像曾經任職百貨公司一樣。

——他們的公寓真不錯，葳絲對巴奇說。

——真像是不死鳥浴火，從灰燼中重生哪，他回答。

——你覺得要多少錢？

沒有人回答她。華勒斯不是教養太好就是毫無興趣，巴奇忙著不小心用他的肩膀撞我的肩膀，我則是忙著想，萬一收到二次聚會的邀請，可以用什麼理由婉拒參加。

• • •

不過……

那晚我躺在床上，獨自一人，十分清醒，公寓走廊異常安靜，我第一個想到的人是伊芙。因為過去幾年來，只要我碰巧登上這種適度不和諧的晚宴賓客名單，而且隔天要上班還玩得太晚，我唯一的慰藉就是去找伊芙；她會靠在枕頭上，等著聽我述說每一個細節。

8 放棄一切希望吧[25]

五月中旬某一天，我在回家路上，正穿越第七街時，一個我這年紀的女人從街角彎過來，把我撞倒在地。

——走路要看路，她說。

接著她彎腰仔細看我。

——哎唷我都嚇破奶了，是你嗎，康騰？

她是福蘭．帕切里，紫紅色乳暈的大學中輟生，在馬汀革太太那裡住同一條走廊的。我跟福蘭不是很熟，但她看起來人還算不錯。她喜歡不穿上衣跑到每一條走廊，大聲問有沒有酒給她喝，攪亂寄宿公寓裡拘謹的氣氛。有一晚我看見她爬過一扇二樓的窗戶，身上除了高跟鞋和道奇隊制服什麼都沒穿。她父親從事貨運業，在那時候，意思通常就是在二〇年代偷運過私酒。從福蘭的用字遣詞，你會懷疑她在二〇年代可能也偷運過一些。

——運氣怎麼這麼好！她邊說邊拉我起來。怎麼會這樣子碰到你，你看起來氣色很好。

——謝謝，我邊說邊拍裙子。

福蘭左右張望，好像在深思什麼事。

——呃……你要去哪裡？要不要喝一杯？你看起來需要喝一杯。

——你不是才說我看起來氣色很好。

——對啊。

25 但丁《神曲》共有三部，分別為〈地獄篇〉、〈煉獄篇〉、〈天堂篇〉；此處出自〈地獄篇〉地獄之門上的銘刻：「進來的人哪，放棄一切希望吧。」

她往後指向第七街。

——我知道前面不遠就有個可愛的小店，請你喝一杯啤酒，我們聊聊近況，會很好玩吧。

結果可愛的小店是一家老愛爾蘭酒吧，前門上面掛了個牌子，寫著「好酒，生洋蔥，女士禁入。」

——說我們呢。

——哎唷，福蘭說，不要這麼憨呆。

裡頭異味撲鼻，聞起來像啤酒潑了一地。沿著吧台，當年復活節武裝起義[26]的前線鬥士肩並肩坐著，吃著全熟的水煮蛋，喝著濃烈的黑啤酒。地板鋪了木屑，鐵皮天花板有數十年下來煤油燈燻黑的印子。大部分顧客無視於我們的存在；酒保瞪了一眼，但是沒轟我們出去。

福蘭掃視人群一眼，前頭有幾張空桌，但她一路推擠穿過那些酒客，說了幾句抱歉啊朋友。後頭有個亂七八糟的小房間，牆上掛著幾張粗顆粒照片，照片裡頭是坦慕尼協會那夥人，就是靠警棍和現金搞到選票那些人[27]。福蘭一句話都沒說，就往斜對角走過去。最靠近煤爐那桌有三個年輕男子把酒言歡，其中一個身材高大、紅髮稀薄的，穿了一件連身褲，胸口繡著「帕切里貨運」，字體娟秀得很荒謬。我開始了解狀況了。

往那一桌走近，你可以聽到他們三個人爭辯的聲音高過店裡的嘈雜聲，或者應該說，你可以聽到其中一個人的聲音——背對我們，比較好鬥那個。

——第二，他對那個紅頭髮的說，他是個他媽的領工錢的學人精。

——學人精？

26 一九一六年愛爾蘭志願軍發起的獨立運動，六天後被英國政府鎮壓下來，多人遭到處決。

27 Tammany Hall，紐約市的政治團體，是民主黨的政治機器，創立於十八世紀末，十九世紀開始幫助愛爾蘭移民在選舉中崛起，靠著金錢與權力，長期操控政治。

紅頭髮微笑，他正享受著這場爭辯。

——就是。他有毅力，但他沒有技巧，沒有方法。

夾在兩個戰士中間那個小個子不安地挪了挪屁股，你看得出來他天生害怕衝突，但是他左右來回看，彷彿深怕漏聽了一個字。

——第三，那個好鬥的繼續說，他比拳王喬·路易斯（Joe Louis）還要名過其實。

——最好是，亨克。

——第四，操你的。

——操**我**的？紅頭髮發問，我的哪裡？

亨克開始澄清說明，紅頭髮則注意到我們，咧嘴而笑。

——小蜜桃！你在這裡做什麼？

——格拉布?!福蘭不可置信似的大喊，哎，怎麼是你！我在附近遇到我朋友愷蒂，就進來喝杯啤酒呀！

——這機率多低啊！格拉布說。

多低？大概百分之百吧。

——跟我們一起坐吧，他說，這位是亨克，這位是強尼。

格拉布從旁邊拉了一張椅子過來，倒楣的強尼拉了另一把。亨克一動也不動。他看起來比酒保還恨不得扔我們出去。

——福蘭，我說，我看我最好還是走了吧。

——哦拜託嘛，愷蒂，喝一杯啤酒，我們再一起走。

她沒等我回答，就走到格拉布那邊去，留我一個人坐在亨克旁邊。格拉布從公杯把啤酒倒進兩隻玻璃杯裡，看起來是有人用過的。

——你住附近嗎？福蘭問格拉布。

——拜託一下喔，亨克對福蘭說，我們在討論事情欸。

——哎唷亨克，算了啦。

——算什麼算？

——亨克，我知道你認為他是個學人精，但他是他媽的立體派先鋒欸。

——誰說的？

——畢卡索說的。

——不好意思，我說，你們在討論塞尚嗎？

亨克惡狠狠地看了我一眼。

——不然你以為我們在說誰？

——我本來以為你們在說拳擊。

——我那是類比，亨克輕蔑地說。

——亨克和格拉布是畫家，強尼說。

福蘭愉快地扭著身體，對我使了個眼色。

——可是，亨克，強尼小心翼翼碰運氣地說，你不覺得他的風景畫不錯嗎？我是說綠色、棕色那些？

——才不，他說。

——品味沒得解釋的，我對強尼說。

亨克又看了我一眼，這次比較仔細。我分不出來他在準備反駁我或是準備揍我，或許他自己也不確定。在我們找出答案之前，格拉布先喊了門口一個男人。

——嘿，馬克。

──嘿，格拉布。

──大夥兒你都認識吧？強尼．杰金斯，亨克．古瑞。

幾個男人對彼此認真地點頭致意，懶得介紹我們兩個女孩。

馬克在附近一張桌子坐了下來，格拉布過去跟他坐在一起。我幾乎沒發現福蘭什麼時候跟了過去、留下我自求多福，因為我忙著看亨克．古瑞。絕不動搖的亨利．古瑞。他年紀大一點，身材矮一點，長得就像錫哥，不過是兩星期沒吃飯、一輩子沒教養的錫哥。

──你看過他的畫嗎？強尼偷偷比著馬克的方向說，格拉布說亂七八糟。

──這點他也錯了，亨克哀嘆。

──你都畫什麼？我問。

他打量了我一會兒，判斷我值不值得他給個答案。

──真的東西，他終於說，美的東西。

──靜物畫？

──我不畫柳橙盆子，如果你是指這種東西。

──柳橙盆子就不能是美的東西嗎？

──還能不美到哪裡去。

他伸手橫過桌面，拿起一包放在強尼面前的好彩菸。

──這是一件美的東西。他說。船身的紅，榴彈的綠，還有同心圓，這些是有意義的顏色，有意義的形狀。

他從強尼那包菸裡抽了一根，問也沒問。

──那是亨克畫的。強尼說著，指向一幅靠在煤塊桶上的油畫。

你從強尼的語氣聽得出來，他讚賞亨克，而且不只是讚賞他的藝術成就。他似乎為整套企畫心折，彷彿亨克為美國男性刻劃出新的性格典範。

不過亨克的底細不難想見。有一整個新生世代的畫家想把海明威的鬥牛場精神用在畫布上，或者說，不用在畫布上，至少也用在無辜的旁觀者身上。他們陰沉，傲慢，野蠻；最重要的，他們不怕死——這一點對一個整天站在畫架前面的人有什麼意義，就別管了。我懷疑強尼知不知道亨克這種態度現在變得有多時髦，或者知不知道，是多麼雄厚的新英格蘭世家銀行戶頭，在支撐這粗暴的冷漠。

這一幅畫顯然和錫哥公寓裡那幅碼頭工人集會出於同一人之手，畫的是屠宰場的裝卸口，前景有卡車成排停放，背景隱約有個大霓虹招牌，是個小閹牛的形狀，上面寫著「維得力」。雖然畫風偏向具象，但是用色和線條簡化了，像斯圖爾特．戴維斯的風格。

非常像斯圖爾特．戴維斯的風格。

——甘斯沃特街？我問。

——對。亨克有點心生敬意的樣子。

——你為什麼決定畫維得力？

——因為他住在那裡，強尼說。

——因為我沒辦法把它趕出腦海。亨克糾正他。霓虹燈就像海裡面唱歌的女妖，你得把自己綁在桅杆上，才能畫霓虹燈。你懂我的意思嗎？

——不太懂。

我看著那幅畫。

——但我喜歡，我說。

他畏縮了一下。

——這可不是裝飾品，小姐，這是人間。

——塞尚畫了人間。

——那些果子和水罐和讓人昏昏欲睡的貴婦，那不叫人間，那叫一夥人巴望著當上御用畫師。
——對不起，我很確定那些拍馬屁的畫家玩的是歷史畫和肖像畫，靜物卻是比較個人的題材。
亨克瞪著我一會兒。
——誰派你來的？
——什麼？
——你是你們辯論社還是什麼鬼東西的主席嗎？你說的在一百年前可能都對，隨便啦，但是在褒美之詞裡面浸泡過以後，一個世代的天才就是另一個世代的性病。你在廚房做過事嗎？
——做過啊。
——真的？夏令營嗎？宿舍食堂？你聽好，在軍隊裡，如果你抽到伙房，你可能得在半小時內剁一百顆洋蔥；洋蔥油在你的指甲縫卡得那麼深，幾星期內每一次洗澡你都會聞到。塞尚的柳橙現在就是這樣，還有他的風景畫——卡在指甲縫的臭洋蔥味，瞭嗎？
——瞭。
——瞭哦。
我望向福蘭，心想也許該走了，但她已經坐到格拉布的腿上。
亨克就像每個好鬥的人一樣，很快就厭倦了，所以我大有理由為今晚畫下句點。但我忍不住好奇錫哥的直覺是怎麼回事；我是說，他認為我和亨克會氣味相投，這我該怎麼想？我決定往壞的方向想。
——那，我猜你是錫哥的哥哥。
出這一招他鐵定是方寸大亂，你看得出來這種感覺他經歷得不多，也不怎麼喜歡。
——你怎麼認識錫哥？
——我們是朋友。

——真的？

——很驚訝嗎？

——哼，他從來不喜歡這種鬥來鬥去的抬槓。

——或許他有更重要的事要做。

——哦，他是有更重要的事要做，沒錯，而且說不定他早就可以做了，要不是有那個愛操縱人的賤屄。

——她也是我朋友。

——品味沒得解釋的，對嗎？

亨克伸手拿了另一根強尼的菸。

這個學人精什麼時候才要停止中傷伊芙琳・羅思呀，我心裡想。我們把他從擋風玻璃中間扔出去好了，看他又有多能承受。

我忍不住說：

——斯圖爾特・戴維斯不是畫了一包好彩菸嗎？

——我不知道，是嗎？

——是啊。這樣說起來，你的畫讓我想到他的很多幅畫，那些都會商業意象、基本色、簡單的線條。

——很好。你應該解剖青蛙為生。

——那我也做過。你弟弟的公寓裡不是放了幾幅斯圖爾特・戴維斯？

——你以為泰迪對斯圖爾特・戴維斯有任何一丁點的了解嗎？幹，要是我叫他買一面錫鼓，他也會買。

——你弟弟好像沒把你看得這麼低。

——是嗎？或許他就該看得這麼低。

——我猜你常常抽到伙房。

亨克大笑，笑得都咳了起來。他拿起杯子朝我點了一下，露出今晚第一個微笑。

——你說對了，小姐。

我們都起身準備離開，這時亨克掏錢買單。他從口袋拿出幾張揉成一團的鈔票，像扔糖果紙一樣扔到桌上。這些用色和形狀怎麼樣？我想問。其中有意義嗎？這些不是美的東西嗎？

真希望他的信託基金管理人能看到他這副模樣。

• • •

和福蘭在愛爾蘭酒吧喝過酒以後，我以為那是最後一次見到她了。但她弄到了我的號碼，某個下雨的星期六打了電話來。她為拋下我而道歉，說要補償我，請我去看電影，結果她帶我去了一家又一家酒吧，我們享受了一段老友相聚的歡樂時光。等我終於開口問她，為什麼還要想辦法找到我，她說因為我們有好多共通點。

我們身高差不多高，頭髮染了一樣的栗色，都在與曼哈頓隔河相望的兩房公寓長大。我猜，在下雨的星期六下午，這樣算是夠多共通點了，所以我們結伴混了一陣子。後來，六月初某一晚，她打電話問我想不想去貝爾蒙看跑圈。

我父親極度厭惡任何一種賭博行為，他認為，想要倚賴陌生人的善意的話，賭博可說是最穩當的一條路了。所以我從來沒有玩過一點一分錢的卡納斯塔紙牌，或是賭一條口香糖，跟人比賽用石頭丟破校長的窗戶。我當然從來沒去過賽馬場，我不知道她在說什麼。

——跑圈？

似乎是這樣的，貝爾蒙錦標賽之前的星期三，賽道會開放給名單上的馬匹，讓騎師可以帶牠們熟悉場地。福蘭說跑圈比比賽本身刺激多了——這樣說實在太離譜，所以跑圈一定是無聊得很。

——不好意思，我說，我剛好每個星期三都要上班。

——這就是重點呀。他們天一亮就開放賽道，馬匹在天氣熱起來之前就可以跑一跑。我們搭火車快快出城，看幾匹小馬兒，還趕得上九點打卡。相信我啦，我幹過一百萬次了。

福蘭說賽道天一亮就開放，我以為那只是個修辭，心想大概過了六點才會出發去長島。但那不是修辭。而且現在是六月初，天亮的時間比較接近五點，所以她四點半來敲門，頭上還頂著髮捲塔。

我們得等十五分鐘才有火車。列車嘎答嘎答進站，好像從另一個世紀來的。裡頭的燈敷衍地發著光，照著它管區內的夜行流浪人——那些看門人，醉漢，舞女。

我們到了貝爾蒙，天才剛要破曉，彷彿太陽得抵抗地心引力才起得來。福蘭也在抵抗地心引力，她精神奕奕，活潑爽朗，惹人心煩。

——快點，憨呆。她說。腳步加快。

占地遼闊的賽馬日停車場現在空空如也。我們穿過停車場的時候，我看見福蘭仔細觀察著龐大的賽馬場。

——這裡。她沒什麼自信地說著，往員工出入口走。

我指著寫了「入口」的牌子。

——走這裡如何？

——好啊！

——等等，福蘭，我問你一個問題，你以前來過嗎？我是說真的來過？

——當然，幾百次了。

——我再問你一個問題。你說話有沒有不撒謊的時候？

——這是雙重否定嗎？我搞不太懂雙重否定句。換我問你一個問題。

她指著自己的上衣。

——這件我穿起來好看嗎？

我還沒能回答，她就扯了扯領口，露出更多乳溝。

我們在大門口穿過沒人看管的售票亭，推開旋轉柵門，走上通往露天空地的窄坡道。場內氣氛詭異寂靜，賽道上飄浮著一片青霧，就像你想像可以在新英格蘭的池塘上看見的那種。看台上三三兩兩的，還有其他早起的人。

六月這麼冷似乎不合理，距離我們幾呎有個男人穿著鋪棉外套，捧著一杯咖啡。

——你沒告訴我會這麼冷，我說。

——你也知道六月的天氣嘛。

——不知道清晨五點的。其他人都有咖啡，我又補了一句。

她一拳敲在我的肩膀上。

——牢騷很多呢你。

福蘭又在仔細觀察，這次是對著中間看台那些人。我們右手邊有個穿格子襯衫的高瘦男子站起來揮手，是格拉布，和那個倒楣的強尼。

我們走到格拉布的座位，他伸手摟住福蘭，看著我。

——你是愷瑟琳，對嗎？

他知道我的名字，我微微有些感動。

——她很冷，福蘭說，而且很生氣沒有咖啡喝。

格拉布咧開嘴笑了。他從背包裡變出一張蓋毯扔給我，一個保溫杯遞給福蘭，然後就像老套的魔術師一樣故意在背包裡東撈西撈，老久才撈出一個肉桂捲夾在指尖。後來呢，就是多虧了這個肉桂捲，保住了我對他的喜愛。

福蘭倒了一杯咖啡給我。我披著蓋毯縮著背捧著咖啡，好像南北戰爭中的士兵。格拉布在還穿短褲的年紀就跟父母來賽道，這趟來看跑圈，他感覺就像回到夏令營一樣，充滿甜蜜的往日情懷和青春樂趣。他迅速跟我們簡報情勢——賽道的長寬、通過預賽的馬匹、貝爾蒙和薩拉托加兩地錦標賽的地位——然後，他放低聲音，指向圍場。

——第一匹來了。

雜花馬聽令起身。

騎師沒有穿上為場地偽裝出節慶氣氛的鮮豔方格外套，他穿的是棕色連身褲，像個身材極為矮小的修車技工。他牽著馬從圍場走上賽道，熱氣從馬的鼻孔飄出來，一片寂靜之中，你在五百呎外就能聽見馬的低聲嘶鳴。騎師對一個帶了哨笛的男人（應該是訓練師）簡單講了幾句話，接著一躍上了馬背。他讓馬匹小跑一段熟悉環境，然後繞了一圈，便就定位，頓時全場肅靜。沒有槍聲響起，馬匹與騎師起跑了。

隨著草皮一片片掀起，馬蹄聲飄進看台，節奏悶沉。前段賽程騎師似乎悠閒看待，把頭撐在馬的上方約一呎處；但是過了第二個彎，就開始策馬快奔。他收緊手肘，大腿緊貼馬身，側臉埋入馬的頸子，好對馬匹低語鼓勵。馬兒有所回應，雖然跑的時間長了，但你看得出來跑的速度也更快了；牠的鼻口向前猛推，蹄子達達踏地節奏精準。牠過了最遠那個彎，現在蹄聲漸漸近了，大了，快了，直到衝過了假想的終點線。

——牠是「巴氏殺菌」，格拉布說，大家一致看好的所謂「寵兒」。

我環顧看台，現場沒有加油聲，沒有掌聲，來看的人——多數是男人，給了寵兒沉默的肯定。他們檢視碼表上的時間，安靜地談論，搖搖頭表示讚賞，或表示失望，我分不出來。

然後巴氏殺菌小跑離開賽道，將場地讓給「三角領巾」。

到了第三匹馬，我對跑圈這回事開始有些熟悉了，我看得出來為什麼格拉布認為跑圈比下注賽有趣。雖然看台上只有幾百個人（而不是五萬人），對一個男人來說他們卻是真正的狂熱者。

圍在欄杆邊——看台最內圈——一頭亂髮的是賭客，他們在精心琢磨自己那套「系統」的過程中，失去了一切：他們的存款，他們的房子，他們的家庭。這些賭癮難除的人眼神狂熱，外套皺得好像夜裡睡在看台底下一樣；他們倚著欄杆看著馬，偶爾舔舔嘴唇。

坐在看台下層的，是看賽馬娛樂長大的男男女女，就是你會在艾貝茲棒球場露天看台看見的那些人，他們熟知球員的名字和所有相關數據。他們跟格拉布一樣，小時候讓大人帶來賽道，有一天也會帶他們的小孩來，展現對一項信念的忠誠；這種忠誠除了在賽馬場上，大概就只有戰爭時期才會拿出來。他們帶了野餐籃和馬經，不管旁邊坐了誰，都可以很快交上朋友。

他們上方的包廂則是馬主，有年輕女人和跟班簇擁著。馬主當然都很有錢，但是會來看跑圈的，不是貴族名門，也不是湊熱鬧玩玩的人，而是靠雙手賺到每一分錢的人。有一個白頭髮的大亨穿著訂製的合身套裝，雙臂靠在圍欄上，好像艦隊司令掌著舵輪。你就是看得出來他不把賽馬當作消遣，不是錢多找地方撒，賽馬需要紀律、決心，需要付出跟經營鐵路一樣多的心力。

在他們所有人的上方，賭客、馬迷、百萬富翁的上方，在上層看台高處稀薄的空氣裡，是上了年紀的訓練師，他們已不再年富力強。他們坐著，用自己的雙眼看馬；不用望遠鏡，不用碼表，兩種工具都不需要。他們不只評估馬的速度，不只評估起跑的表現或耐力，還會把馬兒的勇敢和粗心都看在眼裡，他們無比精準地知道將臨的週六會發生什麼事，卻未曾想過下個注、改變自己福薄的命運。

貝爾蒙這地方有件事是錯不了的，星期三清晨五點，這裡容不下普通人。這裡就像但丁《神曲》的〈地獄篇〉，一層又一層的環形地獄裡聚集著各種罪人，不過也聚集了這些墮入地獄受苦之人的精明算計與奉獻。貝爾蒙活生生在眼前提醒我們，為什麼大家都懶得讀〈天堂篇〉。我父親憎恨賭博，但是他也會愛上跑圈。

──來，小蜜桃，格拉布拉起她的手臂說，我看到幾個老朋友了。

小蜜桃笑得咧開了嘴，一副春風得意的樣子，把她的望遠鏡遞給我。他們走了，強尼一臉期盼地抬頭看我。我說我想近一點看看圍場，便把他撇下了。

到了那裡，我轉身用福蘭的望遠鏡對準那位白髮司令。他的包廂裡有兩個女人聊著閒話，用鋁杯喝東西；杯子沒有冒煙，表示裡頭裝的是酒。其中一個女人拿杯子讓他啜了一口，他什麼回應也沒給，倒是轉身跟拿著碼表和寫字板的年輕男子談事情。

──你的品味很好。

我回頭看見錫哥的教母在我旁邊。我很訝異她能認得我，也許還有一點受寵若驚。

──他是傑克．迪羅雪。她說。身價大約五千萬，而且是白手起家。我可以幫你們牽線介紹，你要的話。

我笑了。

──我想那是有點自不量力。

──大概吧，她承認。

她穿著茶色長褲和白色襯衫，袖子捲到手肘處，顯然不覺得冷。我便想起肩上披著毯子，有點不自在了。我盡量做出隨意的樣子，把毯子拿掉。

──你有馬在比賽嗎？我問她。

──沒有，但是我一個老朋友是巴氏殺菌的主人。

（那當然。）

──好刺激。

──事實上，寵兒極少帶來什麼刺激，贏面不大的才刺激。

——不過擁有寵兒應該不至於對銀行戶頭造成傷害吧。

——或許。不過這種需要給吃給住的投資，通常不會有多大的回報。

錫哥曾經暗示過安妮．戈藍登夫人的財富源頭是煤礦，這樣就說得通了，她身上冷靜沉著的氣質，只有土地、石油、黃金這種永恆不變的資產才能替她把持住。

下一匹馬已經在賽道上。

——那是誰？我問。

——借我一下？

她伸手要我的望遠鏡。她頭上有髮夾，所以不必費事撥開頭髮。她舉起望遠鏡就著眼睛，姿態好似獵人——直接對準了馬匹，毫無困難便找到目標。

——是「快樂水手」，韋什陵家族的馬，拜瑞在路易斯維爾註冊的。

她放下望遠鏡，但沒有還給我。她看了我一會兒，欲言又止，就是那種想開口問敏感問題的樣子。但她沒有，反而發表了看法。

——我想錫哥和你的朋友處得不錯。他們同居多久了？有八個月了嗎？

——比較接近五個月。

——哦。

——你反對嗎？

——當然不是維多利亞時代那種反對。我對我們這時代的自由沒什麼錯誤的想法，其實硬要我說的話，我會讚頌大部分的自由。

——你剛才說不是維多利亞時代那種反對，意思是另一種反對？

她露出微笑。

——我得提醒自己你在律師事務所工作呢，愷瑟琳。

她怎麼知道？我納悶。

——如果我反對，她琢磨了一會兒才繼續回答問題，也是站在你朋友的立場，我看不出來跟錫哥同居對她有什麼好處。在我那個年代，女孩兒家沒有多少機會可言，所以是愈快釣到金龜婿愈好。不過現在嘛……

她比了比迪羅雪的包廂。

——你看到傑克旁邊那個三十歲金髮女郎？那是他的未婚妻凱莉．克萊博。凱莉無所不用其極才坐進那張椅子，她很快就會開始幸福愉快地監督女僕，監督餐桌擺設，監督三棟房子裡的古董椅重新包襯墊的事；這些都很好。但如果我是你這個年紀，我不會想著怎麼擠進凱莉的位子，我會想著怎麼擠進傑克的。

快樂水手拐過遠處那個彎，下一匹馬已經讓人牽出馬廄。我們都往下看著圍場，安妮懶得拿起望遠鏡了。

——「溫柔野人」一賠五十，她說，喏，你要的刺激來了。

9 彎刀，網篩，和木腿

六月九日我下班離開辦公室，看見路邊停了一輛棕色賓利。

不論你自視多高，不論你在好萊塢或海德公園住了多久，棕色賓利永遠都能吸引你的目光。棕色賓利在這世界上頂多幾百輛，每一處的設計都沒忘記要惹人嫉羨。擋泥板高聳在輪胎上方，接著陡然一落，與踏腳板連成一線，大方慵懶的曲線，有如閒臥的土耳其宮女；輪胎的白色側壁像舞王佛雷．亞斯坦（Fred Astaire）的鞋套一樣，純淨無瑕近乎荒謬。你一看就知道，不管坐在後座的是誰，一定有財力可以送給你願望，三個、三個地給。

這一款棕色賓利的駕駛座是無頂的，司機看起來像愛爾蘭警察轉行當男僕。他直直盯著前方，握著方向盤的大手塞在窄小的灰色手套裡。後座車窗染了色，看不見裡頭的人。我看著平民百姓的倒影飄過，這時車窗捲了下來。

——見鬼啦！我說。

——嘿，老姊，你要去哪？

——我正在考慮去炮台公園跳海。

——可以晚點再跳嗎？

司機突然出現在我旁邊。他打開後座門，動作出奇地優雅，接著擺出海軍官校學生站在舷梯頭的姿勢。伊芙挪到座位另一邊，我敬了個禮便爬上車。

車裡的空氣甜甜的，有皮革味，還微微混了新款香水的味道。伸腿的空間好寬敞，我差點要從座位滑到地板上。

——這輛馬車到了午夜會變成什麼？我問。

——菜薊。

——我討厭菜薊。

——我本來也是，可是你會愈吃愈喜歡。

伊芙傾身向前按了鍍鉻面板上的乳白色按鈕。

——麥可。

司機沒有轉頭。他的聲音劈里啪啦地透過對講機傳來，彷彿他人在百哩外海。

——是，羅思小姐。

——請你帶我們去探險家俱樂部。

——好的，羅思小姐。

伊碧往後靠，我好好地看了看她。貝瑞斯福華廈那次晚宴過後，我們還是第一次見面。她穿著藍色絲質禮服，全長袖子，低領口；頭髮直得像用熨斗燙過一樣，塞在耳後，臉頰上的疤痕一覽無遺。那一條白色細線代表著普通上班女郎只有在夢中才能得到的經歷，現在它已經開始散發出迷人光采。我們都露出微笑。

——生日快樂，性感美女，我說。

——我配得上這稱號嗎？

——那還用說。

事情是這樣的：錫哥說她可以租一間舞廳，她說她不想開派對，她甚至不想要禮物，只想買一件新衣服、去洛克斐勒中心高樓層的彩虹廳共進雙人晚餐。

這該是我的第一條線索，讓我嗅出有些東西在醞釀。

車子和司機不是錫哥的，是華勒斯的。華勒斯聽說伊芙的願望，便送她車子代步一天，讓她可以一家店逛過一家。她也善用了這項禮物，早上在第五大道一路往南逛，先來一趟偵察；午餐過後，帶著錫哥的錢回頭，開始全力進攻。她在波道夫精品百貨買了那件藍色禮服，在班德爾買了新鞋，在薩克斯買了亮紅色鱷魚皮手拿包；甚至買了內衣。她全身上下都打扮好了，卻還有一個小時空檔，於是過來找我，想在登上雲端餐廳歡慶二十五歲之前，先和老朋友喝一杯。我很高興她來了。

後座門的蓋板後面有個吧台，裡面有兩隻酒瓶，兩隻大玻璃杯，和一個很討喜的小冰桶。伊芙倒了一小杯琴酒給我，給自己倒了雙份。

——哇，我說，你不是應該慢慢來嗎？

——別擔心，我一直在練習。

我們碰碰酒杯，她和著酒和碎冰喝了一口，看著窗外若有所思，一邊嘎吱嘎吱地咬著冰塊。她頭也沒回便說：

——紐約可不是把人攪得面目全非嗎？

探險家俱樂部位在第五大道巷內的連棟街屋裡，以前是一間專收生物學家和冒險家的二流俱樂部。股市大崩盤以後店破了產，僅餘一點值錢的東西，在夜裡被人好意拐到自然博物館去了，剩下那些雜七雜八混在一起的古玩和紀念品，則是被債權人留在店裡生它們該生的灰塵。一九三六年，幾個一輩子沒出過紐約的銀行家買下這房子，重新開幕便成了高級餐廳。

到了俱樂部，一樓臨路的牛排館差不多正要客滿。我們爬上往二樓的窄梯，沿梯牆面上掛著船隻和雪地探險的老照片。二樓是「典藏室」，裡面有幾座頂到天花板的書架，架上擺著俱樂部精心收集但不會有人讀的十九世紀生物學文集。中間地上擺了兩只展示櫃，一個展示南美洲蝴蝶，一個展示南北戰爭時期的古董手槍。四周一張張矮皮椅上坐著股票掮客、律師、大企業家，都在咕咕噥噥發表高見。這裡除了我倆以外唯一的女性是位年輕女子，她坐在最遠那個角落、一顆長滿蠹蟲的大灰熊頭下面，深褐色頭髮剪得很短，穿著男人的套裝和白領襯衫，吹著煙圈，希望自己是葛楚．史坦[28]。

——往這邊，店主人說。

我們走路的時候，我看得出來伊芙已經有她自己的一套跛行法。大部分女人會想要隱藏，便學起藝伎走路——步伐細小難以察覺，頭髮指向天，視線指向地。但是伊芙完全不隱藏，她身穿一襲藍色

28 Gertrude Stein，1874～1946，出身美國的女同性戀作家，裝扮較為陽剛。她長住巴黎，經常與伴侶在家中舉行藝文聚會，海明威、畢卡索、費茲傑羅都是座上賓。

曳地禮服，卻像有條畸形腿的男人一樣姿勢怪異，從身後一甩把左腳甩到身前，高跟鞋在木頭地板上敲出刺耳的切分音。

店主人帶我們到房間正中央的桌子。他把我們擺在最重要的位置，好讓眾人都能欣賞伊芙的魅力。

——我們來這裡幹嘛？坐下來的時候我問她。

——我喜歡這裡。她望望周圍的男人，眼神明辨敏銳。女人會把我搞瘋。她笑著拍拍我的手。

——當然你除外。

——那我放心了。

頂著中分髮型的年輕義大利男人從一扇彈簧搖擺門後面走出來，伊碧點了香檳。

——好了，我說，彩虹廳。

——聽說那裡宇宙無敵棒，在五十樓什麼的，聽說可以看到飛機降落在愛德懷特。

——錫哥不是怕高嗎？

——他又不必往下看。

香檳送來了，還多了不必要的儀式。服務生在伊芙身旁放了個落地冰桶架，店主人親自打開瓶塞。伊芙揮手要他們下去，自己斟滿玻璃杯。

——敬紐約，我說。

——敬曼哈頓，她糾正我。

我們酌飲。

——要問候印第安納嗎？我問。

——她是個悲慘的老女人，我跟她玩完了。

——她知道嗎？

——我確定她也這麼看我。

——我不信。

她微笑斟滿杯子。

——別說那些了。告訴我一件事，她催促。

——什麼事？

——任何事，所有事。馬汀革太太那裡的女孩怎麼樣了？

——我幾個月沒見到她們了。

這當然是個小謊，我和福蘭最近一起混了不少時間，但是沒必要告訴伊碧，反正她從來就不怎麼喜歡福蘭。

——說得也是！她說。我好高興你終於有自己的地方了，新家怎麼樣？

——比寄宿公寓貴，但我現在可以把自己的燕麥粥燒焦，也可以通自己的馬桶了。

——沒有門禁……

——照我上床的時間，有沒有都沒感覺。

哦，她裝出關心的樣子說，那聽起來很孤單寂寞。

我舉起空杯對她揮了揮。

——貝瑞斯福的生活如何？

——有點手忙腳亂，她邊倒酒邊說，我們打算重新裝潢臥室。

——聽起來很花錢。

——還好，我們只是稍微裝修一下。

——裝修期間還住那嗎？

——剛好錫哥要去倫敦拜訪客戶，所以我會住在廣場飯店負責監工，在他回國之前把一切搞定。

生日沒有禮物……倫敦出差……裝修臥室……隨意使用複數主詞……情況漸漸明朗。眼前這個年輕女子喝著香檳穿著全新禮服，準備要去彩虹廳，這樣說起來，你會以為她現在整個人是飄飄然的，但是伊芙一點也不飄飄然。飄飄然表示有某種意外驚喜，飄飄然的女孩不知道接下來會發生什麼事；她只察覺有美妙的事隨時就要發生，神祕和期待混合在一起，讓她頭暈目眩。但是伊芙不會得到任何驚喜，不會有不尋常的開盤讓棋，不會有狡猾的布局。她已經畫好棋盤，刻好棋子，唯一留給運氣決定的，就是船上的特等房有多大間。

去二十一聯誼社那天，我們問過這道問題：**如果可以有一整天扮成別人，你想當誰？**伊芙回答電影製片戴若．柴納克。當時她的答案好像很有趣，但結果真是如此，她就坐在攝影機吊臂裡，懸浮在我們上方，仔細檢查著場景、服裝、走位，然後才要指示太陽升起。而我們捫心自問，誰能怪她？

隔幾張桌子有兩個長相英俊的粗魯鬼愈來愈吵，他們正在回憶當年在常春藤盟校幹的壞事，其中一個明明白白用了**臭婊子**這個詞，連其他男人都有幾個開始瞪他們了。

伊芙回頭瞄一眼都沒有，她才沒那個閒工夫。她已經講起裝修的事，而且講個不停，好比上校不理會炮聲隆隆，而小兵卻急忙走避。

那兩個醉鬼突然站起來，搖搖晃晃經過我們旁邊，爆出陣陣笑聲。

——唷，伊芙冷冰冰地說，泰瑞．楚布爾，一直吵吵鬧鬧的人就是你？

泰瑞就像小孩學著操縱的小帆船一樣，轉了個方向。

——伊芙，真是驚喜呀……

要不是受了二十年私立學校教育，他這句話肯定說得結結巴巴。

他尷尬地親了伊芙一下，然後好奇地看著我。

——我的老朋友愷特，伊芙說。

——幸會，愷特。你來自印第安納波利斯嗎？

——不是，我是紐約人。

——真的呀！紐約哪裡？

——她也不是你的菜，泰瑞。

他轉向伊芙，一副要擋開這一擊的樣子，但想想還是作罷。他開始清醒了。

——代我問候錫哥，他說。

他撤退了，伊芙看著他走。

——這人什麼來頭？我問。

——他是錫哥在聯合俱樂部的朋友，前陣子某個週末我們都去了康州的西港，參加他家裡的派對。吃過晚飯，他老婆彈起莫札特——上帝救救我呀——泰瑞跟一個女僕說要帶她去食品室看一個東西；等我出現的時候，他已經把她逼到麵包盒旁邊的角落，正要咬她的頸子，我拿了馬鈴薯搗棒才把他擋開。

——算他運氣好，你拿的不是刀子。

——戳一刀對他才有好處呢。

我想像那個畫面，便笑了。

——那個女僕就真的是運氣好了吧，有你及時出現。

伊芙眨著眼睛，好像在想別的事。

——什麼？

——我說那女孩運氣好，有你在。

伊芙有點驚訝地看著我。

——跟運氣無關，老姊，我跟著那混蛋去食品室的。

我腦中突然浮現一個畫面，是伊芙拿著馬鈴薯搗棒，在紐約白人盎格魯撒克遜清教徒家裡的走廊悄悄梭巡，偶爾從陰影中跳出來，矯正各種粗魯無禮的行為。

——你知道嗎？我帶著重生的信念說。

——什麼？

——你最棒了。

將近八點，香檳瓶倒插在冰桶裡，我提醒伊芙最好出發了。她看著空瓶，樣子有些淒涼。

——我想你說得對，她說。

她伸手拿她的新皮包，同時示意服務生過來，動作一氣呵成，就像錫哥。她拿出一個信封，裡面裝滿全新的二十元鈔票。

——不，我說，我請你，生日壽星。

——好，但是二十四號就換我請嘍。

——樂意之至。

她站起來，片刻間我看見她光采煥發，禮服從雙肩垂下，優雅有致，加上手裡的紅色皮包，好似一幅大師沙金特（John Singer Sargent）畫筆下的全身像。

——至死不渝，她提醒我。

——至死不渝。

等服務生拿帳單來的時間，我信步走向房間中央的展示櫃。熟悉這些東西的人也許會認為這座槍櫃展示了罕見的武器，令人大開眼界，看在不熟悉的人眼裡，卻只感覺破舊不堪。那些槍好像從密西西比河岸挖出來的，而擺在櫃子下方那些南北戰爭的子彈，則像是成堆的鹿大便。

蝴蝶展示櫃賞心悅目些，但同樣有一絲業餘的味道。蟲子用珠針固定在毛氈布上，那固定法讓人只看得見翅膀正面。可是只要你懂蝴蝶，不管懂得多懂得少，你都會知道翅膀正反面是天大的不同，正面是帶有乳白光澤的藍，反面可能是褐灰底上有黃斑。強烈的對比給了蝴蝶實質的演化優勢，因為牠們打開翅膀可以吸引異性來交尾，闔起翅膀便能隱身在樹幹上。

有一個老套的比喻把人說成變色龍，形容那人可以隨著環境改變顏色。其實這種人一百萬個裡面找不到一個，蝴蝶卻有好幾萬。這些男男女女像伊芙一樣，有兩種天差地別的顏色，一種用來引誘，一種用來偽隱，而且一拍翅膀就能瞬間轉換。

帳單送來的時候，香檳已經開始發揮作用。

我抓起皮包，把視線定在門的方向。

穿長褲套裝的褐髮女子要去洗手間，經過我面前，冷淡無情地瞪了我一眼，就像被迫停戰的宿敵。不正剛好嗎？我心想，我們在仇恨中展現的想像力和勇氣多麼貧乏呀，假設我們一小時賺五十分錢，我們便羨慕富人，可憐窮人，而後把怨恨全保留給比我們多賺一分或少賺一分的人；正因如此，社會不會每十年就發生革命。我對她吐了舌頭（事後追加），然後左彎右拐朝門口走去，希望從背後看起來像電影明星在火車上。

我一邊肩膀抵著牆壁往樓梯下走，於是發現牆上這些照片都是凍結在南極大陸的「堅忍號」[29]。我停下腳步仔細看其中一張，照片裡船隻的索具都從船帆上拆了下來，食物和其他必需品也拆箱卸到冰地上。我對謝克頓船長搖搖手指，提醒他是他自己該死的錯。

29 知名南極探險家謝克頓（Ernest Shackleton, 1894~1922）一生曾參與五次南極探險，第四次是一九一四至一六年間，由他組織的堅忍號探險隊。過程中堅忍號被浮冰圍阻，隊員只好棄船搬到浮冰上，後來經歷千辛萬苦，終於全數獲救。

我走到街上，準備拐彎穿過六十九街，到第三大道去搭高架捷運。這時我看見棕色賓利停在路邊，車門打開，司機下了車。

——康騰小姐。

我一頭霧水，不只是因為喝多了。

——你是麥可對嗎？

——是。

我猛然發覺麥可長得很像我的拉司科伯伯，他也有一雙大手，還有一隻腫成花椰菜的耳朵。

——你剛才看見伊芙了嗎？我問。

——看見了，她請我帶您回家。

——她請你回頭來找我？

——不是，小姐，她想走路。

麥可打開後座門，裡面看起來又暗又孤寂。現在是六月，天還亮著，空氣宜人。

——我可以坐前面嗎？我問。

——恐怕不行，小姐。

——我想也是。

——到十一街嗎？

——是的。

——您想怎麼走？

——什麼意思？

——我們可以走第二大道，或是在中央公園裡繞一繞再往下城去，或許可以彌補不能坐前座的遺憾。

我大笑出聲。

——哇，這提議可真不賴，麥可，就這樣走吧。

我們從七十二街進公園，往北邊哈林區方向開。我捲下兩側車窗，六月暖風給了我分外的疼愛。我踢開鞋子，把雙腿收在座位底下，看著樹木一棵棵過去。

我很少搭計程車，就算搭了，也會在兩點之間求取最短距離，沒想過兜風回家，二十六年來壓根沒想過。兜風也是宇宙無敵棒呢。

・・・

隔天我接到伊芙的電話，說得要取消二十四號的約，好像是錫哥在彩虹廳給了伊芙「驚喜」，秀出另一張去歐洲的船票。錫哥要去倫敦見客戶，之後兩人再一起去蔚藍海岸拜訪巴奇和葳絲，他們夫妻倆租了短租別墅，打算七月要住。

大約一個星期後，我跟福蘭、格拉布碰面吃飯（廣告上號稱是牛排其實只是漢堡），她拿了下面這則花邊新聞給我，是從《每日鏡報》社交版撕下來的：

來自大西洋中央的消息。據聞維多利亞女王號眾乘客一致轉頭看傻了眼，因為一年一度在航程中途舉行的小范德堡盃小禮服尋寶遊戲，由新加入的T．古瑞（身為紐約市銀行家的女婿好人選）及E．羅思（魅力有過之而無不及的另一半）輕鬆奪冠。古瑞與羅思率先找到五十項指定寶物，包括彎刀、網篩和木腿，聯手打得上層甲板一片驚愕無言。兩位年輕尋寶者不願意透露成功祕訣，然而據旁觀者表示，他們手法新穎，探查的對象是船員而非乘客。冠軍獲得什麼獎品？倫敦克拉里奇大飯店住宿五日，以及國家畫廊私人導覽。謹此提醒國家畫廊的警衛，在這對機智鴛鴦逃跑之前，務必對他們仔細搜身。

10 鎮上最高的房子

六月二十二日，我整個下午都在幫忙年輕的湯瑪士．哈波先生取證。我們在六十二街對造律師的事務所裡，房間沒有窗戶，密不通風。取證對象是破產鋼鐵廠的主要管理者，汗流得像洗衣婦一樣，說話一直重複，有時重複得沒意義，只有在問到當時景況如何淒慘的時候，他才真的說出點什麼來。你知道那是什麼感覺嗎？他問哈波，你在一門生意裡花了二十年苦過來，每天早上孩子還在睡你就到廠裡了，盯著生產線上每個細節，時間滴答滴答過去，結果一覺醒來發現一切都沒了？

——不知道。哈波冷漠地說。麻煩你只要談一九三七年一月的事件就好。

終於結束取證以後，我不得不去中央公園透透氣。我在街角小店買了個三明治，在一棵木蘭樹下找到不錯的位置，安安靜靜地吃，還有老朋友狄更斯陪我。

我坐在公園裡，偶爾放下書裡皮普[30]的進展，抬頭看看散步經過的人，他們的遠大前程就在腳下，美夢已然成真。就是這樣我第三次見到安妮．戈藍登。猶豫過後，我把書塞進皮包便跟上去。

如我所料，她的步伐果決堅定。她從公園來到五十九街，穿過車水馬龍，跳上廣場飯店的階梯。我也照做。穿制服的門僮推動旋轉門，我突然想到，上流社會可能有條不成文的禮儀，規定不能跟蹤你認識的人進入本地飯店。不過說不定你是跟朋友見面喝一杯呢？門還轉著，我決定倚賴科學方法。

——城門城門雞蛋糕，三十六把刀……

進去以後，我在一株棕櫚盆栽的陰影下站定位置。大廳裡衣冠雲集，來去匆忙，有些人帶著行

30 狄更斯小說《遠大前程》的主角。

李，有些人忙往酒吧去，有些人剛從擦鞋鋪或沙龍爬上樓來。在可使歌劇院相形失色的水晶吊燈下，一個臉上兩撇大鬍子的大使讓路給八歲小女孩和一對貴賓狗。

——不好意思。

一個戴著小紅帽的侍者往我的樹瞄進來。

——請問您是康騰小姐嗎？

他遞了一個奶油色小信封給我——就是舞會或喜宴上用來指定座位那種桌卡。裡面是一張名片，上面只印了一行字：安妮．戈藍登。她在背面用流暢的大字寫了：來打個招呼吧。一八〇一套房。

哎呀呀。

我一邊往電梯走，一邊納悶她在大廳還是中央公園看到我的。電梯員專注看著我，帶著慢慢來不要急沒關係的眼神。

——可以到十八樓嗎？我問。

——好的。

門關上前一對新婚夫妻進了電梯。他們開朗，樂觀，年輕，好像準備把最後一分錢都用來買客房服務。他們在十二樓出了電梯，在走廊上一路蹦蹦跳跳。我對電梯員自以為聰明地傻笑了一下。

——**新婚夫妻**，我說。

——不見得，女士。

——不見得？

——不見得新，不見得是夫妻。請注意腳步。

一八〇一套房就在成排電梯的對面。我按了門框上的銅鈕，裡面響起腳步聲，比安妮的沉。門開了，出現一個身材修長的年輕人，身上套裝是威爾斯親王格紋[31]。我遞出名片，有點彆扭；他用指甲乾淨整齊的手接下。

——康恬小姐？

他的發音和他的套裝一樣講究，但是也錯了，他把騰念成恬。

——是康騰，我說，奔騰的騰。

——真是抱歉，康「騰」小姐。請進。

他精準地比著門內幾步的位置。

我身處套房的玄關，套房採光明亮，中間客廳的一邊是關上的鑲板門，大概通往臥室；前面茶几周圍擺了藍色配黃色的沙發，還有兩張低背扶手椅，陽剛風格和陰柔風格調和得很好。休憩區後面則是一張高級辦公桌，一角擺了百合花瓶，另一角是黑色檯燈。我開始懷疑錫哥公寓裡展現的完美品味，其實是安妮的品味。她就是兼具風格和自信，你得要有這些，才能把現代設計帶進上流社會。

安妮站在辦公桌後面，往窗外望著中央公園，一邊講電話。

——對，對，我完全了解你的意思，大衛，我很清楚你不期望我利用我的董事席次，但是你該看得出來，我的打算**就是**要利用我的席次。

安妮講著電話，她的祕書把她的名片遞過去。她轉身對我招手，指著沙發。我坐下來的時候皮包翻倒了，皮普往外偷看，滿是驚奇。

——好，好，行了大衛，我們五號在新港再談。

她掛了電話，往沙發這兒走來，在我旁邊坐下，她那樣子好像我突然來訪似的。

——愷蒂！看到你真好！

31 某一種特殊格紋，通常由黑、灰、白等線條組成，正式名稱為格蘭格紋。為時任威爾斯親王的溫莎公爵所喜愛，因此大為流行，並有「威爾斯親王格紋」之暱稱。

她回頭往電話方向揮了揮手。

——剛才真抱歉。我從丈夫那裡繼承了一些股票，現在憑空多了一些不是自己掙來的權力，這事似乎讓每個人都不高興，除了我之外。

她說她有個熟人隨時會來拜訪，但是運氣好的話我們還有時間喝一杯。她要祕書布萊斯準備馬丁尼，然後告退去了臥室。布萊斯走向一座漂亮的楓木酒櫃，裡面附帶小吧台。他用銀夾子從冰桶裡夾了冰塊出來，調了馬丁尼，用長匙攪拌，並且小心沒讓長匙和公杯碰出聲音。他在茶几上放了兩只酒杯和一盤醃漬洋蔥，要倒酒的時候，安妮正好從臥室出來。

——我來就好，布萊斯。謝謝，你可以下去了。

——需要我寫完給盧瑟福上校的信嗎？他催問。

——明天再說。

——好的，戈藍登夫人。

女人對男人發號施令這麼不客氣，感覺實在希奇，雖然布萊斯表現出相應的拘謹，卻也只是稍微減少奇異感罷了。他對她正式點頭示禮，對我敷衍地點了一下。她往沙發椅背靠過去。

——喝吧，她說。

她往前傾身，做出招牌的快速同步動作——一隻手肘撐在膝蓋上，同時伸手拿公杯。她倒了酒。

——洋蔥？她問。

——我偏愛橄欖。

——我會記住的。

她把我的酒杯遞給我，然後往自己的杯子裡扔了兩顆珍珠洋蔥。她舉起左手臂靠在沙發椅背上，我舉杯敬她，努力表現出自在的樣子。

——恭喜，巴氏殺菌得了冠軍。

——你白恭喜了，我賭的是贏面不大那匹，就像我上次說的。

她對我微笑，喝了一口酒。

——好吧，告訴我，是什麼風把你在星期三下午吹到城這頭來？我記得你好像在奎金與哈爾上班，你換工作了嗎？

——沒有，我還在奎金。

——哦。她略帶失望地說。

——我下午和一位律師在離這幾條街的地方取證。

——就是在上法庭之前你們可以問一些尖銳的問題，對手不能不答？

——正是。

——嗯，至少那個聽起來滿好玩的。

——其實要看問什麼問題而定。

——還要看誰來問吧，我想。

她往前把杯子放到茶几上，這時她的襯衫領口敞了開來，第一顆扣子沒扣，我可以看見她沒穿胸罩。

——你住在這裡嗎？我問。

——不是不是，這裡只是辦公室。可是在這裡辦公比商業大樓方便太多了，我可以要人送晚餐上來，我出門前可以洗澡更衣，外地的人來找我也很方便。

——唯一一個從外地來找我的人是富勒刷具男[32]。

她大笑，再次拿起杯子。

32 富勒刷具（Fuller Brush）是美國一大清潔用具商，他們的推銷員挨家挨戶推銷商品，因此「富勒刷具男」成為許多影視、小說的笑點。

——他跑這一趟可值得？

——不怎麼值得。

她舉杯就口，同時用眼角觀察我。接著她一邊把杯子放回茶几上，一邊做出不經意的樣子說：

——錫哥和伊芙已經出國了吧。

——是啊。我想他們要在倫敦待幾天，然後去蔚藍海岸。

——蔚藍海岸！嗯，那可挺浪漫的嘍，天氣溫和，還有薰衣草什麼的。不過浪漫不是一切，對吧？

——我看你還不相信他們的關係。

——當然是不干我的事啦，而且有他倆在的房間確實都會亮了起來，事實上，可能會讓白金漢宮都亮起來呢。不過如果要我**宣誓作證**，我得承認，我一直想像錫哥會跟更能挑戰他的人在一起，我是指智識上的挑戰。

——說不定伊芙會讓你驚奇。

——那就真的是驚奇了。

門鈴響了。

——啊，她說，一定是我的客人來了。

我問她有沒有地方讓我洗把臉，她讓我去跟臥室相連的浴室，裡頭貼了英國設計師威廉．莫里斯（William Morris）風格的壁紙，整體小而美。我把冷水潑到臉上。大理石檯面上擺了她的胸罩，疊得四四方方；上面放著一枚祖母綠戒指，好像加冕日王冠放在枕墊上一樣。我從浴室出來的時候，安妮站在沙發附近，旁邊有一位高大灰髮男士。那是約翰．辛格頓，前任德拉瓦州參議員。

出了飯店，那位頭戴大禮帽的門僮正在幫忙一對時髦情侶上計程車，他們開走以後，他一轉身正好對上我的視線，客氣地脫帽致意，便回到原位立正站好，沒有浪費時間去招下一部排班計程車。他做這工作已經太久，不可能犯這麼業餘的錯誤。

‧‧‧

我回到我那棟公寓的時候，感覺得出來今天是星期三，因為三樓B室害羞的新娘正在糟蹋她母親的波隆納肉醬。她抄食譜的時候，一定是把兩粒丁香寫成了兩粒大蒜，因為我們身上都要卡著她的家常菜味直到週末。

進了家門，我在廚房小桌前駐足片刻篩揀郵件。乍看跟平常一樣貧乏，但是我在兩張帳單之間發現一個航空信封，知更鳥蛋那種藍色。

是錫哥的筆跡。

我翻箱倒櫃找出一瓶沒喝完的酒，就著瓶口嘗了嘗，酒液在舌尖上刺刺的，像禮拜日的聖餐酒。我倒了一杯，坐在我的小桌旁，點一根菸。

信封上的郵票是英國的，一張是印成紫色的政治家頭像，另一張是印成藍色的汽車。似乎世界上每個國家的郵票都有政治家和汽車，那電梯員和倒楣的家庭主婦呢？他們的郵票哪去了？六層樓無電梯公寓和酸酸的酒呢？我捻熄了菸，打開那封信。信紙是歐洲人愛用的那種薄紙。

英格蘭布立克珊，六月十七日

親愛的愷特：

打從啟航開始，我倆之中總有一個天天都要說句「愷蒂會喜歡這個！」今天輪到我了……

一言以蔽之，這封信描述錫哥和伊芙決定從南安普敦沿著海岸一路開車到倫敦，卻意外來到一個小漁村。伊芙在飯店裡休息，錫哥出來散步，路上每個轉角都可以看見一座教區老教堂的尖塔，那是鎮上最高的房子。終於他繞回頭往教堂走去。

裡頭牆壁漆成白色，就像新英格蘭一座捕鯨人蓋的教堂。

第一排長椅上有個船員的寡婦坐著讀讚美詩集，在很後面的長椅上則有一個體格像摔角手的禿頭男子在哭泣，身旁擺了一籃漿果。

突然有一群穿制服的女孩子跑進來，笑得像海鷗。摔角手跳起來喝斥。她們在走道間穿梭，一等頭上響起鐘聲，又跑了出去……

實在是。對別人的假期能有什麼好話可說嗎？我把信紙揉成一團，丟進垃圾桶，然後拿起《遠大前程》，翻回第二十章。

我父親從來不是愛抱怨的人。我認識他的那十九年裡，他幾乎不說他在俄國軍隊裡的轉折，不說怎麼跟我母親捉襟見肘維持生活，也不說她拋家棄女那天的事。他當然也不會抱怨自己的身體日漸衰弱。

但是在他臨終前，有一晚我坐在他床邊，說一個傻蛋同事的笑話讓他開心，他突然說了一個不相干的感想，那樣天外飛來一筆，我便當作他是病得胡亂囈語。他說，不論他的人生中遇到什麼打擊，不論眼前遭遇如何使他害怕、氣餒，他一直知道，只要早上醒來他心中期待著第一杯咖啡，他就一定能度過難關。直到數十年後我才了解，原來他當時是在對我耳提面命。

意志堅定、追尋永恆真理，這些事在自命清高的年輕人眼裡，確實有其性感魅力，但是人如果失去在平凡中尋找快樂的本領——門口台階上抽一根菸，或浴缸裡吃一塊薑餅，大概就是把自己置於不必要的險境了。在我父親的人生將要走到盡頭之前，他想對我說的，就是不要對這種危險掉以輕心，人必須準備好捍衛自己最簡單的快樂，為之抵抗高尚和博學和各種華麗眩目的誘惑。

回想起來，我的那一杯咖啡該是狄更斯的作品。我得承認，那些大無畏的窮孩子，和那些名字巧妙的為惡者，是有一些惱人之處。但是我已經體悟到了，無論我的處境如何黯然，只要讀完一章狄更斯之後，我感覺到寧可坐過站也要讀下去的衝動，那麼一切大概都會否去泰來。

呃，可能這本寓言故事我已經讀了太多次吧，或者我就是不高興連皮普都在前往倫敦的路上。無論如何，讀了兩頁我就闔上封面，爬上了床。

11 美好年代

二十四號星期五下午五點四十五分，祕書區的桌子全都空了，除了我的以外。我正要打完一式三份的反訴狀，準備無精打采地回家，這時我眼角瞥見夏綠蒂．賽克斯從洗手間走過來。她已經換上高跟鞋和橘色襯衫，精心搭配卻無一協調。她用雙手抓著皮包；麻煩來了，我心裡想。

——嘿，愷瑟琳，你在加班嗎？

自從我在地鐵搶救了夏綠蒂的合併合約，她就一直想約我出去，要不就中午上餐館，要不就安息日去她的家庭聚會，要不就去樓梯間抽菸，甚至還邀我去羅伯特·摩西新蓋的游泳池[33]泡水，這些巨大的公共泳池方便曼哈頓區外的居民可以像鍋中蟹一樣爬。目前為止，我都能用老套的藉口擋掉，但我不知道還能撐多久。

——我跟玫瑰正要去「歡鬧」酒吧。

我越過夏綠蒂的肩膀看見玫瑰在研究她的指甲。玫瑰身材豐滿，有個癖好是忘記扣襯衫第一顆扣子；你看得出來，如果玫瑰沒辦法靠談情說愛一路談上帝國大廈的屋頂，她也準備好學金剛那樣爬上去。不過考量現況，也許她在場也不是件壞事，有她在，酒過一巡後我要脫身就容易多了。再說我最近自憐病才發作，或許近一些觀察夏綠蒂·賽克斯的人生，剛好就是醫生會開的處方。

——好呀，我說，我收拾一下。

我站起來蓋上打字機，拿起皮包。接著一個小而可聞的喀答聲響起，Q上面的紅燈亮了。夏綠蒂的表情比我還凶。**星期五晚上五點四十五分！**她似乎心裡在想，**她到底想幹嘛？**不過我想的不是這個。最近我一直稍有賴床的毛病，十天裡有兩天遲了五分鐘才懶洋洋踏進所裡。

——我再去找你們，我說。

我站起來，順順裙子，拿起我的速記簿。瑪克姆女士給你指令的時候，會希望你逐字記下來，即使內容是申斥也一樣。我進了她的辦公室，她正在寫信，就要寫完了。她眼皮抬也沒抬，對我比一比椅子，又繼續寫。我坐下來，才沒幾分鐘又一次拉直我的裙子，然後我打開我的速記簿，以示恭順。

瑪克姆女士的年紀可能五十出頭，但不是沒有姿色。她沒有戴老花眼鏡，胸部也不是沒有清楚的輪廓，雖然梳了髮髻，還是看得出來頭髮又長又多，令人意外。說不定以前某個時候，她有機會成為所內資深合夥人的第二任太太。

33 Robert Moses，1888～1981，出身猶太家庭的建築師，一九三〇年代起成為紐約市及市郊眾多公共建設與都市更新的推手，評價褒貶不一，曾主導修建許多座公共游泳池。

她用專業的花體簽名結束那封信，把筆插回黃銅筆座，筆座傾斜的角度好似命中目標的長矛。她雙手交叉放在桌上，看著我的眼睛。

——愷瑟琳，你用不著速記簿。

我闔上簿子，照瑪克姆女士教的那樣放下來貼著右大腿，心裡想：**比我想的還糟糕**。

——你在所裡多久了？

——將近四年。

——一九三四年九月，我沒記錯的話？

——是的，十七號星期一。

瑪克姆女士為我的精準露出微笑。

——我請你進來是要討論你在所裡的未來。你可能聽說了，你們組長帕蜜拉夏季結束就要離職。

——我沒聽說。

——你很少和其他女孩兒閒嗑牙兒是嗎，愷瑟琳？

——我不怎麼愛閒聊。

——我欣賞你這點。雖然如此，你在所裡似乎過得很好？

——**和**這群人過並不難。

她又微笑，這次是因為介詞加得好。

——那很好，我們確實花了些工夫要讓你們女孩兒處得來。總之，帕蜜拉要離職了，她……

瑪克姆女士停頓了一下。

——**懷孕**了。

她的發音字字分明，講得那個詞活靈活現的。

的。這種消息在帕蜜拉長大的貝德史都社區[34]擁擠街坊間，可能值得一番慶賀，在這裡卻沒什麼好慶賀的。我努力裝出剛聽說同事被逮到挪用公款的表情。瑪克姆女士繼續說下去。

——你的工作表現無懈可擊，文法知識非常豐富，與合夥人的應對進退堪稱表率。

——謝謝。

——剛開始你速記的能力似乎沒辦法跟上打字兒，不過已經有長足的進步。

——那是我努力的目標。

——做得很好。我還注意到，你對信託與財產法了解的程度，開始接近某些新進律師了。

——希望您不覺得我僭越。

——一點也不。

——我發現如果我了解合夥人工作的性質，我的祕書工作可以做得更好。

——正是如此。

瑪克姆女士再次停頓。

——愷瑟琳，我個人判斷你是**典型的**奎金人，我已經推薦你升任帕蜜拉的職位，擔任組長。

（發音為**組長兒**。）

——你知道，組長就像管弦樂團的第一小提琴手，你會有更多獨奏的分量——應該說，你會有更**適當的**獨奏分量，但是你也必須成為表率。我是我們這個小小管弦樂團的指揮，沒辦法時時刻刻盯著每個女孩兒，她們要倚賴你的指點。不用說，這次你升職，連帶地也會適當提高薪水，增加責任，還會調升你的職銜。

接著瑪克姆女士便停了下來，抬高眉毛，意思是歡迎我說一兩句話。所以我謝謝她並且不負專業

34 Bed-Stuy，該社區位於布魯克林，全名為貝德福特史都維森，多為美國南方黑人移居。

地收斂情緒。她和我握手的時候，我心裡想：**多典型的奎金人；多相近如鄰；多處得來呀**。

離開辦公室以後，我往南走向南渡輪站，這樣就不用經過「歡鬧」酒吧。港邊飄來貝類的腐臭味，彷彿紐約的牡蠣知道沒人會在夏天吃牠們[35]，就自己跳上岸來了。

我上車的時候，一個高瘦穿連身工作裝的粗魯鬼正要跑到下個車廂，把我的皮包給撞到了地上；我彎腰撿的時候，裙子裂了一條縫。所以下車以後我買了一品脫裸麥威士忌和一根蠟燭，準備插在軟木塞上。

幸好我還沒脫掉鞋襪，就在廚房小桌邊喝掉了半瓶酒，因為我站起來打算炒個蛋吃的時候，撞到桌邊，把剩下的酒都灑在一局打壞的偷牌上。我一邊收拾，一邊學拉司科伯伯咒罵耶穌——用韻文，然後一屁股坐在我父親的安樂椅上。

一年裡最喜歡哪一天？一月在二十一聯誼社的時候我們互問彼此，這是其中一個無關緊要的問題。下最多雪的那天，錫哥回答。不在印第安納的任何一天，伊芙回答。我的回答呢？夏至那天，六月二十一，一年裡白日最長的那一天。

俏皮的答案。至少我當時這樣想。但是冷靜以後回頭想，我覺得拿六月的**任何**一天來當作答案，都有一些狂妄，這樣的回答暗示你的生活大小事都好得不得了，你把自己的基地控制得很好，所以你只求多一些白日時光，讓你可以慶賀你的好運。但是希臘人早有明訓，對付這種狂妄只有一個辦法，他們說那叫**天譴**，我們說那叫合該有事，或自食其果，或簡稱報應，而且連帶地也會適當提高薪水，增加責任，還會調升你的職銜。

有人敲門。

35 西方民間傳說月分字母沒有R的不適合吃牡蠣，也就是五月至八月，因為細菌較多，容易腐壞，肉質比較不肥美。

我連來人是誰都懶得問。我開了門，外面是一個西聯公司的小朋友，拿著我生平收到的第一封電報，從倫敦拍來的：

老姊生日快樂恕無法親賀請為我倆把城裡鬧得天翻地覆兩週後見

兩週？如果棕櫚灘那張明信片可以當作指標，那麼我到感恩節之前都不會見到錫哥和伊芙。

我點了一根菸，再讀一次電報。從過去發生的事看起來，有人可能會疑惑，伊芙說的**為我倆**指的是她和錫哥，或是她和我。直覺告訴我是第二種，而且她可能有她的道理。

我站起身，從床底下把拉司科伯伯的軍用床尾箱拉出來。裡面有我的出生證明、一隻護身符兔腳、殘存的一張母親照片。在這些東西下面，是羅思先生給我的信封。我把剩下的十元鈔票撒在床罩上。把城裡鬧得天翻地覆，神諭是這樣說的；第二天我打算就這麼做。

・・・

班德爾百貨五樓擺的鮮花比葬禮還多。

我站在一架黑色小禮服前面。棉質，亞麻，蕾絲，挖背，無袖，黑色……黑色……黑色……

——需要幫忙嗎？從我踏進店裡以來第五次有人問我。

我轉身看見一位四十多歲女性，穿著套裝裙子，戴著眼鏡，保持尊重我的距離。她一頭漂亮的紅髮梳成馬尾，看起來像是剛出道的演員扮老處女。

——你們有沒有……亮一點的顏色？我問。

歐瑪拉太太帶我去軟沙發上坐下來，好詢問我的尺碼、我頭髮和瞳孔的顏色、我裝扮的場合，然後就消失了。她回來的時候後面跟著兩個女孩，各在一隻手臂上披著幾件禮服。歐瑪拉太太一件一件介紹優點，我則是邊聽邊啜飲高級瓷杯裡的咖啡。我發表我的感覺（太綠，太長，太無聊），其中一個女孩會寫下來，讓我感覺自己身在班德爾百貨董事會會議室，正在核批春季新品系列。空氣裡沒有一絲金錢即將易手的氣氛；當然更不會是我的錢。

歐瑪拉太太是胸有成竹的專業銷售員，她把最好的留在最後：一件白色短袖連身裙，上面有水藍色的圓點，還有相配的帽子。

——不會太鄉村風嗎？

——正好相反。這件裙裝的設計就是要給城市帶來清新的氣息，適合羅馬，巴黎，米蘭，不適合康乃狄克。鄉下不需要這種衣服，我們才需要。

我歪著頭，透露出一絲興趣。

——試穿看看吧，歐瑪拉太太說。

穿起來幾乎完全合身。

——美極了，她說。

——你確定？

——我確定。而且你沒穿鞋，這是試衣服的好方法，如果你赤腳都可以看起來這麼優雅，那……

我們並肩站著，冷靜看著鏡子。我稍微側身，右腳跟離開地毯，裙邊在膝蓋位置微微移動。我努力想像自己赤腳站在羅馬知名的西班牙階梯上，差點就要成功。

——很漂亮。我對她承認。但是我忍不住覺得，穿在你身上會好看得多，你的髮色適合。

——康騰小姐，容我大膽建議，您到二樓就能換上我的髮色。

• • •

兩小時後，我頂著愛爾蘭人的紅髮，搭計程車前往西村那間以法文命名的「美好年代」。法式餐廳還要過幾年才會開始流行，不過美好年代在僑胞之間早成了熱門去處，他們每次回國都要光顧這家小餐廳。裡面沿牆設置了長條軟墊座椅，牆上的靜物畫描繪的都是鄉村廚房小物品，類似法國靜物畫大師夏丹（Chardin）的風格。

領班問了我的名字之後，又問需不需要一邊喝香檳一邊等。現在才七點，超過一半的桌子空著。

——等什麼？我問。

——您不是在等人嗎？

——據我所知是沒有。

——**對不起，小姐**，領班用法語說。請往這邊走。

他輕快地走向用餐室，在一張雙人桌旁停頓了一下，隨即又往靠牆的長條座椅走去；這個位子可以看到整間用餐室。他把我安頓妥當以後就不見了，回來時帶著說好的香檳。

——敬打破慣例，我對自己敬酒。

我的海軍藍新鞋咬得腳踝不舒服，所以我在桌巾的掩護之下脫了鞋，活動活動腳趾。我從新的藍色手拿包裡拿出一包香菸，一名侍者倚著桌子靠過來，用他的不鏽鋼打火機點燃十分適任的火焰。我慢條斯理地從菸盒裡推出一枝菸，他則是雕像似的一動也不動。待我吸了第一口以後，他才站直身，蓋上打火機蓋子，發出討人喜歡的喀答聲。

——等的時候要不要先看菜單呢？他問。

——我不是在等人，我說。

——**抱歉，小姐**。

他對旁邊那桌收拾餐具的小弟彈了彈手指，然後拿出菜單，擱在手臂彎裡，方便比畫、介紹各種菜色的特點，挺像歐瑪拉太太介紹小禮服的樣子。這些都讓我感覺自信滿滿，如果我要在存款裡挖個大洞，至少現在看起來是用對地方了。

餐廳不慌不忙，慢慢甦醒。它又多了幾桌客人，上了幾杯調酒，點了幾根菸。它有條不紊，從容不迫，一點兒不擔心，它明白到了九點，自己就會成為宇宙的中心。

我也不慌不忙，慢慢甦醒。我喝第二口香檳，品嘗我的麵包小點。我又抽一根菸。侍者回來，我點了一杯白酒和焗烤蘆筍，主菜點的是招牌菜黑松露春雞。

侍者快步離開，這時我再次注意到對面長座椅上的老先生老太太對著我笑。老先生身材矮壯，頭髮日漸稀疏，穿著雙排扣外套和領結，混濁的雙眼似乎隨時都要為微小至極的情緒掉淚。老太太足足高他三吋，穿著優雅夏裝，頂著一頭卷髮，掛著高雅有禮的微笑，看起來像某一類女性——她們在世紀交替那年代，請過主教吃午餐以後，轉身就去帶領鼓吹婦女投票權的遊行。她眨眨眼，而且算是揮了揮手。我也對她眨眨眼，也算是揮了揮手。

蘆筍送上桌了，裝在小銅盤裡，還有花俏的桌邊服務。每一根蘆筍排得整整齊齊，個頭都一樣大，也不相疊，上面已經仔細撒上裹了奶油的麵包屑，還有烤得焦脆冒泡的芳提娜起司。領班一併送上銀叉銀匙，接著在盤上削了一些檸檬皮。

——**祝您胃口大開**。他用法語說。

確實如此。

就算我父親賺到一百萬，他也不會來「美好年代」吃飯。在他心裡，罪孽深重的浪費莫過於上餐廳，你的錢有這麼多奢侈品可以買，其中就屬餐廳能留給你的標記最少。買件皮草至少冬天還能禦寒，銀湯匙還能熔化賣給銀樓，但是一客大丁骨牛排呢？你切一切，嚼一嚼，吞下去，擦擦嘴巴，把餐巾放到盤子上。就這樣。至於蘆筍？我父親會寧願把二十元鈔票帶進墳墓裡，也不要用來買什麼漂亮的裹上起司的雜草。

可是在我心裡，最奢華的享受莫過於上高級餐廳吃飯，那是文明的極致。因為所謂文明社會，不就是智性的支配離開了基本需要的沉悶無風帶（遮蔽，糧食，求生），進入精致有餘的穹蒼（詩歌，手提包，高級料理）？正因為整個體驗如此脫離日常生活，於是在一切都糟糕透頂的時候，一頓高級晚餐就能使人振奮起來。如果我名下只剩二十元，一旦我名下只剩二十元，我會全部投資在這裡，投資在高貴而無法典當的一個鐘頭。

侍者拿走蘆筍盤子以後，我發現剛才不該喝第二杯香檳，決定去洗手間洗把臉。我把左腳套進海軍藍，右腳東探西探卻找不到另一隻鞋。我很快地胡亂搜尋了一下，視線在用餐室裡來回飄移；接著又用腳趾展開比較有條理的搜尋，從中間往外畫同心圓，盡量在不必改變姿勢的情況下伸長了腳。搜尋失敗，我開始喪氣了。

——我來幫忙吧？

對側那位戴領結的男士正站在我桌前。

我還沒說話，他就徐徐蹲下，接著站起身，手掌上站著那隻鞋子。他向前彎腰，做出攝政大臣呈上玻璃鞋的繁文縟節，並且細心地把手藏在麵包籃後面。我撥了撥鞋子，讓它掉到地上。

——謝謝，我實在太不雅了。

——一點也不。

他往回比了比他的桌子。

——請原諒我和內人盯著你看，我們覺得太漂亮了。

——不好意思，您是說？

——您的圓點。

這時我的主菜送來了，眼眶溼溼的紳士也回到自己那一桌。我拿出技巧開始切我的春雞，但是吃沒幾口，我就知道吃不完了。濃重的松露味從盤子飄上來，令我暈眩；我很確定要是再多吃幾口，雞肉就要逆流而上了。他們在我堅持之下把盤子撤走，這時我已經很確定不論如何雞肉都要逆流而上。

我在桌巾上扔了幾張各色鈔票，不等桌子拉開足夠空間，便急著出去呼吸新鮮空氣，因此弄倒了一杯我不記得自己點過的紅酒。我瞥見那對老夫婦的桌子正送上舒芙蕾，那位婦女參政運動者困惑地揮了揮手。到了門邊，我和那些畫裡的一隻兔子四眼相對，牠和我一樣，頭下腳上倒吊在勾子上。

到了外面，我走向最近的巷子，靠在磚牆上，小心地吸了一口氣。連我都看出這詩一般的正義了，要是我吐了，我在天堂的父親就會低頭瞪著那一攤蘆筍和松露，表情陰鬱卻滿意。喏，他會說，那就是你智性的支配。

——你還好嗎，親愛的？

是那位婦女參政運動者。她先生保持禮貌的距離，站在一邊用溼溼的眼睛看著。

——我想我可能喝多了一點點，我說。

——是那道可怕的雞肉，他們對那道菜得意得很，但我覺得非常噁心。你需要吐一吐嗎？你就吐吧，親愛的，我可以幫你拿著帽子。

——我想我現在好多了，謝謝你。

——我是樂樂．竇蘭。這是我先生巴伯。

——我是愷蒂．康騰。

——康騰，竇蘭太太說一遍我的姓，彷彿她有可能認得似的。

竇蘭先生感覺到狀況好多了，便慢慢靠過來。

——你常來「美好年代」嗎，他問著，彷彿我們不在小巷裡。

——這是第一次。

——你進來的時候，我們以為你在等人，他說。早知道你一個人用餐，我們就請你過來一道吃了。

——巴伯！竇蘭太太說。

她轉向我。

——我先生就是沒辦法理解，年輕女性會**選擇**一個人用餐。

——哎，不是**所有**年輕女性都會，竇蘭先生說。

竇蘭太太笑了，又對他做了個憤慨的表情。

——你實在很糟糕！

然後她又轉向我。

——至少讓我們載你回家。我們住八十五街和公園大道交叉口，你呢？

我看見巷口有一輛極像勞斯萊斯的轎車緩緩停下。

——中央公園西路二一一號，我說。

貝瑞斯福華廈。

幾分鐘後，我坐在竇蘭家的勞斯萊斯後座，讓他們載著往第八大道北邊前進。竇蘭先生堅持要我坐在中間。他把我的帽子放在他的膝頭上，小心翼翼地。竇蘭太太要司機打開收音機，我們三人享受了一段歡樂時光。

門房彼特開了車門，疑惑地看了我一眼，但竇蘭夫婦沒發現。我們親吻又親吻，承諾再相聚。我揮手送勞斯萊斯開上馬路。彼特有點彆扭地清了清喉嚨。

——不好意思，康騰小姐，恐怕古瑞先生和羅思小姐人在歐洲。

——是，彼特，我知道。

我上了南下的地鐵，裡面擠著各色臉孔和各式服裝。百老匯區間線在格林威治村和哈林區之間來回，劇院一帶有兩個站；每到星期六夜晚，地鐵車廂就成了城裡最平等不分階級的地方，有人穿祖特裝[36]，有人一身破舊，還有衣著單調保守的依偎在他們之間。

到了哥倫布圓環站，一個穿連身工作裝的高瘦男子上了車。他手臂很長，下巴有鬍碴，看起來好像開始走下坡的小聯盟投手。我過了半晌才發現，他就是昨天在IRT地鐵上撞掉我的皮包那個鄉巴佬。他沒有找空位坐下，而是站在車廂中間。

門關了，列車開動，他從工作裝的口袋拿出一本黃色小書，翻到摺角那一頁，然後大聲讀了起來，那聲音一定是從阿帕拉契地帶搬來的吧。聽了一兩段我才發現他讀的是「登山寶訓」：

——他開口教導他們說：心靈貧窮的人有福了！因為天國是他們的。哀慟的人有福了！因為他們必得安慰。

值得讚賞的是，這位傳道人並沒有抓著拉環，他任憑車廂前後搖晃，抓著他那本正義小書的兩邊，腳步仍然牢穩。你感覺他可以一路朗讀那些福音，遠到布魯克林的灣嶺，再一路讀回來，都不會站不住腳。

——謙和的人有福了！因為他們必承受土地。憐憫人的人有福了！因為他們必蒙憐憫。清心的人有福了！因為他們必得見上帝。

傳道人表現出色。他口齒清晰，富有感情，抓住了英王欽定版[37]的韻律，而且每逢**他們**必重讀，彷彿是他生命之所繫；他的朗讀讚頌著基督教核心的矛盾話語——軟弱疲乏者必將滿載而歸。

36 一種男性服裝風格，外套寬大及膝，長褲高腰寬鬆，在足踝處束口。

37 聖經有許多種英譯版本，以英王詹姆士一世下令翻譯的所謂英王欽定本最為權威。本書聖經文句的中譯則是以「和合本」為準。

然而身處星期六晚上的百老滙區問事，只要四下看看，你就知道這人不懂自己在說什麼。

．．．

我父親過世不久，拉司科伯父帶我去他最愛的酒館吃飯，在海港附近。伯父是碼頭工人，為人慷慨，手腳粗笨；他這種人在海上討生活會好得多。那個世界沒有女人小孩，沒有社交禮節，有的是很多勞務和盡在不言中的兄弟情義。要他這樣的人帶剛剛失怙無依的十九歲姪女吃頓飯，當然不很自在，所以我猜我永遠也不會忘記這頓飯。

那時候我已經開始工作，也在馬汀革太太那裡租了房間，他不必為我擔心。他只是想確定我過得好不好，需不需要什麼，問完了他就可以靜靜地切他的豬排肉。但我不讓他靜。

我要他說一些傳奇故事給我聽，像是從前他和我父親偷走保安警察的狗，還把人家塞進往西伯利亞的火車；或是他們出門去看巡迴賣藝人走鋼索，卻在離鎮上二十哩遠的地方讓人發現，根本走錯了方向；還有他們一八九五年一抵達紐約，就直接去看布魯克林大橋。這些故事我當然已經聽過一遍又一遍，那差不多就是意義所在，可是他接著說了一個我從沒聽過的故事，也是他們剛到美國那幾天發生的事。

那時候，紐約已經有不少俄國人，有烏克蘭的、喬治亞的、莫斯科的；有猶太人，有非猶太人。所以某些社區裡，商店的招牌寫的是俄文，盧布和美元一樣通用。拉司科伯父說，第二大道上可以買到俄式乳酪麵包，跟你在聖彼得堡涅瓦大街買到的相比，毫不遜色。但是他們抵美數天後，身上的錢已經拿出來付了一個月房租，我父親竟然要拉司科伯父把僅剩的俄鈔都拿出來，跟他自己的疊在一起，放進鍋子裡燒了。

拉司科伯父回憶父親幹的好事，露出感觸良深的微笑。他說回頭想一想，他也不確定燒了俄鈔是不是真有什麼道理，但是仍然是一則好故事。

那個星期天，我大概想到很多我父親和我拉司科伯父的事。我想到他們二十出頭離開聖彼得堡，一個英文字都不認識，就上了貨船，然後直接去看布魯克林大橋——全世界最大的鋼索。我想到謙和的人和憐憫人的人；想到有福的人和勇敢的人。

隔天早上，破曉時分我醒來，沐浴，更衣，刷牙，然後去了奎金與哈爾事務所標準典型的辦公室，提出辭呈。

六月二十七日

他拿著書店的袋子走進套房，把房間鑰匙放在玄關桌上，沒發出聲音。往玄關另一頭看過去，臥室門還關著，於是他走進寬敞有陽光的客廳。

高背椅的扶手上垂著前一天的《先鋒報》，茶几上是水果盤，少了一顆蘋果和上頭裝飾的花。一切都和原先在二樓那間小一點的客房時一模一樣。

前一晚他在倫敦金融區開完會以後，去了肯辛頓那一帶他喜歡的小店，伊芙要在那裡跟他碰頭吃飯。他準時到達，點了一杯威士忌加蘇打水，心想她會遲個幾分鐘。但是第二杯都要見底了，他開始擔心，她會不會迷路了？她是不是忘了餐廳的名字，或是約定的時間？他考慮回飯店找她，但是萬一她已經在路上了呢？他正斟酌著怎麼做才好，女服務生就拿著電話過來了。

是克拉里奇飯店打來的，經理鬱鬱不樂地解釋說，飯店電梯故障了，羅思小姐在樓層之間受困三十分鐘，但她沒有受傷，而且已經在路上了。

雖然他再三保證沒有必要，經理還是堅持讓他和伊芙換到更好的房間。

十五分鐘後伊芙抵達餐廳，她一點都沒有因爲倒楣事生氣，反而完全樂在其中。電梯員模仿好萊塢黑幫分子維妙維肖，而且隨身帶了一只扁瓶放在屁股口袋，裡頭裝著愛爾蘭威士忌。除了電梯員之外，這趟倒楣的電梯下樓之行，只有一位別的乘客，是頭髮花白的貴族之妻藍姆齊夫人，她拗不過人家的時候，也會來上自己拿手的幾段好萊塢模仿。

晚餐後他們回到飯店，有一張手寫字條等著，邀請他們隔天晚上去格羅夫納廣場的藍姆齊府邸，參加勳爵與夫人舉辦的宴會。接著飯店經理便帶著他們到十五樓的新套房。

他們的東西全都按照原來的位置搬過來擺好了。衣服掛在成對的兩間更衣室裡，順序沒變，左邊是外套，襯衫在右邊。他的安全剃刀立在水槽上的玻璃杯裡，就連隨手擺的東西，譬如安妮那張跟著花一起送來的小歡迎卡，就故意擺得歪歪斜斜，像是扔在桌上一樣。

注重細節，你會預期在完美犯罪現場看到的，就是這種。

他走向臥室，悄悄打開房門。

床是空的。

伊芙拿著一本時尚雜誌坐在窗邊，差不多打扮好了，穿了淺藍色寬褲和春季襯衫，頭髮鬆垂在肩上，腳上沒穿鞋。她正在抽菸，往窗外彈菸灰。

——早安，她說。

他親她一下。

——睡得好嗎？

——沉得很。

床上、茶几上都沒有托盤。

——吃過早餐沒？他問。

她舉起她的菸。

——你一定餓死了！

他拿起電話。

——我知道怎麼叫客房服務，親愛的。

他把電話放回架子上。

——這麼早就出門蹓躂啦？她問。

——我不想吵醒你。我在樓下吃了早餐，就出去散散步。

——買了什麼？

他不知道她什麼意思。

她指了指。

他都忘了自己手上還提著書店的袋子。

——貝德克爾系列旅遊指南，他說，我是想我們可能晚點會去看看幾個景點。

——恐怕景點要排隊了。我十一點要去做頭髮，中午做指甲，四點呢，飯店要派一個王室午茶禮儀專家送茶上來！

伊芙抬起眉毛對他微笑。就是王室禮儀課程這種東西能挑起她的幽默感。他一定是一副準備要掃她興的樣子。

——你不必陪我，她說，你去那些博物館先探探路如何？不如去買巴奇老掛在嘴邊那種鞋吧，你不是說會議開得順利的話，就要犒賞自己一雙？

是這樣沒錯。他對巴奇說過，而且會議也很順利，畢竟他都有專賣權了，全世界也只能爭先恐後來找他。

他搭著電梯下樓，告訴自己如果門僮不知道地址，他就不去了。但是，不消說，門僮不偏不倚知道鞋店的位置，而且門僮的語氣很明白了，別的鞋店地址都不值得克拉里奇大飯店的賓客費心了解。

走過聖詹姆士街，第一趟他錯過了那間店。他還是不習慣英國王室用品供應商的作風，換作在紐約，」國王的鞋匠「一定要占上一整個街區，還會閃著三色霓虹燈。這裡，店面寬度才只有報攤那麼大，而且雜亂無章，倒是有它的特色。

就算店面看起來再怎麼粗陋，照巴奇的說法，沒有什麼比一隻約翰洛伯的鞋更奢侈的了。溫莎公爵在這裡訂做鞋子；演員艾羅．弗林（Errol Flynn）和卓別林在這裡訂做鞋子。這裡是製鞋業的頂峰，商業買賣的去蕪存菁大風吹，由他們說了算。約翰洛伯不只製鞋，他們還把你的腳插進石膏裡，做成模子保存起來，你要的話隨時都能再做一雙分毫不差的給你。

石膏模子，他透過櫥窗往裡頭看，心裡想著，就像人家幫某個死掉的詩人做的臉模，或是恐龍骨頭的模型。

一個穿白色套裝的高個子英國人走出店外，點了一根菸。教養好，學歷好，穿著體面，那人看起來也是經歷過去蕪存菁大風吹的產物。

那個英國人立刻做完了類似的計算，以同等階級的身分對他點了點頭。

——天氣很好，英國人說。

——是啊。他附和，然後又逗留了一會兒；直覺告訴他，這樣一來，英國人非得給他一根菸不可。

他在聖詹姆士公園裡，坐在一張上了漆的舊長椅上，品嘗菸的滋味。菸草明顯與美國配方不同，這點既讓他失望，卻也讓他開心。

公園內陽光明媚，舒適宜人，卻意外地空空蕩蕩。現在一定是中間時段，介於前進辦公室與中午休息之間。

草坪對面，有一個年輕媽媽正在把六歲小兒趕出鬱金香花壇。旁邊那張長椅上有個老人打著盹，手裡一袋堅果快要掉到地上了，一群松鼠聚在他腳邊開會，精明得很。一株櫻桃樹撒下殘花，樹頂上空有一朵義大利汽車形狀的雲飄過。

他捻熄了菸，感覺扔在地上不大對，於是用手帕把菸屁股包起來，放進口袋裡，然後打開書店袋子，拿出那本書從頭開始讀：

寫作此書期間，或者應該說寫作其中大多數頁篇期間，我獨居林中，四鄰八舍都有一哩遠，房子是我親手打造，座落在華爾騰湖濱……[38]

38　此書為梭羅（Henry David Thoreau, 1817～1862）的《湖濱散記》，為梭羅獨居湖濱二年餘的心得。

夏

12 二十鎊又六便士[39]

納山尼爾・帕理緒是潘布洛克出版社不動如山的資深小說編輯，對十九世紀敘述句極為敏銳，而且有宗教般的信仰，堅持小說應該啟迪人心。他是俄國作家的前鋒支持者，還率先催生托爾斯泰和杜斯妥也夫斯基的權威英譯本，有人說他曾經長途跋涉跑到托爾斯泰的莊園亞斯納亞－博利爾納，就為了討論《安娜・卡列尼娜》最後一段一個模稜兩可的句子。帕理緒是契訶夫的通信對象，伊迪絲・華頓的顧問，桑塔亞那（George Santayana）和亨利・詹姆斯的朋友。但是到了戰後，馬丁・德克這類編輯崛起，抓準時機宣傳小說已死，此時帕理緒選擇了靜默反思，不再主持新案子，在沉默自制中看著他的作者一個一個死去——他平靜坦然，心知自己很快就會加入他們，那裡是專為情節和言之有物和正確使用分號保留的至福之境。

以前我下班後去找伊芙，見過帕理緒幾次。他的眉毛稀疏，眼睛是淺褐色，夏天穿泡泡紗，冬天穿一件灰色舊風衣。他和其他年華老去、尷尬忸怩的學者型人物一樣，已經到了會被年輕女子弄得焦慮不安的階段。中午出去吃飯，他幾乎是跑著去搭電梯，伊芙她們那些女孩會故意折磨他，用文學問題和緊身毛衣把他攔下；為了防衛，他會揮舞雙手，編出荒誕的藉口（**我跟史坦貝克碰面要遲到了！**）然後他會去「鍍金百合」，就是他每天中午獨自用餐的老飯館。

我就是在那裡找到他的，我辭職那天。他剛剛在慣常坐的位子坐下，多此一舉地細讀過菜單之後，點了一碗湯和半個三明治。接下來，在開始看他擺在盤子旁邊的書之前，他先做了我們大家都會

39 語出狄更斯小說《遠大前程》：「年收入二十鎊，年開銷十九鎊十九先令又六便士，結果是幸福；年收入二十鎊，年開銷二十鎊又六便士，結果是悲慘。」

做的事：把飯館仔細看過一遍，臉上帶著輕鬆的微笑，很高興餐點交代好了，有一個小時的無事空檔，而且天下太平。我就在這個時候朝他走近，手上拿著一本《櫻桃園》。

——不好意思，我問，請問您是馬丁．德克嗎？

——當然不是！

這位老編輯反駁的力道如此之重，甚至嚇了他自己一跳。為了表示歉意，他補上一句：

——他只有我一半年紀。

——真對不起，我跟他約了午飯，但我不知道他的樣子。

——呃，他比我高幾吋，頭髮濃密。不過他現在人在巴黎哦。

——巴黎？我滿面愁容。

——社交版是這樣說。

——但我來面試的……

我笨手笨腳地弄掉了我的書。帕理緒先生從椅子上探身出去幫我撿回來，交給我的時候，比剛才更仔細地看了我一下。

——你讀俄國文學？他問。

——是啊。

——你覺得這劇本如何？

——目前為止喜歡。

——你不覺得過時？那些囉哩囉唆講貴族地主沒落的段落呢？我來看的話，對地主一家窘境的同情是過時了。

——哦，我認為您錯了，我認為我們都有一些過去的地產逐漸破落荒廢，或是逐一拋售。只是在我們大多數人而言，不是果園，而是我們對某件事的看法——或某個人。

帕理緒先生微笑，把書遞還給我。

——小姐，德克先生這次失約可是幫了你一個忙，恐怕你的鑑賞力在他那裡會浪費了。

——我就當成您在稱讚我。

——你非這樣想不可。

——我是愷蒂。

——納山尼爾．帕理緒。

（嚇得愣住。）

——您一定覺得我是傻子了，一直胡扯一本契訶夫劇作的意義，好丟臉。

他微笑。

——不，這可是我這一天的巔峰。

這時一碗馬鈴薯冷湯送上桌來，彷彿聽了導演下的指示一樣。我往下看那碗湯，說了我最愛的《孤雛淚》名句。

．．．

隔天我到潘布洛克出版社上班，擔任納山尼爾．帕理緒的助理。他一說要我去上班，立刻又勸我別去，他說我會發現潘布洛克落後時代四十年，說他沒有足夠多活兒讓我做，說薪水少得可憐。他總結說，他的助理一職，是個死胡同。

他的預言有多準呢？

潘布洛克確實落後時代四十年。第一天上班我就看得出來，潘布洛克那些編輯一點也不像城裡其他年輕同行，他們不只是斯文有禮，他們認為應該守住風俗禮儀。他們為女士開門，或是手寫婉拒信，就像考古學家對待陶器碎片一樣；那種溫柔細心呀，我們通常只留給要緊事物的。泰倫斯・泰勒不會在雨中攔截你的計程車，畢克曼・侃能不會在你走向電梯的時候關上電梯門，而帕理緒先生絕對不會在你拿起叉子之前先動他的，他會寧可餓肚子。

他們當然不會追逐「最大膽」的新聲音，不會千方百計搶下合約、站到時代廣場肥皂箱上宣傳旗下作家的藝術創舉，他們不是那種人。他們是英國公學的教授，在地鐵上看錯了地圖，不幸在商業世界站下了車。

帕理緒先生**確實**沒有足夠多活兒讓我做。他至今還是會收到大量投稿，但是他對新小說的熱情實在不比他的聲望來得久長，通常都是附上一封客氣的婉拒信把那些投稿退了回去；信上帕理緒先生會致上歉意，說自己已經不像從前那麼積極，並且勉勵作者繼續寫作不輟。帕理緒先生走到這個階段，已經開始回避開會，回避任何一種行政職務，而且他認真通信往來的圈子漸漸縮小，對象減少到讓他安心的數量，現在也只有那幾個古稀老人還能辨認彼此踉蹌的筆跡了。電話很少響起，他也不喝咖啡，更糟的是，我到職沒幾天，時間就來到七月，似乎寫作者到了夏天就不寫，編輯不編，出版社不出版，好讓大家都能延長週末假期，待在海邊的家族別墅。桌上堆積郵件，大廳裡的植物開始枯萎憔悴，看起來就像那些學院派詩人——他們偶爾會突然造訪，像《聖經》裡的約伯一樣耐心等著有人聽自己說話。

幸好，我問帕理緒先生信件要歸到哪去的時候，他說了不必麻煩，並且拐彎抹角地提了他歸檔的方法，我堅持要他說明白，他才怯怯地看向一個擺在角落的紙箱。看來過去三十年裡，每次帕理緒先生讀完一封重要信件，就會歸檔到那兒去；箱子滿了，用推車送到儲藏室去，再換上一個空的。這個嘛，我對他解釋，並不叫做方法。於是，在帕理緒先生同意之下，我抓了幾個世紀交替那年代的箱子，開始按年分建檔，並且依照寄信人字母排序，再依主題分出子類。

帕理緒先生在鱈魚角有棟房子，但是自從一九三六年妻子過世，他就盡可能不去。他會說，**真的只是一間小木屋而已**，話中暗示自願過著新英格蘭清教徒贊同的簡樸生活（與財富有關的一切清教徒都尊重，除了拿來使用以外）。但是妻子不在了，那些掛毯、藤椅、雨灰色的屋頂蓋板，本來一直都是他極度輕描淡寫的那幢避暑別墅的象徵，突然間卻成了專門讓人觸目慟心的東西。

因此我整理著他的舊信件，往往會發現他在我身後偷看，有時他甚至從信件堆裡抽走一封，帶著信撤回他的辦公室。在那牢牢關上的門裡，在午後寧靜中，他可以重溫消逝故友消逝的觀點，不受任何干擾，只除了遠方偶爾傳來落斧聲。

薪水**確實**少得可憐。可憐當然是比較級，帕理緒先生也從來沒有講明，他認為什麼數目叫可憐。面對一碗高貴的馬鈴薯冷湯，我當然也不會探問。

所以到了第一個星期五，下樓去出納室領支票的時候，我還是一無所知。看看其他女孩都吱吱喳喳地，而且打扮光鮮亮麗，我像是吃了定心丸，可是打開信封之後，我發現我的新週薪只有在奎金與哈爾的一半。一半！

天哪，我心想，**我幹了什麼好事？**

我又看了四周的女孩一眼，她們掛著無所謂的笑容，已經開始喋喋不休說起週末的計畫，於是我恍然大悟：她們當然無所謂，她們不需要薪水支票！這就是祕書與助理的差別。祕書付出勞力交換維生的工資，助理則是家境優渥，上過史密斯學院，會找到這份工作，是因為母親在晚宴上正好坐在出版社老闆旁邊。

不過，這三件事帕理緒先生雖然說對了，說這工作是個死胡同這一點，卻是大錯特錯。

我在出納室裡療傷的時候，蘇西．范德淮問我要不要跟其他幾個助理一起去喝一杯。**好啊**，我心想，**有何不可？還有什麼比瀕臨貧困更值得喝一杯？**

在奎金與哈爾，跟那些女孩出去，就是步行拐個彎到附近的酒館，毒舌評論一天的大小事，猜測各部門間的傾軋，在醉得還不夠的時候去搭高架捷運。可是呢，我們走出潘布洛克出版社以後，蘇西卻招了計程車，我們全都上車，往聖瑞吉斯飯店去，蘇西的弟弟迪奇在飯店裡的科爾王酒吧等著。迪奇瀏海軟塌，擅長交際，剛剛從大學畢業，還帶來兩個普林斯頓大學的同學，和一個私立中學時代的室友。

——哈囉姊！

——哈囉迪奇。海倫你認識了，這兩位是珍妮和愷蒂。

迪奇機關槍似的說出一連串介紹詞。

——珍妮，提傑。提傑，海倫。海倫，威利。威利，愷蒂。羅博托，羅博托。

似乎沒有人注意到我比大家年長幾歲。

迪奇拍掌。

——好啦，喝什麼？

一人一杯點了琴湯尼，接著迪奇在酒吧裡四處弄扶手椅，推到我們這一桌，一個接一個挨著，好像科尼島遊樂場裡的碰碰車。

沒幾分鐘，就有人講起故事，說羅博托受到酒神的影響，又惹了海神不悅，在漁人島海霧中迷失方向。那時他駕著父親的遊艇，一頭撞上護堤，把遊艇撞了個粉碎。

——我以為我離岸四分之一哩，羅博托說，因為我可以聽到左舷首方向有響鈴浮標。

——非常遺憾，迪奇說，響鈴浮標原來是麥埃洛伊家的開飯鈴。

迪奇一邊講話，一邊神采奕奕地輪番看著每個女孩，而且為了強調故事細節，會用共同的熟悉的事物來擔保：

樣。

你也知道漁人島海上的霧。

你也知道遊艇轉起彎來就像大駁船一樣。

你也知道麥埃洛伊家的晚餐，三個老太婆和二十二個堂表兄弟姊妹圍著烤肋排，像幼獸圍著獵物一

是啦，迪奇，我們也知道。

我們知道紐哈芬的莫利酒吧，吧台後面那個臭脾氣老紳士我們認識。我們知道梅斯東俱樂部那群人有多無趣。我們知道達布森家族，拉布森家族，還認識每一個芬尼莫家的人。我們知道艄斜帆不是手寫幡，棕櫚灘不是棕櫚泉。我們知道比目魚叉、沙拉叉，還有剝玉米粒那種彎齒的特殊叉子有什麼不同。我們都知道彼此這麼多……

這就是到潘布洛克工作兩大意外好處之一：推定。年輕女性在潘布洛克拿的薪水實在太低，職業前途實在無望，所以不用說也知道，你來這裡工作絕對是因為經濟無虞。

——你跟誰做事？其中一個女孩在計程車上問我。

——納山尼爾．帕理緒。

——哦，好可怕！你怎麼認識他的？

我怎麼認識他的？我父親跟他是哈佛同學？我奶奶跟帕理緒太太從小就在肯納邦克波特一起避暑？我跟他外甥女在佛羅倫斯同學一個學期？親愛的，你自己選。

迪奇現在站起來了，假裝手裡握著舵輪，瞇起眼睛，指向響鈴的方位。

風神在上，你得到萬民

與眾神之王賦予威力，

可平息波濤，或可掀起

風浪；現在請攪起狂風
翻沉他們的船，或連船
帶人在碧海之上拋擲！

這一段維吉爾的《伊尼亞德》他朗誦得抑揚頓挫，韻律有致。不過旁人會疑心，迪奇能引用古典詩文，多半不是源自對文學的熱愛，而是在私立中學死背強記過，時光還沒有空抹除他的記憶。

珍妮鼓掌。迪奇鞠躬，碰倒一杯琴酒，掉到羅博托的大腿上。

——**我的天哪**，羅博托！身手矯捷一點啊，先生！

——矯捷？你又毀了我一條卡其褲啦。

——拜託，你的庫存夠你穿一輩子。

——不管我有多少庫存，我都要你給我道歉。

——要道歉就道歉嘛！

迪奇一指朝天，臉上掛出適切的痛悔表情，張開嘴巴。

——潘希！

我們都轉頭看潘希是個什麼東西。原來是另一個常春藤盟校生，兩手各挽一個女子走進門來。

——迪奇．范德淮！乖地隆咚，接下來還有什麼。

沒錯，迪奇是個貨真價實的交際高手，他熱愛把生活中的每一股關係線交織起來，對此頗為自豪，而且樂此不疲，所以只要他使力一拉，所有朋友的朋友的朋友都會從門口滾進來。紐約就是為他這種人而建，你把自己跟迪奇．范德淮這一類人物扣在一起，不用多久你就會認識紐約**每一個人**，或至少每一個白皮膚、有錢、不到二十五歲的人。

時鐘敲了十點，在迪奇的煽動下，我們緩步走向耶魯俱樂部，好趕在烤架關火之前弄個漢堡吃。我們圍著老木桌坐，用水杯喝著沒氣的啤酒，這期間出現更多讓人瞪大眼睛的祕聞，更多趣言妙語，來了更多熟悉的臉孔，更多連珠炮似的介紹詞，更多假定，推定，和重拾話頭。

——是啦是啦，我們見過的，其中一個新到的在迪奇介紹我的時候說，我們在比利．艾柏思里家跳了一會兒舞。

我以為沒人注意到我的年紀，我錯了，迪奇注意到了，而且似乎覺得這點很是誘人。其他人都在言不及義的時候，他開始隔著桌子對我祕密地大送秋波，顯然從學校好友那裡聽過太多和姊姊的朋友一起冒險越軌的夏季故事，而且都信了。趁著羅博托和威利在抽籤決定用誰家爸爸的帳戶付錢，迪奇把握機會拉了一張椅子過來。

——請問你，康騰小姐，一般週五晚上我們可以在哪裡找到你？

他用手比了比他的姊姊和同桌其他幾個女孩。

——不會跟這一班婦女會吧，我猜。

——一般週五晚上，你會發現我在家。

——在家，呃？請你使用副詞片語的時候精確一點，你跟這群人說**在家**，我們會假設你跟父母住。那邊那個威利會穿紅白條紋的睡衣，羅博托還在床的天花板吊著模型飛機呢。

——我也是。

——睡衣還是飛機？

——都是。

——我想看看。那你這家究竟在哪裡呢？週五晚上可以在哪裡看見你穿著紅白條紋睡衣？

——這裡是一般週五晚上可以找到你的地方嗎，迪奇？

——什麼?!

迪奇一臉震驚，環顧四下，接著揮揮手表示沒興趣。

——當然不是，這裡很無聊，全是老人和兄弟會招生組長。

他看著我的眼睛。

——我們出去怎麼樣？到格村裡繞一下。

——我不能把你從朋友那裡偷走。

——哦，他們沒有我也很好。

迪奇放一隻手在我的膝蓋上，小心翼翼地。

——……而且我沒有他們也很好。

——你最好減速，迪奇，你正朝著護堤直衝。

迪奇興沖沖地把手從我的膝蓋拿開，一邊點頭表示同意。

——行！時間應該是我們的盟友，不是敵人。

他站起來，撞倒了他的椅子；他一指朝天，發表聲明，也不知道對誰發表。他說：

——就讓今宵結束如開始，只多一絲神祕感！

・・・

意外的好處之二呢？

七月七日我到了公司，帕理緒先生正在他的辦公室裡，對一個穿著訂製服裝的英俊陌生人說話。那人五十多歲，像是走了幾年下坡的一號人物。從他們兩人交談的樣子，看得出來相識甚深，但是刻意保持距離，像是同一個信仰體系底下兩個不同門派的大長老。

陌生人離開以後，帕理緒先生叫我進去。

——愷瑟琳，親愛的，坐。你知道剛剛跟我說話那位先生是誰嗎？

——不知道。

——他的名字是梅森．泰特，年輕的時候替我工作過，後來另有高就了，其實應該說愈來愈高。總之，他現在替康泰納仕集團做事，正準備推出新的文學雜誌，想找幾個助理編輯。我覺得你應該跟他碰碰面。

——我在這裡很好，帕理緒先生。

——是，我知道，而且要是在十五年前，這個地方正適合你。但現在不是了。

他拍拍那一疊等著他簽名的退稿信。

——梅森喜怒無常，但是能力也非常好，不論他的雜誌是成功還是失敗，像你這樣玲瓏剔透的年輕女性，應該可以在他身邊學到很多。再說，平常時候那裡肯定比潘布洛克的辦公室更有生氣。

——那我就去見他吧，恭敬不如從命。

帕理緒先生遞出泰特先生的名片，當作回答。

梅森．泰特的辦公室在康泰納仕大樓的二十五樓，辦公室的外觀會讓你以為這本即將誕生的雜誌已經暢銷多年。接待員坐在訂製的桌子後面，美貌引人注目，桌上有新鮮切花裝飾。領我去泰特先生辦公室的路上，我們經過了十五個年輕男子，不是講電話，就是在最新款的史密斯可樂娜打字機上劈里啪啦打字。這裡看起來好像美國最光鮮亮麗的新聞編輯室，牆上掛著氣氛濃厚的紐約風情照——名流艾斯特夫人（Mrs. Astor）戴著巨大的復活節帽子，演員道格拉斯．費爾班克（Douglas Fairbanks）坐在加長型禮車的駕駛座，一群富人在雪中等著棉花俱樂部開門。

泰特先生的辦公室位在角落，有兩面玻璃牆。辦公桌面也是玻璃，浮在橫躺的X形不鏽鋼桌腳上。桌前有一小塊接待區，放了一張沙發和一張椅子。

——進來，他叫喚。

他的口音明顯有貴族味道，有一些私立中學腔，一些英國腔，一些假正經。他伸出一根威風凜凜的手指指著椅子，把沙發留給自己。

——我聽說了你很多好話，康騰小姐。

——謝謝。

——你聽說了我哪些事？

——不太多。

——很好。你在哪裡長大？

——紐約。

——市還是州？

——市。

——去過阿爾岡昆嗎？

——飯店？

——對。

——沒去過。

——知道在哪兒嗎？

——西四十四街？

——沒錯。迪摩尼可餐廳呢？吃過嗎？

——那裡不是結束營業了？

——算是吧。你父親做什麼的？

——泰特先生，請問這是怎麼回事？

——拜託，你不會不敢告訴我你父親做什麼營生吧。

——我會告訴您他做什麼工作，但是您得告訴我為什麼想知道。

——很公平。

——他在機械廠工作。

——是個無產階級。

——是吧。

——我告訴你為什麼你在這裡。一月一日我要發行一本新雜誌，叫做《高譚》[40]，會是附圖的週刊，目的是側寫塑造曼哈頓的人，並且延伸到全世界。雜誌會類似知性版的《風尚》。我想找的助理要能幫我分類電話、信件，還有待洗的衣服，必要的話。

——泰特先生，我的印象是您要替文學雜誌找編輯助理。

——你有這個印象，是因為我就是這樣跟納山說的。要是我告訴他我想替時尚雜誌找個跑腿的，他才不會把你推薦給我。

——反之亦然。

泰特先生瞇起眼睛，拿起那根威風凜凜的手指對準我的鼻子。

——正是。過來這兒。

我們走到俯瞰布萊恩公園的窗戶邊，製圖桌上擺了一些自然抓拍的照片，有潔妲・費茲傑羅、演員約翰・巴里摩（John Barrymore），還有一個年輕一輩的洛克斐勒家族成員。

——每個人都有善的一面和惡的一面，康騰小姐，簡單說，《高譚》要報導這座城市的亮點，還有熱愛它的人，文藝人士，以及失敗者。

他比了比桌上的三張照片。

40 Gotham乃紐約市暱稱。

──你能告訴我他們各屬於哪一類嗎？

──他們以上皆是。

他咬了咬牙，然後微笑。

──說得好。在我這裡工作，跟在納山身邊的日子比起來頗不相同，你的薪水會加一倍，工時加兩倍，意志力要加三倍。不過有個小麻煩，我已經有一個助理了。

──您真的需要兩個嗎？

──幾乎不需要。我打算同時用你們兩個，讓你們筋疲力盡到一月一日，然後讓其中一個走人。

──我會寄履歷表過來。

──做什麼？

──應徵。

──這不是面試，康騰小姐，這是聘請。你明天八點過來，就算是接受這工作。

他走回他的辦公桌。

──泰特先生？

──什麼事？

──您還沒說為什麼想知道我父親的職業。

他滿臉驚訝地抬起頭。

──很明顯不是嗎，康騰小姐？我受不了初出社會的上流小姐。

• • •

七月一日星期五早上，我在一家走下坡的出版社做低薪工作，人脈圈子愈來愈小。七月八日星期五，我一隻腳踩進康泰納仕的門內，一隻腳踩進上流社會俱樂部的門裡；這些職業人脈和社交人脈將決定我接下來三十年的人生。

紐約市的變化就是這麼快，就像風向標一樣。或者像響尾蛇的頭；時間會告訴我們是哪一個。

13 騷亂

到七月第三個星期五，我的生活是這樣的：

一、

早上八點，我在梅森．泰特的辦公室立正待命。他的辦公桌上放了一條巧克力棒，一杯咖啡，一盤煙燻鮭魚。

站在我右邊的是愛麗．麥肯納。她嬌小褐髮，智商高上了天，戴一副貓眼鏡框。今天她穿了黑色長褲，黑色襯衫，配黑色高跟鞋。

大部分的辦公室裡，使出上衣多開幾顆扣子這一招，就可以讓野心勃勃的女孩在年底從尚屬稱職變成必要人才，但是梅森．泰特的辦公室可不是這樣。從一開始他就挑明了，他的吸引力反應出現在另一半大腦，所以我們對球場男孩拋媚眼那些動作可以省省了，他高高在上、滔滔不絕地對愛麗下指令的時候，眼睛根本抬都不抬一下，視線不會離開他的文件。

——取消週二跟市長的會面，跟他說我被人叫去阿拉斯加了。給我過去兩年每一期《風尚》、《浮華世界》、《時代》的封面，要是樓下找不到，就帶剪刀去公共圖書館。我姊姊的生日是八月一日，去班德爾百貨弄點沒膽的東西送她。她說她穿五號，就當她穿六號吧。

他把一疊寫在藍線紙上的文稿往我的方向推。

——康騰，跟莫根先生說方向對了，但是少了一百句、多了一千字。跟卡博特先生說對，對，不對。跟史賓德勒先生說他完全搞錯重點。創刊號還沒有力道夠強的封面故事，跟他們大家說星期六取消了。中午我要帶籽粿麥麵包夾火腿和明斯特起司，還有五十三街希臘餐廳的醃菜。

我們恰如其分地異口同聲：知道了。

九點電話響。

◎我需要立刻跟梅森見面。

◎就算付我錢我也不要跟泰特先生見面。

◎我太太可能會跟泰特先生連絡。她病了，我請求泰特先生為她著想，勸她回家，回到小孩身邊，接受醫生治療。

◎我有一些關於我丈夫的事，泰特先生可能會有興趣知道。是關於一個妓女，五十萬元，還有一條狗。你們可以在卡萊爾大飯店找到我，登記的是娘家姓。

◎我的客戶是無可挑剔的好公民，聽說他家那位困惑不安的妻子指控了一些不實妄想之事，請轉告泰特先生，要是這本將出版的期刊登了這些可悲又荒唐的聲明任何一句，我的客戶會提出告訴，不只告出版社，也要告泰特先生個人。

請問怎麼拼寫？請問您怎麼連絡？幾點以前？我會留話給他。

——咳。

康泰納仕集團主計長亞克布．槐瑟站在我的桌子旁邊。他為人誠實勤奮，脣上那種倒楣的小鬍子因為卓別林那些人而流行起來，後來因為希特勒而永遠與時尚絕緣。從他的表情看得出來他不喜歡《高譚》，一點也不喜歡，他大概認為整個投資計畫有失體面又荒淫好色吧。當然是這樣沒錯，只不過要說荒淫好色，還比不上曼哈頓；要說光鮮亮麗，也不見得輸。

——早安，槐瑟先生，有事嗎？

——我要見泰特。

——哦，聽您的助理說了。行事曆排好了星期二跟您會面。

——排在五點四十五分，是開我玩笑嗎？

——不是的，先生。

——我現在就要見他。

——恐怕沒辦法。

槐瑟先生指著玻璃後面的泰特先生，他拿著巧克力塊小心翼翼地沾著喝剩的咖啡。

——我現在就去見他，謝謝。

槐瑟先生往前進，態勢很明白，為了糾正公司收支失衡的問題，他不惜犧牲性命。但是他繞過我的桌子時，我別無選擇，只能把他擋下。他的臉變得像櫻桃蘿蔔一樣紅。

——小姐，你聽著。他一邊說一邊想壓抑住怒氣，卻失敗了。

——怎麼回事？

泰特先生突然站在我們兩人之間，對我發問。

——槐瑟先生想見您，我解釋。

——不是星期二才要跟他見面嗎？

——行事曆是這樣排的。

──那還有什麼問題？

槐瑟先生突然開口：

──我剛剛收到你最近一期的人事支出報表，你超出預算百分之三十！

泰特先生緩緩轉向槐瑟先生。

──康騰小姐應該已經跟你說清楚了──**亞克**──我現在沒有空。其實仔細想想，星期二也沒空。康騰小姐，請代替我和槐瑟先生會面，把他掛慮的事項記錄下來，告訴他我們會立刻回覆。

泰特先生回去吃他的巧克力，槐瑟先生回去三樓深處打他的加數機。

大多數的主管會期望手下祕書展現出恰到好處的恭順，要殷勤有禮，對誰說話都要心平氣和，泰特先生可不是。他要我和愛麗像他一樣傲慢、不耐煩。一開始我以為這是因為泰特先生貴族氣的好鬥傾向和媲美太陽王路易十四的自負性格，不理性地向外延伸；但久了以後我看出其中的天才之處，泰特先生讓我們倆和他一樣粗魯苛刻，藉此鞏固我們的泰特代理人地位。

──嘿，愛麗悄悄靠近我的桌子說，你看。

櫃台那裡，有個十多歲的快遞小弟使勁抱來一本十磅重的《韋伯字典》，上面打了個漂亮的粉紅色蝴蝶結。接待員指著牛棚的中央。

每個記者都冷漠地看著快遞小弟靠近，等到他走過，他們就露出挖苦的表情。有幾個記者站起來看好戲。終於，小弟在尼可拉斯．費辛朵夫的桌子前面停下腳步。費辛朵夫見到那本字典，臉色變得比他的內褲還要緋紅。還有更淒慘的，快遞小弟開始唱歌，是一首短詩配上百老匯情歌的調子。那孩子雖然五音不全，還是十分賣力地唱了：

啊字詞確實奇怪，
但我兒不必驚駭，

因為都在此書裡，
所有單字和字義。

泰特要愛麗去弄那本字典，還寫了那首詩。不過會唱歌的電報和粉紅色緞帶，則是愛麗個人的神來之筆。

・・・

六點鐘，泰特先生離開辦公室，搭火車前往漢普頓地區。六點十五分我接到愛麗使的眼色，我們蓋上打字機，穿上外套。

——來吧，她在我們走向電梯的時候說，我們要大玩特玩。

我在《高譚》上班的第一天，去上洗手間的時候，愛麗跟了進來。有個設計部的女孩靠在洗手台邊，愛麗趕她出去；一瞬間我覺得她準備剪掉我的瀏海、把我的皮包丟進馬桶，好像我高中那個迎新委員會一樣。愛麗瞇起眼睛，透過那副貓眼鏡框瞄我，便開門見山直說了。

她說我們兩個就像競技場上的兩個格鬥士，泰特是那頭獅子。他從籠子走出來以後，我們要不就包圍他，要不分頭跑開、等著被吃掉。只要我們好好出牌，泰特就分不出來自己倚賴我們哪個多一些。所以她想立下幾條基本規矩：泰特問起另一個人在哪裡，答案（不論日夜）都是洗手間；如果他要我們互相檢查對方的工作，我們只能挑出一個錯誤；如果我們因為某件案子得到讚許，就要回答多虧了另一個人幫忙；夜裡泰特下了班，我們會給他十五分鐘清空大樓，然後就手挽著手搭電梯到大廳。

——我們今天要是不破壞他的如意算盤，她說，等聖誕節到來我們就要讓別人看好戲了。你怎麼說，愷蒂？

某些動物的天性是單打獨鬥，例如豹；有些喜歡成群獵食，例如鬣狗。我不是百分之百相信愛麗屬於鬣狗這一型，但我很肯定她不想變成獵物。

——我說人人為我，我為人人。

星期五晚上，有些女孩喜歡去大中央車站裡面的牡蠣酒吧，讓那些搭快車去格村的男生請她們喝酒。愛麗喜歡去自助投幣小吃店，她可以自己坐一桌，吃掉兩份甜點和一碗湯——就照這個順序。她喜歡裡頭的冷淡：員工冷淡，顧客冷淡，食物冷淡。

愛麗吃完她的糖霜，接著吃我的，這中間我們拿字典那件事大笑了一番，而後聊起梅森・泰特這個人，還有他厭惡所有紫色的東西（王侯之家、梅子、華而不實的文章）[41]。到了該走的時候，愛麗就像酒鬼一樣站起來，直接走向門口，完全看不出一點吃過頭的跡象。七點三十分我們在街上，互相恭喜對方又過了一個沒有約會的星期五夜晚，但是她一拐過街角，我就回到自助投幣店，找到廁所，換上我最好的一身衣服……

二、

——那不是樹籬嗎？

這是兩小時後海倫問的問題，當時我們五個人正一路摸黑穿過花圃。

稍早我們在科爾王酒吧快快喝了一杯，之後迪奇・范德淮開車載我們去長島的牡蠣灣，說可以去他童年好友家的懷爾衛別墅參加狂歡派對。羅博托問起那位史凱樂的近況，本來迪奇一向都能立刻報告別人近期的糗事，這次卻含糊其詞，頗不尋常。而且，我們一看見門口一對三十多歲的夫婦正在迎接賓客，迪奇就提議不要走大廳，免得被纏住。他指著一道可愛的花園柵門，領著我們走向屋側，沒

41 在英文中這些都可以用紫色（purple）形容。

多久，我們就發現自己的腳踝陷在菊花叢中。

每踩一步，細跟鞋都要沉入土裡。我停下來拔掉鞋子。從花園的好位置看出去，這個夜晚似乎靜得讓人意外，沒有一絲音樂或笑聲。但是透過明亮的廚房窗戶，你可以看見十個工作人員忙著擺盤，冷熱開胃菜放在大盤子上，預備匆匆送出搖擺門外。

海倫在陰影中看見的那排水蠟樹籬現在高聳眼前，迪奇的手沿著樹籬摸過去，好像在書櫃裡摸索密門的開關一樣。隔壁院子裡有一枚沖天炮呼嘯而後爆開。

腦子比較鈍的羅博托，總算跟大家合了拍，恍然大悟了：

——哎唷，迪奇，你這個臭不速之客，我打賭你根本不知道這棟房子是誰的。

迪奇停下腳步，一指朝天。

——知道時間和地點，比知道人物和原因更重要。

接著，他就像熱帶探險家一樣，撥開樹籬，把頭穿進去。

——找到了。

我們其餘幾人跟著迪奇穿過樹枝，竟然毫髮無傷地出現在霍凌斯沃家的後院草坪上；這裡宴席正酣，我從未見過眼前這般景象。

屋子後側在我們面前綿延開來，彷彿美國版凡爾賽宮。水晶燈和大燭台投出溫暖的黃色光暈，從一扇扇法式落地窗溫柔的窗櫺間透出來。修剪整齊的草坪上方有石頭鋪面的露台懸浮著，彷彿一座碼頭，上面有數百人正風姿綽約地交談應酬，對話停頓的時間恰到好處，足夠他們從巡迴穿梭的托盤上抓走一杯雞尾酒或一塊小點心。而音樂從肉眼看不見的二十人管弦樂團流洩而出，漫無目的地飄向海灣。

我們這一小隊人翻過露台的牆，跟著迪奇走向吧台。吧台和夜總會裡的一樣大，各種威士忌、琴酒、顏色鮮亮的利口酒無一不備；酒瓶底下打了光，隻隻發亮，彷彿一架魔幻風琴的音管。

酒保轉過頭來，迪奇微笑著說：

——朋友，來五杯杜松子琴湯尼。

然後他背靠著吧台，歡宴場面盡收眼底，如東道主般稱心得意。

我現在才看見迪奇從切花用的花園拔了一小撮鮮花，插在晚禮服的前胸口袋裡。那花束和迪奇一樣燦爛，粗率，還有點不合時宜。露台上大多數男人已經擺脫男孩子特質——蘋果臉、細髮絲、淘氣的眼神；女人呢，披著無袖曳地禮服，戴著珠寶，搭配卓有品味。所有人都在聊天，對話看起來輕鬆而親密。

——我看不到一個我認識的，海倫說。

迪奇邊啃著芹菜梗邊點頭。

——我們走錯派對也不是完全不可能。

——哦，你**認為**我們身在何方？羅博托說。

——我有可靠的消息來源，說霍凌斯沃家的一個兒子要開方當戈[42]舞會。我很確定這裡是霍宅，而且眼前絕對是方當戈。

——可是？

——……也許我應該先問問，是霍家哪一個兒子要開舞會。

——史凱樂人在歐洲不是？海倫發問。這海倫從來不相信自己的腦袋，卻似乎永遠能說出聰明的話。

——那就對啦，迪奇說，史凱樂忘了邀請我們，就是因為他人不在國內嘛。

他把琴湯尼一杯杯遞給大家。

42 fandango，一種西班牙佛朗明哥舞曲的形式。

——好了，咱們去樂隊那兒吧。

鄰居的草坪又有一枚沖天炮呼嘯直上，在空中爆開一小簇銀花。我故意落後大家幾步，然後轉身走進人群中。

在科爾王酒吧初識迪奇以後，我跟過幾次他的夜間巡遊。話說這班人剛剛從全國最好的學校畢業，竟然如此漫無目標地胡混，教我訝異；不過跟他們作伴倒是不壞。他們沒有多少零花錢，也沒什麼社會地位，但是兩者皆指日可待，只要接下來五年裡好好過日子，別在海裡溺死或蹲進大牢，一切自然會手到擒來，股票配息和網球俱樂部會員證也好，歌劇院包廂和使用包廂的閒暇也好。對許許多多人來說，紐約正是一切不可企及之物的總和，然而這班人在紐約，卻是一切未必可能的都成了可能，一切不可置信的成了可信，不能成事的都成了事。所以如果你想要保持頭腦清醒，你得自願偶爾拉開一點距離才行。

服務生經過，我拿琴酒換了香檳。

每一扇通往霍宅大宴會廳的落地窗都開著，賓客流進流出，自然而然維持著露台和屋裡的平衡。我漫步走進室內，學梅森．泰特那樣試著分析了一下受邀賓客。四個金髮女子坐在沙發邊上交換心得，好似電信纜線上的烏鴉陰謀集團；一張桌子戴王冠似的擺了兩條丁香火腿，旁邊站著一個年輕寬肩男子，對他的女伴不理不睬；一個女孩穿著全套佛朗明哥服裝，站在堆成塔的橘子、檸檬、萊姆前面，讓兩個男人笑得嘴裡的琴酒都噴了出來。在涉世未深的人眼裡，他們全都是一種人，都擺出一副靠財富地位煉金術撐起來的姿態；但是抱負與嫉妒，不忠和貪欲，這些應該也擺在眼前了吧，只要你懂得往哪裡看。

舞廳裡樂隊開始加快節奏。距離小喇叭手幾呎處，迪奇和一個老女人跳著慢半拍的吉魯巴；他已經脫掉外套，襯衫下襬也拉了出來，胸前口袋裡的花有一朵斜戴在耳後。我看著他們，同時逐漸意識到有人靜靜站在我身邊，像訓練有素的僕役那樣。我喝光杯子裡的酒，轉身伸長了手。

——……愷蒂？

頓了一下。

——華勒斯！

看我認出他來，他好像鬆了一口氣。倒是那時他在貝瑞斯福華廈一副心不在焉的樣子，我才要驚訝他認得出我。

——你最……近好嗎？他問。

——還好吧我想，沒消息就是好消息的好法。

——好高興……像這樣遇到你。我一直……想要打電話。

歌曲就要結束，我看見迪奇準備來個花俏的收尾動作，把老婦人像茶壺那樣傾倒。

——這裡有點吵，我說，我們出去外面吧。

露台上，華勒斯弄到兩杯香檳，遞了一杯給我。我們看著眼前的喧鬧，尷尬地沉默著。

——真是好大的場面，我終於說。

——哦，這……不算什麼，霍凌斯沃家有四個兒子，整個夏季，每個……都能辦上自己的派對。可是勞工節週末，那才叫萬人空巷……每個人都受邀赴會。

——我看我大概不屬於**每個人**那一群，我比較屬於沒有人那一群吧。

華勒斯笑了一下，不相信我的聲明。

——哪天你想……互換角色，要告訴我。

第一眼看上去，華勒斯穿那身禮服似乎有點不自在，好像穿著借來的衣服一樣。但是再仔細端詳，你會發現禮服是訂做的，黑珍珠袖扣彷彿已經傳家一兩代。

又是一陣沉默。

——你剛才說一直想打電話給我？我催他說話。

——對！三月那時候我承諾了你一件事，我一直想要……實現。

——華勒斯，如果你想要實現那麼久以前的承諾，那承諾可得要酷斃了才行。

——華利．渥卡特！

打斷我們的是華勒斯的商學院同學，也在造紙業工作。聊天的話題從共同的朋友轉到德奧合併影響紙漿價格，我想正是時候一訪化妝室了。我去了不到十分鐘之久，回來的時候，造紙商已經走了，換成其中一個沙發上的金髮女子站到他的位置。

這個，我想可以預期吧。每個手上沒有戒指的年輕名媛一定都瞄準了華勒斯．渥卡特。城裡大多數身強體健的女子都知道他的身價和他幾個姊妹的名字，勤奮一點的連他家獵犬的名字都知道。

那個金髮女子家裡大概已經幫她辦過一兩場社交舞會，她穿著過季數月的白色貂皮，戴了緊貼著皮膚、一路爬到肘部的手套。再靠近一點，我聽出來她的遣詞用字幾乎跟她的身材一樣好，但是這不代表她就受制於淑女的矜持，華勒斯講話的時候，她居然拿他的杯子喝了一口，再遞還給他。

她也做足了功課：

——我聽說你家農場的廚子是炸玉米球女王！

——沒錯，華勒斯興致勃勃地說，她的配方是……天機不可洩漏，上鎖……保管的。

每次華勒斯話講一半開始結巴，她就會皺起鼻子，眼睛發亮，好像他結巴的樣子真的好可愛。好啦，是很可愛，但她也不必如此大驚小怪吧。所以我闖入她的兩人談心時間。

——實在不好意思打擾，我邊說邊勾住華勒斯的手臂，但你不是要帶我參觀藏書室嗎？

她的眼睛眨都沒眨一下。

——藏書室很棒哦。她這樣說，故意表示她對霍宅熟悉無比。可是你們現在不能去呀，要開始放煙火了。

我還沒能反駁，人潮就開始往水邊移動了。我們到的時候，碼頭上少說有一百個人，幾對醉醺醺的夫婦已經爬上霍家的小帆船，讓自己隨波漂流去了。後面愈來愈多人過來，把我們往跳板的方向推擠。

第一枚沖天炮從水上浮台發射出去，發出很大的呼嘯聲，可不是隔壁院子裡十幾歲孩子在玩炮竹那種玩具口哨聲，比較像大炮的聲音。沖天炮爬上一長條煙霧之後，看似燃盡，卻接著炸出一團膨脹的白球；火花迸裂，緩緩落向地面，好似蒲公英的種子隨風四散。每個人都歡呼了起來。接著四枚沖天炮快速連發，送出連串紅色星火，結尾則是如雷的掌聲。更多人擠到碼頭上來了，而且我好像往我旁邊那位的屁股推得太近了些，她跌進了海裡，連同那一身皮草什麼的。又一枚沖天炮在空中爆開，水裡一陣拍打，一陣喘息，她在藍繡球煙花光色中浮出水面，一頭糾結亂髮，彷彿海藻伯爵夫人現身。

眾人都從煙火那裡走回來的時候，迪奇在露台上找到我。他當然認識華勒斯，雖然不是直接認識，而是透過華勒斯的么妹。年齡的差距似乎讓迪奇冷卻下來了，華勒斯問他有什麼志向，他的聲調低了八個音，胡謅了一些申請法學院的事。華勒斯禮貌告退之後，迪奇帶我到吧台，大家都在那邊等著；羅博托顯然在迪奇離開期間去草叢裡吐了，導致海倫開始思考是否還不到回家的時候。

我們剛才是走威廉斯堡橋出曼哈頓，回程迪奇卻走了三區大橋，這樣一來，最實際的路線就是他先把大家一一送回家，最後才是我。所以沒多久，就只剩我們兩個往下城開去。

——看到陸地了，船長！迪奇在我們接近廣場飯店的時候這樣說。來杯睡前酒如何？

——我累壞了，迪奇。

看他失望的樣子，我又說了明天得工作。

——明天是星期六哇。

——在我的辦公室就不是。

我準備在十一街下車，他看起來悶悶不樂。

——我們都沒機會跳舞，他說。

他的語氣有點認命的味道，彷彿漫不經心和一點壞運氣害他錯過了不會再有的機會。對他孩子氣的憂慮我只有一笑置之，雖然我得承認，這人確實比我先前承認的還要細膩，並且還多一些先見之明。

我用力握了一下他的前臂，讓他安心。

——晚安，迪奇。

我爬出車外的時候，他抓住我的手腕。

——**我倆何時再相聚？打雷，閃電，抑或雨？**

我又探身回到敞篷車裡，嘴脣貼上他的耳朵。

——**且待騷亂得消停，戰事落幕分輸贏。**[43]

14 蜜月橋牌

星期天下午，我和華勒斯開著墨綠色敞篷車前往長島的北福克。

他一直想實現的承諾，是帶我去射擊——這承諾確實酷斃了，不管他花多久時間才實現。我問他

43 兩人的對話出自莎士比亞劇作《馬克白》第一、二句。不過迪奇說的「我倆」在《馬克白》原文中實為「我仨」。

該穿什麼去，他建議要穿得舒適，所以我模仿想像中安妮．戈藍登會做的打扮：卡其褲配白襯衫，袖子捲起來。我想這身打扮當作射擊裝並不成功，倒是可以當作我的「愛蜜莉亞．厄爾哈特[44]在太平洋失蹤從此下落不明」服裝。他穿一件藍色V領鑲黃邊的套頭衫，袖子上有洞。

——我覺得你的頭髮很……了不起，他說。

——了不起？

——對不起，這樣講……不討喜？

——了不起是不錯，但你說我漂亮和迷人我也會應的。

——那……漂亮？

——這就對了。

這天夏日燦爛，我聽華勒斯的建議從手套箱拿出一副墨鏡，靠向椅背，看著陽光在行道樹上照出塊塊斑點，感覺自己像是埃及女王和好萊塢小明星的混合體。

——你有錫哥和伊芙……的消息嗎？華勒斯問。

這是普通朋友之間用來驅散沉默的典型話題。

——我說呀，華勒斯，如果你不覺得需要聊到錫哥和伊芙，我也不會覺得需要。

華勒斯笑了。

——那我們要怎麼……解釋我們怎麼認識的？

——我們就說我在帝國大廈觀景台上偷你的皮夾，被你逮個正著。

——好吧，可是要改成……你逮到我才行。

44 Amelia Earhart，美國知名女性飛行員，亦是女權運動家。生於一八九七年，曾獨自駕機飛越大西洋，於一九三七年首次環球飛行期間失蹤。

出乎意料之外，華勒斯的打獵俱樂部看起來很老舊。屋外低矮的柱廊，加上那些細瘦的白柱子，讓俱樂部看起來像蹩腳的南方大宅。屋內松木地板凹凸不平，地毯已經磨損，奧杜邦（Audubon）的畫作掛得有點歪斜，好似遭受遠方地震之害。不過正如那件被蟲蛀過的套頭衫，俱樂部老舊破損的一面似乎讓華勒斯相當自在。

體積頗大的獎盃展示櫃旁有張小小桌子，坐了一個乾淨整齊的接待員，身穿馬球衫和寬褲。

──午安，渥卡特先生，他說，樓下已經幫您準備好，雷明頓、柯爾特和魯格都擺出來了。不過昨天剛好進了一把自動的白朗寧，我想您可能也有興趣看一眼。

──太好了，約翰，謝謝。

華勒斯帶我到地窖，這裡有一排排用白色隔板隔出來的窄道，每一條窄道的底端都有一張靶紙，釘在疊起來的乾草堆上。小几旁邊有個年輕人正在給槍裝上子彈。

──沒關係，東尼，我……自己來。等會兒在……鱒魚池見。

──是，渥卡特先生。

我刻意站遠了些，華勒斯回頭看著，露出微笑。

──你怎麼不……過來一點。

東尼把槍桿全朝一個方向擺。左輪槍鍍了銀，還有骨製槍柄，看起來是把頗華麗的手槍，但其他的就很實際樸素了。華勒斯指著兩把步槍中比較小的那把。

──那個是……雷明頓八，很好的打靶步槍。那個是……柯爾特點四五。那個是……魯格，是一個德國軍官的手槍，我父親從戰場……帶回來的。

──這個呢？

我拿起那把大的，實在很重，為了把它舉平，我的手腕都痛了。

──那個是白朗寧，是……機槍，就是……鴛鴦大盜邦妮和克萊德……用的槍。

——真的？

——他們也是死在……這款槍下。

我把槍輕輕放下。

——我們從雷明頓開始吧？他提議。

——是，渥卡特先生。

我們走向一條射擊道。他打開步槍的後膛裝進子彈，然後為我介紹各個部位：槍機和槍栓、槍管和槍口、前後準星。我一定是露出了困惑的表情。

——聽起來會……比實際情況複雜，他說，雷明頓只有十四個零件。

——打蛋器只有四個，我一樣搞不懂它怎麼運作的。

——好吧，他微笑著說，那就先看我做吧。把槍托靠到你的……肩膀上，就像放……小提琴一樣。左手在這裡握住槍管，不要抓太緊，只要……扶著就好。兩腳張開，瞄準目標，吸一口氣，吐氣。

砰！

我跳了起來，可能還喊出聲了。

——對不起，華勒斯說，我不是故意要……嚇你。

——我以為我們還在討論的模式。

華勒斯大笑。

——不是，討論模式……已經結束了。

他把步槍遞給我。突然間靶道變得更長了，彷彿標靶正在後退。我感覺自己像愛麗絲，像是她已經經歷過「喝我」或「吃我」，或是已經吞過任何會讓她縮得極小的東西。我把步槍當一條鮭魚似的舉起來，又當一顆西瓜似的塞在肩膀裡。華勒斯移步過來試著指導，但努力無效。

——對不起，他說，這有點像教人……打領帶，如果要好教一些就得……請容許我？

——請！

他捲起套頭衫的袖子，站到我身後，把右臂放到我的右臂上，左臂放到我的左臂上。我感覺得到他的氣息，均勻規律，就在我的耳後。他給了我幾句指點和鼓勵的話，輕聲細語地，彷彿靶道末端就有一隻獵物在吃草。我們抓穩槍管，我們瞄準標靶，我們吸一口氣然後吐氣。我們扣下扳機的時候，我可以感覺他的肩膀幫著我的一起承受後座力。

他讓我開了十五槍，再改用柯爾特，然後換魯格。接著我們用白朗寧自動步槍射擊了幾回，我讓那些殺死克萊德的混蛋好好反省了一下。

四點左右我們走過俱樂部後方一片松林間的空曠地，來到池塘邊的空地上，這時一個我這年紀的女人朝我們一路走來。她穿著馬褲馬靴，黃棕色頭髮用夾子往後夾攏，臂彎裡垂著一把開著後膛的霰彈槍。

——哈囉，鷹眼，她帶著目擊醜聞的微笑說，我該不是逮到你在約會吧？

華勒斯有點臉紅。

——畢琪．休頓，她伸出手對我說，與其說是自我介紹，更像是陳述自己在場的事實。

——愷蒂．康騰，我打直身子說。

——賈克……也在嗎？華勒斯彆扭地親她一下之後問道。

——不在，他在城裡。我剛剛在「馬廄」那兒騎馬，想想正好可以晃過來練一練，維持維持手感，我們可不是每個人都像你一樣是天生好手。

華勒斯又臉紅了，畢琪倒是沒注意的樣子。她轉向我。

——你看起來是初學者。

——這麼明顯？

——當然嘍。不過你跟著這個老印第安人，會有好的開始，而且今天是射擊的好天。總之我要閃人了，很高興認識你，愷蒂。回見呀，華利。

她對華勒斯促狹地眨了眨眼，便快步上路。

——哇哦，我說。

——是啊，華勒斯說著，一邊目送她離開。

——她是你的老朋友？

——她哥哥跟我……從小就玩在一起，她有點像……小跟班。

——再也不是嘍，我看。

——沒錯，華勒斯說，附帶一個類似笑聲的聲音，早就……不是嘍。

池塘大約是半個城市街區大，周圍樹木環繞；水草這兒那兒聚集成塊，好似地球儀上的各大洲。我們經過一處繫著小船的碼頭，循著小徑走到隱身樹叢後方的小木台。東尼迎接我們，和華勒斯簡短交談過，便消失在樹林裡。長凳上擺著一把裝在帆布袋裡的新槍。

——這是霰彈槍，華勒斯說，是打獵用的槍，衝力比較大，你會……感覺更明顯。

槍管上有複雜的花紋，好似維多利亞時代的銀槍；槍托看起來和十八世紀戚本德家具的支腳一樣細緻。華勒斯拿起霰彈槍，解釋飛靶會打哪兒來、如何利用槍管尾端的圓珠追蹤飛靶，在軌跡線上早一步瞄準。接著他把槍架到肩膀上。

——放！

飛靶從草叢中出現，在池面上停留了一會兒。

砰！

假鴿裂成碎片，片片灑落水面，好像那天在懷爾衛別墅的煙花。

前三個假鴿我沒擊中，但是我開始掌握竅門了，接下來六個我擊中四個。

在射擊練習場裡，雷明頓步槍的聲音有點阻窒而短促，悶悶塞塞的，而且會有點鑽進你的皮膚裡，好像嘴巴咬住刀刃的聲音。可是到了鱒魚池這裡，霰彈槍的聲音很洪亮，像船艦大炮一樣轟隆隆的，迴盪滿滿一拍的時間。槍聲彷彿為曠野塑出形狀，或者說暴露了一直在這裡的祕密建築物——橫跨池塘水面的隱形大教堂，只有燕子和蜻蜓知道，人眼是看不見的。

和步槍比起來，霰彈槍也感覺更像自體的延伸。當雷明頓射出的子彈輕快地穿過靶道末端的紅心，那聲音似乎與扣扳機的手指並不相干。然而當飛靶碎裂，你毫無疑問，那是在你支配之下發生的事。站在小木台裡，透過槍管窺視空中，突然間你擁有了蛇髮女妖的力量，僅僅憑著你的凝視，就能從遠處影響物體。而且那種感覺並不會隨著槍聲消散，它縈繞不去，滲入你的四肢，讓你的感官變得敏銳，在你大搖大擺的神氣當中增添一股沉著冷靜，或反過來說，在你的沉著冷靜中增添大搖大擺的神氣；不論哪一種，都讓你在剎那之間感覺自己是畢琪．休頓。

要是早點有人告訴我槍枝能讓人自信大增就好了，我這輩子會一直在開槍。

晚餐是總匯三明治，六點鐘在俯瞰鹽沼的青石板露台上享用。除了幾個男人散坐鑄鐵桌椅之外，露台上其實很空。這地方絕對單調乏味，但也不是沒有它迷人之處。

——要來點飲料搭配三明治嗎，渥卡特先生？年輕侍者正在問。

——給我冰茶吧，威柏。你想點……雞尾酒的話別客氣哦，愷蒂。

——冰茶聽起來很好。

侍者在桌椅之間穿梭，朝會館內而去。

——那，你知道每個人的名字嗎？我問。

——每個人的名字？

——櫃台那個，備槍那個，服務生……

——這很奇怪嗎？

——我家郵差一天來兩次，我可不知道他的名字。

華勒斯一臉靦腆。

——我家的叫……湯瑪斯。

——顯然我得多留點心才行。

——我看你已經很留心了。

華勒斯心不在焉地用他的餐巾擦湯匙，同時四下環顧著露台，眼神祥和寧靜。他把湯匙放回正確的位置。

——你不介意吧？我們……在這裡吃飯？

——一點也不。

——我覺得這也是樂趣之一，就好像……小時候，在阿第倫達克山脈我們家的營地過聖誕節。湖水結凍以後，我們一整個下午都在溜冰。然後管理員——一個老都柏林人——會從錊罐裡倒熱可可給我們喝。我那些姊妹會坐在廳裡，在火邊暖腳；我祖父和我則是坐在門廊裡的綠色大搖椅上，看著一天漸漸結束。

他停下來，往外看著鹽沼，捕捉回憶中的一個細節。

——可可很燙，只要你一走到室外接觸冷空氣，可可的表面就會凝結一層膜，浮在上面，顏色比可可深一階，手指一碰就連成一片拉上來……

他比了比整個露台。

——那杯可可有點像這個。

——付出努力掙來的小獎賞？

——是啊。很傻氣嗎？

——我不覺得。

三明治送來，我們吃了起來，沒再交談。我開始了解，對華勒斯而言，沒有什麼沉默會令人尷尬，他在不需言語的時刻反而異常自在。偶爾有鴨子飛過樹叢，啪答啪答拍著翅膀，伸長雙足停在沼澤裡。

或許華勒斯在他的俱樂部陳舊的環境下感覺身心放鬆了——在展示過他熟練的槍法、捧來他的冰茶以後；也可能是因為他回憶起祖父和阿第倫達克山的黃昏時刻；或者單純只是跟我相處愈來愈自在了。不管哪個原因，在華勒斯述說往事的時候，他的結巴幾乎消失無蹤。

回到曼哈頓，我們從華勒斯的車庫離開的時候，我感謝他陪我度過非常愉快的下午，他卻躊躇了起來。我想他正在衡量該不該邀請我去他的公寓，不過他沒開口。或許他擔心開口問了，可能就壞了這一天，所以他在我的臉頰上親吻一下，就像朋友的朋友那樣。我們互道再見，他踏步離開。

——嘿，華勒斯，我喊他。

他止步回頭。

——那個老愛爾蘭人叫什麼名字？倒熱可可那個人。

——法倫，他微笑著說，法倫先生。

隔天，我在布里克街的小店買了一張安妮．歐克麗的明信片。她穿戴全套的西部時代華服——鹿皮裙，白色流蘇靴，還有兩把鑲珍珠的六發式左輪手槍。我在明信片背後寫下：謝啦夥伴。星期四下午四點那次派信，我收到一張紙條，上面寫著：明天正午大都會藝術博物館前階梯見。紙條署名懷厄．爾普[45]。

．．．

華勒斯一跳一跳上了博物館的階梯，身上是淺灰色套裝，胸前口袋露出摺得方正的白色棉帕。

——希望你不是打算藉著帶我看畫來追求我。

——當然不是！我才不會……知道從哪看起呢。

他不看畫，而是帶我參觀館藏的槍枝。

在微弱的燈光下，我們肩並肩一櫃逛向一櫃。這些槍的名氣自然是來自設計或出處，而非本身的威力。其中許多把有精細的雕刻，或是以貴金屬製成，你幾乎會忘記它們是殺人的工具。華勒斯對槍枝大概無所不知吧，但他並沒有過分賣弄；他告訴我一些神祕知識，和少許內行人的學問。接著，就在此行的新鮮感開始消退前五分鐘，他提議吃午飯。

走出博物館，棕色賓利等在階梯底下。

——哈囉，麥可，我說，慶幸自己還記得他的名字。

——哈囉，康騰小姐。

進了車裡，華勒斯問我想去哪裡吃飯，我提議他把我當成外地人，帶我去他最愛的餐廳，因此我們去了「公園」。這家餐廳位在中城區一處高聳辦公大樓的底樓，裝潢採現代風格，空間挑高，牆壁沒有裝飾。大部分的桌子都坐了穿西裝的男子。

——你的辦公室離這兒很近嗎？我故作天真地問。

華勒斯看起來很窘。

45 安妮．歐克麗（Annie Oakley，1860～1926）與懷厄．爾普（Wyatt Earp，1848～1929）皆為知名的西部神槍手。

——在這棟大樓裡。

——運氣太好了吧！你最愛的餐廳就在你上班的大樓裡！

我們向服務生米契點了馬丁尼，然後看起菜單。華勒斯點了肉凍當前菜，真意外，我點了招牌沙拉——有綠色萵苣、冷的藍紋起司、熱的紅培根，非常棒的組合，如果我是一個國家，我要拿來當國旗。

我們等著比目魚排，華勒斯用他的甜點匙在桌布上畫起圈圈，此時我第一次注意到他的手錶。這錶的設計和一般相反，是黑色錶面配上白色數字。

——抱歉，他把甜點匙放下，我的老習慣。

——其實我是在欣賞你的錶。

——哦，這個……是軍用錶，錶面是黑色的，晚上比較不容易……引來炮火。這只錶以前是我父親的。

華勒斯安靜了一會兒。我正想多問一些他父親的事，卻有一個高大、頭髮漸禿的紳士走到我們這桌來。華勒斯推開椅子站起身。

——艾佛里！

——華勒斯，紳士親切地叫他。

經過引介之後，那位紳士請求我將華勒斯借給他一會兒，接著他便帶他回到自己的桌子，那裡有另一個老先生等著。從他們的神情舉止看起來，顯然他們正在尋求華勒斯的意見。等他們說完，華勒斯問了幾個問題，便開始發表意見。你看得出來他現在說話也不結巴。

我看華勒斯的錶那時，時間接近兩點。愛麗答應幫我掩護，一直到例行的三點鐘泰特先生時間為止。如果我不吃甜點，就來得及搭計程車回去，還能換條長一點的裙子。

——看起來非常**兩人世界**呢。

溜進華勒斯椅子的，是那位騎馬、扛槍的畢琪・休頓。

——我們只有不到一分鐘的時間，愷蒂，她鬼鬼祟祟地說，最好切入重點。你怎麼認識華利的？

——透過錫哥・古瑞。

——那個帥哥銀行家？不就是跟他女朋友一起出車禍那個？

——就是，她是我的老朋友。其實我們都在那場車禍裡。

畢琪一副肅然起敬的樣子。

——我從來沒有出過車禍。

不過從她說話的樣子，你會感覺她碰過其他種災禍，譬如在飛機上、摩托車上、潛水艇裡。

——那，她繼續說，你那朋友真的像眾家女孩說的有很大野心嗎？

（像眾家女孩說的有很大野心？）

——不比多數人來得大，我說，但是她膽量十足。

——嗯，她們會恨她這一點的。總之，我討厭好事者多過討厭貓。不過我給你個建議吧？

——請說。

——華利那人比總統雕像山還要偉大，卻是兩倍的害羞。可別等他主動擁吻。

我還沒能說話，她已經往餐廳那一頭走了一半路了。

・・・

隔天晚上，我正在給自己叫的四墩紅心喊出賭倍的時候，有人敲了門。是華勒斯，一手酒瓶，一手公事包，說他剛剛在附近和他的律師吃過晚餐（這理由可得大大放寬「附近」的定義才能成立）。

我關上門，然後我們共享了一段華勒斯常有的不彆扭沉默。

——你有……好多書，他終於開口。

——是一種病。

——你有沒有……看醫生？

——恐怕沒法治的。

他把公事包和酒放在我父親的安樂椅上，開始歪著頭在屋裡打轉。

——你用的是……杜威十進分類法？

——不是，不過原則差不多。那些是英國小說家，法國的在廚房。荷馬、維吉爾和其他史詩在浴缸那邊。

華勒斯信步走向一個窗台，從搖搖欲墜的一疊書中抽出《草葉集》。

——我猜……先驗論者在陽光下長得比較好。

——正是如此。

——需要很多水嗎？

——不像原先以為的那麼多，要常修剪就是。

他拿著那本集子指向我床底下的一疊書。

——還有那些……蘑菇？

——俄國作家。

——啊。

華勒斯小心翼翼地將惠特曼放回他的寶座上，踱步到牌桌邊，像環繞建築模型那樣繞著走。

——誰的贏面大？

——不是我。

華勒斯在夢家對面的椅子坐下來，我拿起酒瓶。

——留下來喝一杯？我問。

——我很……樂意。

那瓶酒比我還老。我回到桌邊的時候，他已經拿起南家的牌，正在重新排列那一手。

——叫了……什麼牌呢？

——我剛剛叫了四墩紅心。

——他們有沒有賭倍？

我從他手裡抽走那些牌，連整副都收拾起來。我們坐著，一分鐘沒講話，然後他乾了他那一杯酒。我感覺他要走了，絞盡腦汁想著有什麼話可以留住他。

——你會不會正好知道，怎麼玩蜜月橋牌？他問。

那是一種巧妙的小牌戲，在阿第倫達克山上碰到下雨天的時候，華勒斯會和祖父玩。玩法是這樣的：洗好的牌疊放在桌上，對手抽走第一張以後，有兩個選擇，一個是留著牌，然後看一看第二張，決定不要後，牌面朝下扔掉；或者扔掉第一張牌，留著第二張。接著輪到你。兩人如此來來回回，直到抽完整副牌，這時你們手上各有十三張牌，也分別拋擲了十三張——也就是讓牌戲在意圖與運氣之間有了特別高雅的平衡。

我們一邊打牌，一邊聊著克拉克．蓋博和克勞黛．考爾白，聊著道奇和洋基，笑聲連連。我贏了一局黑桃小滿貫以後，聽從畢琪的建議，靠上前去吻了他的嘴唇，他卻正好要說話，結果我們的牙齒喀答一聲碰在一起。我往後倚的時候，他正好伸出一隻手想環繞我的肩膀，差一點跌下椅子。

我們都坐回椅子上大笑。我們笑，是因為不知怎的我們突然確切明白了彼此的立場。自從去過打獵俱樂部以來，我倆之間滋生了一股小小的不安，那是一種化學反應，有點難以捉摸，有點含混不明，直至此時。

或許是因為我們發現了彼此的陪伴如此輕鬆自在；或許跟他顯然從小就愛著畢琪．休頓有關（正是命運多舛的浪漫氣氛壞了事）。總之，我們知道了對彼此的感覺並不急迫，不熱烈，不太有心計，反而友善，溫柔，真誠。

就像蜜月橋牌。

我們那一場浪漫的交互作用並不是真正的牌戲，而是變化版。這變化版乃是為了兩個好友而發明，讓他們能一邊練習，消遣消遣時間，一邊等待自己的列車進站。

15 追求完美

八月二十六日，攝氏三十六度。好像故意設計過似的，梅森．泰特辦公室的玻璃厚度就那麼剛好，讓你可以聽見他提高了音量，又不必聽清楚細節。在這個當兒，他正對著社內攝影師費特斯一字一句地清楚說明他的不滿有什麼細微變化，同時伸出一根威風凜凜的手指，指著紐澤西的方向。

大多數人遠遠觀之，大概會認為梅森．泰特很讓人受不了。確實，他在乎自己那本時尚小雜誌已經到了不理性的地步：**那個傳聞的根據太充分了，這個藍太蔚藍，那個逗號太早，這個冒號太晚**。話說回來，正是他這種吹毛求疵癖給我們大家帶來了使命感。

有泰特在掌舵，我在《高譚》的工作並不是某種不精確的農耕作業，不是跟季節對抗、心血結晶受制於時間與氣溫；我們不是在容易失火的大樓裡做縫紉女工，一針一針縫著同樣的線圈，直到理智都扎進接縫裡；我們也不是船員，一次出航便是數年的風吹雨打，返航已成奧德修斯，蒼老，衰弱，幾乎被遺忘——除了一隻狗之外，大家都不認得他。我們的工作是爆破專家，仔細研究建築的結構以後，在地基周圍布下火藥陣，精心設計爆炸順序，讓大樓可以因為自身基礎構造的重量而倒塌——不但使一旁呆看的眾人敬畏，同時也為新的事物開出一條路。

但是為了換取這種繃緊的使命感，我們的手必須時時刻刻緊握方向盤，否則會被人用尺痛打一頓。

正當費特斯全速奔回他那間安全無虞的暗房，泰特快速連按了三次鈕呼叫我（快。進。來。）我撫平裙子，拿起速記簿。他從製圖桌旁轉過身來，表情比平常更專橫。

——我的領帶顏色看起來特別親切嗎？

——不會，泰特先生。

——新髮型呢，看起來特別鼓舞人嗎？

——不會。

——今天我身上有任何東西，會讓人以為我比昨天更想要別人雞婆的意見嗎？

——一點兒也不會。

——嗯，那我放心了。

他回身面對製圖桌，雙臂撐在桌子上。上面有十張自然抓拍的貝蒂．戴維斯照片：餐廳裡的貝蒂，看洋基比賽的貝蒂，逛第五大道、讓櫥窗相形失色的貝蒂。他挑出四張幾分鐘內連續拍下的照片，拍的是貝蒂和她先生，還有一對比較年輕的夫婦，一起坐在高級夜總會的卡座裡；餐桌上有滿滿的菸灰缸和空空的杯子，唯一剩下的食物是一片點了蠟燭的蛋糕，放在這位崛起的明星面前。

泰特對著照片揮了一下手。

——你最喜歡哪一張？

其中一張已經被費特斯用鉛筆畫上他建議的裁切線，照片裡面的蠟燭剛剛點亮，兩對夫婦對著鏡頭，好像廣告招牌上的癮君子那樣微笑。可是稍晚拍下的另一張照片裡，貝蒂把最後一口蛋糕餵給她旁邊的年輕男人吃，而男人的太太在一邊看著，瞇起眼睛，好似希臘神話中的鳥身女妖。

我挑出那一張。

泰特先生點頭贊同。

——攝影很奇妙吧？整個媒介就建立在那一瞬間。如果你讓快門多停留幾秒鐘，影像就全黑了。我們以為我們的生活是一連串的動作，是許多成果的累積，是風格與見解的暢快表達；然而在那十六分之一秒期間，一張照片卻能造成如此大的浩劫。

他看了看錶，揮手要我在一張椅子上坐下。

——我有十分鐘。你給我打一封信。

信是寫給貝蒂．戴維斯的經紀公司，裡面提到泰特先生對這位演員的敬意，對她丈夫的好感，還提到他們在「摩洛哥小館」那次想必愉快的生日晚餐；岔題講講即將與華納兄弟公司商談的合約，又附帶聊聊某個海邊小鎮，有一年旅遊淡季他似乎在那裡見過她；如此這般之後，他提出採訪要求。他要我把信留在他桌上，便抓了公事包走了，去度一個顯然別人都掙不到的假期。或許泰特先生還在為費特斯心裡不痛快，也可能是我們壞掉的空調害的，總之，那封信就是有一個段落太多餘，一個動詞太執拗，一個形容詞太顯意圖。

十五分鐘後我和愛麗走出大樓，天氣熱得很，連吃塊蛋糕她都不想。我們互相祝好之後便在街角分手，接著我回到自助投幣小吃店的女廁，這次換上的是黑絲絨禮服，配亮紅色髮帶。

・・・

我和華勒斯第一次在我家打牌那晚，他自己對我說了正在和律師進行財產信託。為什麼？因為他八月二十七日就要去西班牙加入共和軍。

而且他沒開玩笑。

我也不該那麼驚訝吧。各種各樣有意思的年輕男人都參與在紛爭之中，有些人是趕流行，有些人愛冒險，而大多數人是因為把正常分量的理想主義放在錯誤的地方。至於華勒斯，他還有一個小問題，就是已經奉獻太多。

華勒斯出身上東城的褐石公寓，家裡在阿第倫達克山裡擁有夏季別墅，還有一座狩獵農場隨時待命。他上的是父親讀的私立中學、父親讀的大學，在父親死後便接手家族事業——不僅繼承父親的辦公桌和車子，附帶的祕書和司機也一併接收。值得贊許的是，華勒斯加倍擴張了事業規模，以祖父之名設立了獎學金，博得了同儕的敬重。但與此同時，他也懷疑如此安穩的人生並不是自己的，過去那七年他努力成為產業龍頭和教會執事，那是他父親五十多歲時的人生；他自己血氣方剛的二十多歲卻已溜走，徹底離他遠去。

但是就快要不一樣了。

他就要一舉卸下人生中每一個理智、熟稔、安全的樣態。而他離開前的這一個月，他選擇不跟親友共同檢討自己這項決定的壞處，而是跟友善的陌生人一起度過。

我們上班時間都長，所以我們會在星期三和畢琪、賈克碰面吃宵夜，玩幾局橋牌。畢琪娘家姓范秀斯，是賓州的大地主。她個性強悍、頭腦精明，還有那樣的外貌，實屬錦上添花。我們的關係會變得緊密，是因為她發現我擅長打牌，第二次聚會我們就已經開始搭檔，跟兩個男生賭真錢，而且積分領先。聚會結束的時候，華勒斯會在路邊給我一個朋友的吻，送我上計程車，然後我們各自回家一夜好眠。不過到了週末，我和華勒斯會一起慶祝曼哈頓進入沉悶無風帶。

任一個星期六，只要西港或牡蠣灣有人辦水上派對，華勒斯．渥卡特大概都會受到邀請。可是，他第一次把各式各樣的邀請卡攤在桌上讓我考慮，我就看得出來他的心不在裡面。在我逼迫之下，他承認這些沒完沒了的活動讓他感覺有些不自在。天知道，如果派對讓他覺得不自在，我也幫不上多少忙，所以我們婉謝邀請，告訴韓慕霖家和柯克蘭家和吉卜森家，我們沒辦法出席。

不去派對，星期六下午我們搭賓利車為華勒斯辦事：**麥可，去布魯克兄弟，我們要買幾件新上市的卡其襯衫；去二十三街清理手槍；然後去布倫塔諾書店買西班牙常用語小冊。**

Olé!（**好咧！**）

也許是跟梅森．泰特相處久了，近朱者赤，我們辦這些小事的時候，我發現自己突然追求起完美無瑕。才不過幾週前，我生活中沒有任何細節能引起我的注意，中國洗衣婦在我的裙子上燙出一個洞，我照樣往圓筒子裡扔五分錢，和善道了聲謝，還穿著那條裙子去教友聯誼會。畢竟在我出身的地方，所謂天命就是儉約再儉約，不至於偷竊即可，如此一來，偶爾你回家後發現買到一顆沒有碰傷的甜瓜，你就有理由懷疑自己不值得這樣的好瓜。

但華勒斯就值得，至少我是這麼想。

所以，如果新毛衣的顏色跟他的眼睛不搭，我就會退回去；如果一開始那四塊刮鬍皂花香味太濃，我就叫波道夫百貨的小姐再拿四塊來；如果大丁骨牛排不夠厚，我就站在櫃台，看著歐托曼內黎先生揮舞大肉刀，直到他切對了為止。照顧別人的生活，或許正是華勒斯．渥卡特想逃避的事，我卻發現很適合我。接著，我們把雜事拋在腦後（我們「掙來」的），找一家沒人的飯店酒吧喝雞尾酒，找一家沒有事先預約的好餐廳吃飯，然後沿著第五大道往北走回他的公寓，在那裡交換小說，分著吃賀喜巧克力棒。

八月初某個晚上，我們在格若孚街吃宵夜，那裡的無花果樹盆栽都掛上白色小燈飾，華勒斯感傷地說，他聖誕節不會在家。

顯然聖誕節是渥卡特家的大節日。聖誕夜祖孫三代會在阿第倫達克山裡的營地共度，大家去參加午夜禮拜的時候，渥卡特夫人會在每個人的枕頭上放一套睡衣，到了早上，大家就會穿著一樣的紅白條紋或格紋下樓，到新砍的那棵雲杉旁邊去。華勒斯並不太喜歡替自己買東西，但是他很得意自己能為甥兒甥女買到最合適的禮物，尤其是他那個跟自己同名的小外甥華勒斯．馬丁。可是今年他沒辦法趕回家了。

——不如現在就去買他們的禮物吧？我提議。我們可以把禮物包裝好，貼上「聖誕節前別打開」的紙條，寄給你母親。

——還有更好的辦法，我可以給……我的律師，叫他聖誕夜再送過去。

——更好。

於是我們把盤子推到一邊，開始草擬行動計畫，列出每個送禮對象的名字、跟華勒斯的關係、年齡、個性、可能適合的禮物。除了華勒斯的姊姊妹妹、姊夫妹夫、甥兒甥女之外，清單上還有華勒斯的祕書、司機麥可，和幾個他覺得需要送禮致謝的對象，彷彿一張畫了渥卡特家族表的小抄，牡蠣灣那些女孩一定什麼都願意拿出來換，只求看那小抄一眼。

我們花了一個週末購物，然後打算在華勒斯啟航前一晚到他的公寓，兩個人一起吃晚餐，方便包裝禮物。那天早上我看了衣櫃，第一個念頭是穿我的圓點連身裙，可是不知道為什麼，感覺不對。於是我往衣櫃後面撈，找到一件一百年沒穿過的黑絲絨連身裙，然後從縫紉箱裡翻出一段紅似聖誕紅的緞帶。

．．．

華勒斯打開他家的門，我行了個屈膝禮。

——嗬嗬……嗬，他學聖誕老人說。

客廳裡，留聲機唱著聖誕頌歌，一瓶香檳躺在常青樹花圈裡。我們舉杯敬聖尼古拉和冬霜精靈，並祝願早日從英勇冒險中歸來。然後我們坐在地毯上，拿著剪刀膠帶開始工作。

渥卡特家族從事造紙業，所以能拿到世界上每一種包裝紙：有小拐杖糖圖案的森林綠、有菸斗雪橇聖誕老人的絲絨紅。可是家族傳統是一律用成捲送到家裡的厚磅白紙卡包裝，然後為各個家族成員紮上不同顏色的緞帶。

我為十歲的喬艾爾包裝一個迷你棒球場，上面有一支球棒，彈簧一鬆球棒就會擊中鋼珠，讓鋼珠在壘包之間跑，包好以後用藍色緞帶綁起來。我包裝一對蜥蜴玩偶，再用黃色緞帶綁起來，這是給十四歲的潘妮洛佩，這位小小居禮夫人對大部分的消遣娛樂都皺眉頭，連糖果也不例外。禮物堆漸漸縮小，我開始留意小華勒斯的禮物。我們出去採買的時候，大華勒斯說他已經想好一個特別的禮物，要送給他的教子，可是我迅速盤點了一下，沒能找到。最後祕密終於解開，所有的禮物都包裝好以後，華勒斯裁了一小張矩形的紙，然後從手腕上取下他父親的黑面錶。

工作結束，我們來到廚房，空氣中飄著焗烤馬鈴薯的香味。華勒斯檢查了烤箱，接著在腰間繫上圍裙，開始用大火煎烤我昨天仔細選購的羊排。然後他先把羊排拿出來，再往鍋子倒入薄荷醬和干邑白蘭地，把黏在鍋底的肉屑刮起來煮成醬汁。

——華勒斯，我在他遞盤子給我的時候問，如果我在美國宣戰，你願不願意留下來跟我一起打仗？

晚餐後，我幫忙華勒斯把禮物拿到後頭的儲藏室。走廊上沿牆掛著家族成員的照片，一個個在令人欣羨的場景中露出笑容，有碼頭上的祖父母，有穿著雪屐的叔叔，有側身騎馬的姊妹。當時我感覺在裡屋的走廊這樣陳列照片有些奇怪，但是那幾年我一次次在類似的走廊遇上類似的場景，終於開始了解，這是溫馨可愛的「白人盎格魯撒克遜清教徒」做法，因為它把靜靜瀰漫在他們這類生活方式之中、那種內斂的善感（為拍攝地點也為親族），明白地形諸於外。在布萊頓海灘或下東城，你看到的往往是單一幅人像照靠在壁爐架上，前面是乾燥花，或點著的蠟燭，或一整代人的屈膝敬拜。在我們家，鄉愁遠不及承認祖先為你做的犧牲重要。

有一張照片拍的是幾百個穿外套打領帶的男孩子。

——這是聖喬治中學嗎？

——是呀，我的……最後一年。

我往前靠近一些，想找出華勒斯。他指向一張可愛謙虛的臉，是我本來已經看到而略過的。華勒斯就是會融入全校大合照的背景（或沙龍舞會的行禮隊伍）那種人，而後隨著時間、隨著旁人的墜落，逐漸脫穎而出。

——這是全部的學生？我又掃描一次那些男孩的臉以後問他。

——你在……找錫哥？

——是呀，我承認。

——他在這裡。

華勒斯指向照片左側，我們共同的朋友就自己一個人站在團體的邊緣。要是再給我一分鐘，我鐵定能認出他，他看起來就像你想像中他十四歲的樣子——頭髮有點亂，外套有點皺，眼睛直視相機，好像他準備好一躍而起。

接著華勒斯笑著移動手指，指向照片另一頭的邊緣。

——也在這裡。

果真如此，在團體的最右側有另一個身影，稍微模糊，但是是他沒錯。

華勒斯解釋說，為了讓全校學生都能清晰對焦，他們用了架在地上那種老式的箱型照相機，可以慢慢拉動光圈，在大張底片上一次曝光一部分的人。於是，站在團體邊緣的人只要在大家背後快跑到另一側，就能在照片裡出現兩次，但是時機必須抓得很好，還要跑得像鬼一樣快。每年都有幾個新生嘗試這個特技，但是華勒斯的印象中只有錫哥成功過。看到第二個錫哥臉上那個大大的笑容，你會覺他自己也知道成功了。

我和華勒斯一直相當忠於我們的承諾，不去提錫哥和伊芙，不過看到眼前出現錫哥淘氣的一面，我們都感覺到美好。我們逗留不去，給了那招特技應得的注意。

——可以問你一件事嗎？過了一會兒我問。

——可以呀。

——在貝瑞斯福大廈吃飯那晚，我們大家搭電梯下樓的時候，巴奇開玩笑說錫哥像是不死鳥浴火重生。

——巴奇那人……有點粗魯。

——粗魯也就罷了，他到底說的是什麼事？

華勒斯不講話。

——有這麼糟？我催他。

華勒斯露出溫柔的笑容。

——不是……並不是糟。錫哥來自麻州瀑河城一個古老的家族，但我想是他……父親走厄運吧，他好像……家財散盡，變得一無所有。

——大蕭條那時候？

——不是。

華勒斯指著照片。

——是大概那時候，錫哥還是新生。我記得，因為我那時候是學生長。董事會開會討論該怎麼辦，因為他的……財務狀況有變。

——他們給他獎學金嗎？

——他們要他轉學。他在瀑河城念完高中，然後……半工半讀念完普洛維登斯學院，後來在……信託銀行找到行員工作，開始一步一步往上爬回來。

出生在波士頓的黃金地段，念布朗大學，現在在祖父創立的銀行工作。這是我初遇錫哥十分鐘後自以為是的判斷。

我再看了一眼這男孩的照片，看他的卷髮，看他親切的笑容；幾個月來，我第一次想見他。不是要打亂什麼事。我不必聊伊芙，不必聊已發生、未發生或可能發生的什麼事。我只是想要有重新建立第一印象的機會，讓他走進新潮俱樂部，坐在隔壁桌看樂隊表演，如此一等獨奏樂師開始吹奏驢叫似的樂音、錫哥對我露出困惑的笑容，我就可以不帶任何刻板印象地觀察他。因為華勒斯給我的這則小情報，讓我知道了一件早該知道的事——原來在錫哥和我長大成人那時候，我們兩個並不是站在門檻的兩邊；我們一直都肩並肩站在一起。

華勒斯來回看著照片兩端，一副仔細推究的眼神，彷彿古瑞先生就是在攝影那一刻失去最後一塊錢家財，而團體左右的兩個錫哥代表了一個人生的結束，和另一個人生的開始。

——大多數人記得不死鳥生於灰燼的故事，他說，但是他們忘了不死鳥的另一個特徵。

——什麼特徵？我問。

——可以活上五百年。

・・・

隔天，華勒斯登船發遣海外。

呃，也不算是。

一九一七年那才叫「登船發遣海外」。金髮紅臉頰的年輕男子穿著熨燙過的制服，在布魯克林造船廠碼頭上集結成大隊。他們肩頭頂著帆布袋，走上灰色大巡洋艦的舷梯，雄糾糾氣昂昂地齊聲唱著

「上前線，上前線」。汽笛終於響起，他們爭先恐後來到欄杆處伸長了身體，向愛人送飛吻也好，向母親揮手也好；愛人和母親則是早有先見之明，已在暗地裡飲泣。

但如果你是一九三八年要去打西班牙內戰的富有青年，就沒有什麼大場面可以煽動情緒。你買一張瑪麗王后號頭等艙票，不慌不忙吃頓午餐後來到碼頭，經過一些已經在翻閱西班牙常用語小冊的觀光客，你一路賠禮借過，上了舷梯，前往位於上層甲板的艙房；你的行李先前已經送來，正由服務生仔細地取出整理。

自從國際聯盟禁止外國人志願參戰，跟船長同桌吃晚餐的時候（左右兩邊各是費城摩根家族成員，和有姑媽相陪的布理茲伍姊妹）談起要參戰的事，就變得不體面了。你當然也不能對英國南安普敦的移民官說，你會說你要前往巴黎見老同學、買一兩幅畫。然後你搭火車前往多佛，搭船抵達加萊，再乘車前往南法，從那裡徒步翻越庇里牛斯山，或雇一艘漁船帶你沿岸而下。

——再見，麥可。華勒斯在舷梯上說。

——祝您好運，渥卡特先生。

他轉向我的時候，我說以後星期六我不知道該做什麼好了。

——或許我可以幫令堂跑腿辦事？我提議。

——愷蒂，他說，你不應該……幫任何人跑腿。不要幫我，不要幫我母親，不要幫梅森．泰特。

我和麥可從碼頭駛離，車內氣氛頗為哀戚，對我們兩個都是。在進入曼哈頓的橋上，我打破沉默。

——你覺得他會保重自己嗎，麥可？

——小姐，既然是戰爭，那樣就本末倒置了。

——是了，我想是吧。

透過車窗，我看見市政廳漂浮而過。到了中國城，身形矮小的老嫗圍著路邊攤車，上面滿載可怕的魚。

——要載您回家嗎，小姐？

——是的，麥可。

——到十一街？

他還問了我，真是貼心。如果我跟他說華勒斯的地址，我想他也會帶我去吧，車子停到路邊，他會打開後座車門，畢里會打開公寓大門，捷可森會帶我搭電梯到十一樓，我可以在那裡多花幾週的時間逃避我的未來。但是有一家法律事務所的檔案室裡已經躺了一堆禮物，在那裡耐心等著，那麼麥可很快也會用防水布把棕色賓利蓋起來，正如約翰和東尼會拆解雷明頓和柯爾特，收到箱子裡鎖上。或許我與完美之間這短短的邂逅，也該是時候拆解收藏了。

華勒斯離開後那個星期四，我下班後散步到第五大道，去看波道夫百貨的櫥窗。幾天前我注意到櫥窗拉起了簾子，正在布置新的展示品。

冬，春，夏，秋，我總是期待著波道夫的換季新品。站在櫥窗前面，你會感覺自己是帝俄的皇后收到進貢的珠寶彩蛋，裡面是煞費工夫組裝起來的繁複迷你景致。你閉上一隻眼睛，另一隻仔細探看，為每一個激動你心的小細節嘖嘖稱奇。

就是**激動你心**這個詞。波道夫百貨的櫥窗可不是在為七折出清打廣告，櫥窗的設計是要改變大道上來來往往那些女人的生活——讓其中一些人羨嫉，另一些人自我陶醉，讓所有人一瞥可能性。而一九三八年秋季，我的第五大道彩蛋大師並沒有讓我失望。

櫥窗的主題是童話故事，以知名的格林童話和安徒生童話為靈感，但是每一個場景的「公主」都用了男性模特兒代替，「王子」則是我們之中的一個。

第一面櫥窗有個年輕爵士躺在花架下面，他的頭髮烏黑，皮膚完美無瑕，纖纖雙手交疊在胸口，旁邊卻站著一個時髦的年輕女郎（身穿夏帕瑞麗的紅色短外套）。她的頭髮為了戰鬥而剪短，她的劍穩穩穿過皮帶，手裡握著忠誠馬兒的韁繩。她的表情既世故又充滿憐憫，低頭看著王子，似乎不急著用一個吻讓他醒來。

下一面櫥窗使用了文藝復興歌劇布景的巧妙手法，一百級大理石階梯從宮殿大門往下連接鵝卵石庭院，院子裡有四隻老鼠躲在南瓜的陰影裡。場景邊緣是金髮繼子就要消失的身影，拐了彎全力奔跑而去；前中景則跪著一個公主（身穿香奈兒黑色合身裙裝），以堅定的決心望著一隻玻璃製的紳士鞋，從她的表情你看得出來她正準備下令全國動員，從僕役到內侍大臣，都要夜以繼日奔走鄉間，找出合那隻鞋的男孩。

——你是愷蒂吧？

我轉身看見身旁有位端莊的褐髮女子——來自小小康乃狄克州的葳絲。如果早前有人要我猜猜葳斯迪里在八月午後的裝扮，我會猜美國園藝俱樂部風。但是我錯了，她的穿著極為高雅，鈷藍色短袖裙裝，和相配的不對稱剪裁帽子。

我們在錫哥伊芙那次聚會上不怎麼合拍，所以我有點驚訝她會特地來親近我。相互寒暄時，她舉止親切，眼睛幾乎要發亮。話題自然很快轉向他們在歐洲的假期，我問他們玩得如何。

——很好，她說，好到**完美**。你去過嗎？沒有？哦，南法七月的天氣真是**宜人**（用法文說），食物難以置信的美味。不過能跟錫哥和伊芙一起，更是錦上添花了，錫哥一口法文說得好美，而且我們兩對伴侶一起，時刻都有額外的樂趣，清晨在沙灘海泳……中午俯瞰海水吃一頓長長的午餐……夜裡到鎮上遊逛……不過當然啦（輕輕一笑），錫哥給的樂趣比較多在晨泳，伊芙給的在夜遊。

我開始知道她為什麼來接近我了，總算是。

那晚在貝瑞斯福，她是個格格不入的局外人，但是她就像經驗老道的傳道人，忍受那些機智快語，忍受偶爾人家開她玩笑，自信有一天上帝會獎賞她的耐性。現在就是了：救贖日，「被提上天堂」，那個可以稍稍扭轉局面的意外機會。因為，講到南法的時候，我們都知道誰才是那個格格不入的局外人。

——那麼，很高興你們都回來了。我準備讓談話收尾。

——哦，我們不是**一起**回來……

她用兩根指頭輕碰我的手臂，阻止了我。

我看得出來她的指甲油顏色和唇膏一模一樣。

——我們本來打算一起，這是當然，可是就在我們要上船之前，錫哥說他得去巴黎出差，伊芙說她只想回家，所以錫哥賄賂她（不懷好意的笑容），答應請她在艾菲爾鐵塔上吃飯。

——可是呢，你知道嗎，葳絲繼續說，錫哥根本不是要去巴黎出差。

（不懷好意的笑容再現。）

？

——他是要去卡地亞！

拜葳絲之賜，我感覺自己兩頰微熱。

——他們去巴黎之前，錫哥把我拉到一邊，情緒是不折不扣的興奮。有些男人碰到這種事就是無可救藥呀。紅寶鐲子、藍寶胸針、**珍珠項鍊**（用法文說），他不知道該買哪個好。

我自然不打算問，但是沒什麼差別，她懶洋洋地伸長左手，露出葡萄大的鑽石。

——我只告訴他挑這種給她就對了。

我回到下城，因為遇到葳絲的事還有點頭昏腦脹，最後去了生鮮雜貨店補充一成不變的日常用品：一副新的撲克牌，一罐花生醬，一瓶次級琴酒。我拖著腳步上樓，聞到三樓B室那新嫁娘已經學會了她母親的波隆納肉醬，說不定還改良過了，我有些震驚。我轉著鑰匙，努力夾住臂彎裡的雜貨，跨過門檻以後，差點踩到從門縫塞進來的一封信。我把袋子放到桌上，撿起那封信。

象牙色信封上有扇貝壓紋，前面沒有郵票，但是用了爐火純青的花體字寫上地址。我想我從來沒看過我的名字用這麼美的字來寫，開頭字母都是一吋高，筆畫俐落地拉長到其他字下面，尾巴捲起來，像阿拉伯翹尖鞋那樣。

裡面裝著一張邊緣燙金的卡片，實在太厚，我得扯開信封才拿得出來。卡片頂端是同樣的扇貝壓紋，下面則是邀請我赴約的時間地點。這是霍凌斯沃家勞工節週末沒完沒了派對的邀請卡。來自數百哩外大海上，高貴正直的華勒斯．渥卡特又一次的恩惠。

16 戰利品

這次我抵達懷爾衛別墅的時候，不需要從花園迂迴繞路了，我可以跟其他受邀賓客一樣大大方方從前門進去。可是我讓福蘭說服我買了梅西百貨特價花車那件連身裙（穿在她身上比我身上好看），所以我擺脫不了心裡那個感覺，它嘮叨著要我穿過樹籬溜進去。兩個大學男生好像要佐證這一點似的，在門口與我擦肩而過，脫下外套便扔給侍者，又從服務生手上拿了香檳，看都沒看人家一眼。他們生平既無成就，卻已自信滿滿，就好像二戰結束後那些飛官。

在通往大宴會廳的入口，就在這個避無可避的地方，霍凌斯沃家的代表湊合著排出一列迎賓隊伍：老爺與夫人，兩個少爺，其中一個少奶奶。我報上名字，霍家老爺客氣微笑地歡迎我，是那種早已經放棄了解兒女交友圈的笑容。不過那兩個排行大的少爺有一個靠了過去。

——爸，她是華勒斯的朋友。

——他打電話來說的那位小姐？哎呀呀。他以有如談論祕密的語氣說，那通電話可是引起了一番騷動呢，小姐。

——德夫林。霍家夫人出聲制止。

——是是是。哎，華勒斯是我從出生看到大的，如果你想知道他什麼事他不肯講的，儘管來問我。現在呢，你就當自己家一樣，別拘束呀。

外頭露台上，微風溫暖卻狂野，雖然太陽還沒下山，屋子卻已經從頭到尾全部打亮，彷彿要向到來的賓客保證，要是天氣突然轉壞，我們大可以全留下來過夜。戴黑領結的男士與紅寶女士和藍寶女士和**珍珠項鍊**女士輕鬆交談，就是我在七月見過的那種不拘禮的高雅氣氛，只是現在跨越三代人之間：花白頭髮的大亨親吻漂亮教女的臉頰，旁邊的花花公子低聲說了幾句冷言熱語，害得嬸嬸阿姨們花容失色。幾個脫隊的披著浴巾從海灘往屋子這邊走過來，看上去又健康又親切又不因為遲到有任何一絲焦慮不安；他們的影子在草地上拉成長長細細的線條。

露台邊有張桌子擺了其中一座香檳塔，香檳從最頂端那隻杯子沿著杯腳流瀉而下，直到填滿每一隻杯子為止。為了不要破壞耗資千元打造的效果，這項沙龍花招的工程師從桌子底下拿出一隻乾淨的杯子，替我斟了香檳。

不論霍凌斯沃先生怎麼敦促，我就是不太可能感覺像在家一樣自在。可是華勒斯已經費了這麼多工夫，所以我打算往臉上潑潑水，香檳換成琴酒，然後把自己扔進人群中。

我問了化妝室怎麼去，依著指示爬上大樓梯，經過一幅馬的畫像，穿過一條鋪了腰壁板的走廊，來到東廂的尾端。女化妝室是一間俯瞰玫瑰園的淺黃色小廳，淺黃色壁紙，淺黃色椅子，淺黃色躺椅。

裡面已經有兩個女人。我坐在鏡子前面，假裝擺弄一邊的耳環，同時從鏡子裡看著她們。第一個是褐髮麥色皮膚的高個兒，頭髮剪得短短的，表情冷淡；她剛剛從碼頭那兒上來，泳裝脫了在腳邊，正在擦乾裸著的身體，全無彆扭害臊模樣。另一個呢，穿著貨真價實的塔夫綢，坐在明亮的化妝桌前修補被淚水弄糊的睫毛膏，每隔三十秒左右就抽泣一聲。游泳那個對她沒顯露多少同情，我也努力不流露出一絲一毫。

沒人安慰，女孩吸了吸鼻涕便走了。

——總算走了，那游泳的語氣平淡地說。

她拿毛巾再抹了一下頭髮，就隨手扔成一團。她有一副運動員身材，和一件大大展現優點的露背裙裝。她挪動手臂的時候，你可以看見肩胛骨附近的肌肉顯出清晰的輪廓。她穿鞋懶得坐下，只把腳滑進去鞋裡，然後扭著扭著把腳跟塞進去。接著她把細長的手臂彎到肩膀後面，拉上連身裙的拉鍊。

我從鏡子裡看見長椅下的地毯上有個東西在發亮，正是她剛才放鞋子的地方。我走過去跪下來，伸手找到那東西，是一隻鑽石耳環。

現在褐髮女子看著我。

——是你的嗎？我雖然問了，心裡也知道不是。

她拿過去放在手上。

——不是，她說，不過這東西可真漂亮。

她漠不關心的樣子，環顧房間。

——這通常是成對的吧。

我查看長椅底下，她則是抖一抖溼毛巾。我們又再四下看了看，然後她把耳環遞還給我。

——戰利品，她說。

游泳的女人當時並不知道自己說中了，因為我很確定這一隻耳環——方形切割鑽石和白金鉤扣——就是伊芙在錫哥的床邊桌裡找到的那一對。

我從前廊迴旋梯下樓的時候一時踉蹌，彷彿那一杯香檳直接進了我的腦袋。不管錫哥和伊芙從巴黎帶了什麼消息回來，我都沒準備好要聽，不要在這樣的場合聽呀。我緩下腳步，移到樓梯外側，那裡台階最寬，而且伸手可扶欄杆。

大廳裡擠著新到的一行人——更多飛官和自己拉拉鍊的褐髮女郎。他們彼此相見大感愉快，用他們時髦瀟灑的姍姍來遲擋住了出口。不過假如錫哥和伊芙真的在懷爾衛別墅，他們一定不是被堵在大廳裡，而是在親切的伴侶相陪之下，為這個時刻增添額外的樂趣。下到最後一階的時候，我推測還有二十步到門口，半哩路到火車站。

——愷蒂！

一個邁出大宴會廳的女人冷不防喊了我的名字。從她走過來的步伐，我早該知道是誰的。

——畢琪……

——華利那樣急忙忙去了西班牙，我跟賈克難過死了。

她手上有兩杯香檳，塞了一杯給我。

——我知道他說要參軍已經說了好幾個月，可是大家都以為他不會下決心做到底，尤其你出現以後。你現在很激動嗎？

——我還好。

——哦肯定是。有他的消息嗎？

——還沒有。

——那就是沒人有了。我們找個時間吃午飯吧，今年秋天你跟我要成為忠實可靠的朋友，就這麼說定了。不過先來跟賈克打招呼吧。

賈克在大宴會廳入口，正和一個名叫康凱的女孩一起笑得很開心。我看她除了慷慨什麼都有，十呎以外你就看得出來她正在拿朋友的事胡謅開玩笑。賈克替我引介，那時我想著還得聊多久才能有禮貌地脫身。

——從頭開始講，賈克對康凱說，太有趣了！

——好吧，她一副內行人煩膩的樣子說著（彷彿她跟悶字同一天出生），你們知道錫哥和伊芙琳嗎？

——她跟他們一起出車禍的，畢琪說。

——那你一定會想聽。錫哥和伊芙剛從歐陸回來，康凱解釋著，這週末住在懷爾衛的別館，那天早上，大家都在泡海水，錫哥對「壯麗號」讚嘆了一番。

——就是豪利的帆船，賈克解釋說。

——是豪利的**寶貝**，康凱糾正他，他把船留在水裡上上下下浮著，好讓大家哦哦哇哇一番。總之，你那朋友滔滔不絕講著那艘船，然後呢，豪利就那樣，若無其事的樣子喔，他說，**不如你們兩個開出去轉一轉吧**？哎呀，你不如讓我們從人間蒸發了吧，豪利竟然出借他的船！可是從頭到尾都是他跟錫哥策畫好的，你看嘛——到碼頭那邊游泳，一直講那艘船，還裝作若無其事的樣子，船上甚至還藏了一瓶香檳跟一隻鑲餡烤雞咧。

——你說這代表什麼意思？賈克說。

——代表有人投降認輸了，畢琪說。

又來了，臉頰上微微刺痛的感覺，那是這個世界讓我們難堪的時候，我們身體快如光速的反應，也是人生中最不愉快的感覺之一——不禁讓人奇怪，這究竟有什麼演化的目的。

賈克舉起想像的小喇叭，**叭卜卜叭**了起來，大家都笑了。

——最精彩的來了，賈克唆使康凱繼續說。

——豪利認為他們會出海一兩個小時左右，過了六個鐘頭，他們卻還沒回來。豪利開始擔心他們是不是逃到墨西哥去了。後來，抵達碼頭的卻是兩個划漁船的小鬼，他們說遇見「壯麗號」在沙洲上擱淺啦，船上那個男人說幫他找拖船來，就給他們二十塊。

——上帝保佑我們遠離浪漫主義者，畢琪說。

有人跑過來，眼睛張得大大的，笑岔了氣。

——他們回來了，是捕龍蝦的船拖著。

——我們非去看不可，賈克說。

大家都往露台移動，我則是往前門去。

我大概是處在緩和的震驚之中吧，天知道為什麼。安妮幾個月前就預料到了，葳絲也是。懷爾衛別墅裡的所有人似乎都準備好要聚在碼頭上，開那場臨時慶祝會。

我等著我的外套，回頭看看大宴會廳，隨著最後幾個湊熱鬧的人移往落地窗，廳裡變得空空蕩蕩。有一個年紀稍長於我的男人身穿白色晚禮服外套，站在吧台前面，雙手插口袋，若有所思。一個要去慶祝會的人從他面前跑過去，一把抓住大號酒瓶的頸子，又回頭往外跑，還撞倒了一隻裝滿繡球花的甕。穿晚禮服外套的男人看著他，一臉不以為然的樣子。

侍者拿了我的外套回來，我說了聲謝；過了那個當下我才想到，自己跟今晚一開始那些大學男生一樣，也沒看人家眼睛。

——你不會這麼快就要走了吧！

是霍家老爺從車道走進來。

——派對辦得真好，霍凌斯沃先生，您還這麼好心邀請我，可惜我有點不舒服。

——哦，真可憐。你在附近過夜嗎？

——我從城裡搭火車來的，正想請人幫我叫計程車呢。

——親愛的，那可不行。

他回頭看向大宴會廳。

——法倫泰！

穿白色晚禮服外套的年輕人轉頭。他金髮俊臉，舉止莊重，看起來是飛行員和法官的綜合體。他把手從口袋拿出來，快步穿過大廳。

——父親。

——你記得康騰小姐吧，華勒斯的朋友。她人不舒服，要回城裡，你載她去車站？

——沒問題。

——你開那輛司派得去好了。

外頭，勞工節的九月風吹得樹葉零零落落掉在地上，你知道就要下大雨了，這個週末只能聽著紗門砰砰作響、喝茶玩紙牌了吧。賭場會拉下窗板，網球場的網子會降下來，橡皮艇呢，就像少女的夢一樣，會被拖上岸。

我們穿越白礫石車道，走到可以停六部車的車庫。司派得是兩人座，像消防車那樣的紅色。法倫泰越過它，選了一九三六年的凱迪拉克，黑色的大塊頭。

沿著車道草皮上停了有一百輛車吧，其中一輛亮著車燈，門開著，收音機也響著；引擎蓋上一對男女並躺著抽菸。法倫泰對他們拋了個不以為然的眼神，和剛才那個抓大號酒瓶的人一樣待遇。他在車道尾巴右轉，開往郵政路。

——火車站不是在另一個方向嗎？

——我載你進城，他說。

——不必麻煩的。

——反正我都要回城裡，明天一早就要開會。

我懷疑他是不是真的要開會，不過他也不是找藉口跟我相處，他開車的時候不看我，也根本不找話題聊。這樣也好，只要能離開那個派對，就算是帶隻瘋狗去散步我們倆都會願意吧。

開了幾哩路，他要我從手套箱找紙筆給他。他把便條本靠在儀表板上，寫了一些給自己看的筆記，然後撕下最上面那一張，塞進外套口袋裡。

——謝謝，他說著把便條本遞還給我。

為了避免任何聊天的機會，他轉開收音機。一開始是播放搖擺樂的電台，他轉動旋鈕，跳過抒情歌，在羅斯福的演講停了一下，又轉回抒情歌。是比莉．哈樂黛唱著〈紐約的秋天〉。

紐約的秋天
怎得如此魅力迷人？
紐約的秋天，
想起初登台的興奮。

這首〈紐約的秋天〉的作曲人是白俄羅斯移民韋農．杜克（Vernon Duke），幾乎是一發表就成了爵士標準曲目，首演之後十五年內，查理．帕克也好，莎拉．沃恩也好，路易斯．阿姆斯壯，艾拉．費茲傑羅，紛紛探索這首歌的情感氾濫最遠能到哪裡。首演後二十五年內，又出現對這些詮釋，查特．貝克，桑尼．史提特，法蘭克．辛納屈，巴德．鮑歐，奧斯卡．彼得森。這首歌問我們秋天的事，同樣的問題我們也可以拿來問這首歌：**怎得如此魅力迷人**？

想必有一個重要原因是，每個城市都有自己的浪漫季節。一年一度，城市建築、文化、植物的變化與太陽的軌道連線齊一，使得街頭上擦肩而過的男男女女都對浪漫承諾起了異常的感覺。就像維也納的聖誕節，或巴黎的四月。

我們紐約人對秋天的感覺就是這樣。一到九月，儘管白日漸漸變短，儘管樹葉不再抵抗灰濛秋雨的重量，我們卻可以說是鬆了一口氣，可以把長長的夏日拋在腦後了，空氣中有一種矛盾的回春氣息。

人群發光
雲朵微微亮
鋼鐵峽谷中
我感覺輕鬆
自在。

是紐約的秋天
帶來新戀情的承諾。

是的，一九三八年秋天，成千上萬的紐約人將臣服於這首歌的魔咒，勞苦人和有錢人坐在爵士酒吧或夜總會，點著頭，笑著承認那個白俄羅斯移民說對了：紐約的秋天確實承諾一段戀情，冒泡般歡騰的戀情讓人用全新的眼光看向曼哈頓的天際線，感覺到：**能再活一次，真好**。

話說回來，你還是得問問自己，如果這首歌如此振奮人心，為什麼比莉・哈樂黛會唱得這麼好？

•••

星期二一早我進電梯的時候，發現電梯跟梅森・泰特的辦公桌一樣，都是玻璃做的。不鏽鋼齒輪在我下方一層樓，像開闔吊橋的機械裝置那樣轉著，我頭上三十層樓高處是一塊清澄藍空，眼前的面板上有兩個銀色按鈕，一個寫著「現在」，一個寫著「永不」。

現在是七點，牛棚沒人，我桌上放著一封給貝蒂．戴維斯經紀人的信，行文的缺點一字不漏全部繕錄，也仔細校對過了。我再讀一次信，然後在打字機裡放上一張新信紙，修正了缺點。我把兩個版本的信都放在泰特先生桌上，附上手寫紙條說，因為他迫於時間匆促修書，我便自作主張準備了另一份草稿。

泰特先生一直到下班前才按鈕叫我，我進去的時候，他把兩封信並排放在桌上，兩封都沒有簽名。他沒要我坐，上上下下看著我，好像我是過了門禁時間溜出宿舍被逮到的模範生。說起來我正是如此。

——說說你的私生活吧，康騰，他終於說話。

——抱歉，泰特先生，您想知道哪些？

他靠向椅背。

——我看得出來你未婚，不過你喜歡男人嗎？有沒有偷藏起來的小孩？或是要扶養弟弟妹妹？

——是，沒有，沒有。

泰特先生笑得冷酷。

——你有什麼樣的抱負？

——我的抱負一直在進化。

他點點頭，指著桌上一份文章草稿。

——這是卡博特先生寫的人物傳略。你看過他的東西嗎？

——看過一些。

——你怎麼形容他的特色？我是說文風。

我看得出來泰特先生大致上欣賞卡博特的表現，除了冗長這一點之外。卡博特對八卦和歷史的交集有很準的直覺，而且他似乎是個罕見高效率的採訪記者，他能發揮魅力，誘使人回答最好別答的問題。

——我想他看太多亨利．詹姆斯了，我說。

泰特點了一下頭，然後把草稿交給我。

——你看看能不能把他變得像海明威一點。

17 讀了就明白

隔兩天夜裡，一場不合季節的雪落入我的夢，像灰燼一樣，寧靜祥和地在一整個街區落定。街區裡是成排的廉租公寓和科尼島遊樂設施，還有我祖父母結婚那座教堂的亮彩尖塔。我站在教堂階梯上，伸手碰觸大門——大門的顏色這麼藍，該是天堂的地磚做的。在外圍某個地方，有個二十二歲的女人，頭髮用髮夾夾起，手上拿著保險箱竊賊的工具袋，那是我母親，她看看左邊，看看右邊，然後快跑彎過街角。我伸手要敲門，門卻先響起拍打聲。

——警察，疲倦的聲音喊著，開門。

……

時鐘指著半夜兩點。我穿上睡袍開了門，樓梯間站著一個倒三角形身材的警察，身穿平織棕色套裝。

——抱歉吵醒你，他言不由衷地說，我是芬尼蘭警佐，這位是堤爾森警探。

我一定是過了一會兒才聽到他們敲門，因為堤爾森正坐在樓梯上調查他的指甲。

——介意我們進去嗎？

——介意。

——你認識愷瑟琳・康騰嗎？

——認識啊，我說。

——她住這裡嗎？

我拉緊睡袍。

——是。

——是你的室友嗎？

——不是……是我。

芬尼蘭回頭看堤爾森，警探先生的視線離開指甲往上看，好像我終於引起他的興趣。

——嘿，我說，這是怎麼回事？

警察局很安靜，堤爾森和芬尼蘭領著我下了裡屋的樓梯，來到一條狹窄的通道，一個年輕警察打開通往居留室的鋼鐵門，裡頭的空氣有霉味和阿摩尼亞味。伊芙布娃娃似的攤在行軍床上，也沒蓋被；身上是黑色連身裙，外面穿著我的飛波姐兒外套，就是車禍那晚穿的那件。

堤爾森說她醉倒在布里克街的後巷，巡邏警察發現她的時候，她身上沒有皮包、皮夾，外套口袋裡倒是找到——信不信由你——我的借書證。

——是她嗎？堤爾森問。

——是她。

——你說她住在上城，你想她在布里克街附近做什麼？

——她喜歡爵士樂。

——誰不喜歡呢，芬尼蘭說。

我站在門邊，等堤爾森打開牢門。

——警佐，他說，找個女警給她沖沖澡。康騰小姐，請你跟我來。

——堤爾森帶我回到樓上，進了一個小房間，裡面有桌有椅無窗，顯然是訊問室。我們面前各擺上紙杯裝的咖啡以後，他便往後靠向椅背。

——好，你怎麼認識這位……

——伊芙。

——對，伊芙琳．羅思。

——我們以前是室友。

——這樣啊，什麼時候的事？

——一直到一月還是。

芬尼蘭進來，對堤爾森點個頭，然後頂著牆站著。

——那麥基警員在巷子裡叫醒你朋友的時候，堤爾森繼續說，她不願意報上姓名，你覺得是為什麼？

——也許他問得不客氣。

堤爾森微笑。

——你朋友做什麼的？

——她現在沒有工作。

——你呢？

——我是祕書。

堤爾森把手指懸在空中假裝打字。

——就是這樣。

——那她是發生了什麼事？

——發生什麼事？

——你知道，那些疤。

——她出了車禍。

——她一定開得很快。

——我們從後面被撞的，她從擋風玻璃飛出去。

——你也一起出車禍！

——沒錯。

——如果我說彼利．包爾斯這個名字，對你有什麼意義嗎？

——沒有，應該有嗎？

——傑若尼莫．薛佛呢？

——沒有。

——好吧，愷西，我可以叫你愷西嗎？

——愷西以外都可以。

——好吧，愷特，你看起來很聰明。

——謝謝。

——我不是第一次看到女孩子變成你朋友這樣。

——喝醉？

——有時候她們會被虐打一頓，有時候是斷了鼻梁，有時候……

他讓他的聲音漸漸消失，好加強語氣。我露出微笑。

——你這錯得太離譜了，警探。

——或許吧，不過女孩子有時候會陷入困境無法脫身。我很清楚，她只是想討生活，我們大家都是。她也以為事情不會變成這樣，不過話說回來，我們有誰變成自己想要的樣子了？人家說那個叫「夢想」，可不是沒道理的，對吧？

芬尼蘭咕噥兩聲，表示欣賞提爾森的措詞。

他們帶我回到警局前面，伊芙已經在這兒，人倒在長椅上，女警穿著一身整齊制服站在旁邊。她幫我把伊芙送進計程車後座，提爾森和芬尼蘭雙手插口袋，在一旁看熱鬧。車子開動，伊芙閉著眼睛開始模仿小喇叭的聲音。

——伊碧，怎麼回事？

她給我天真少女的笑聲。

——號外！號外！讀了就明白！[46]

然後她躺在我的肩膀上，呼嚕嚕睡著了。

她看起來累壞了，也罷。我撫摸她的頭髮，好像她是個小娃兒；剛剛才在警局沖澡，頭髮還是溼的。

到了十一街，我給計程車司機大筆小費，幫我扶她上樓。我們把她扔到我床上，兩隻腿還懸在床墊外面。我撥了貝瑞斯福華廈的電話，沒人接聽，所以我從廚房拿一壺熱水來，洗了她的腳，然後脫

---

46 Extra! Extra! Read All About It!，為當時街上報童常用叫賣語。

掉她的外衣，幫她蓋好被子。她身上那件短襯衣要價高過我全身上下的裝扮，包括鞋子。

在警局那時，內勤的警佐帶我簽領伊芙的物品之後，又從一個大牛皮紙袋倒一個東西出來，落在桌上，發出優美的匡啷一聲。那是一只訂婚戒，而且上面的鑽石大得可以讓人在上面溜冰。我拿起戒指那一秒，掌心就開始發汗，所以我現在把它從口袋拿出來，放在廚房桌上。至於飛波姐兒外套，我扔進垃圾桶了。

我看著伊芙睡，想著到底發生什麼事了。她怎麼會落得醉倒小巷？她的鞋子哪去了？錫哥人呢？不論他們倆發生什麼事，伊芙現在的呼吸很從容——暫時忘記一切，毫無防備，平靜安詳。

我想這是生命刻意的諷刺吧，讓我們永遠看不見自己這種狀態。我們只能目睹自己醒著的影像，那副面貌總或多或少處在擔憂或懼怕中。或許年輕父母就是因此而迷上了偷看孩子酣睡的模樣。

早上我們喝咖啡吃塔巴斯科辣醬炒蛋，伊芙又回到她活潑開朗的樣子，講著南法多無聊，屋子發霉，海灘擁擠，葳絲每見到一個德國人就要大驚小怪一番。伊芙說，要不是有可頌和賭場，她走也要走回家。

我讓她吱吱喳喳一會兒，不過她一問起我的工作如何，我就把戒指推過去桌子對面。

——哦，她說，我們要聊這個呀。

——我想是。

她點了一下頭，聳聳肩。

——錫哥求婚。

——太好了，伊芙，恭喜。

她露出驚嚇的表情。

——你在開玩笑嗎？看在上帝的分上，愷蒂，我沒接受呀。

然後她告訴我最新消息。就像康凱說的，錫哥帶她搭帆船出海，還帶了香檳酒、烤雞。吃了午餐他們下水游泳，擦乾身體以後，他單膝跪下，從鹽罐上拔出戒指。她當場拒絕了，事實上，她說的話一字不漏如下：**你不如再載我去撞路燈算了吧？**

錫哥送上戒指的時候，她連碰都不想碰，是他把戒指放進她掌心合起來，堅持要她考慮。但她不需要考慮，她睡得像嬰兒一樣，然後天一亮就起來，裝滿一個小行李包，溜出後門，那時錫哥還睡得很熟。

滿腔抱負，意志堅定，直率實際，隨便你想怎麼形容，伊芙就是會一直給你帶來驚奇。我想起六個月前她穿著一身白，斜臥在錫哥公寓的沙發上用微溫的琴酒溶解巴比妥酸鹽。她從那樣醉生夢死的休眠狀態振奮而起，把整座城市攪得筋疲力盡，讓我們大家感覺到各種程度的欽佩也好，嫉妒、輕蔑也好，總之都深信她要的就是一場求婚。而她始終按兵不動，等著大家沾沾自喜地評斷，就像貓在穀倉前院草叢裡等著。

——真希望你也在，她露出眷戀的笑容說，你一定會尿褲子。我的意思是說，他花了一個星期策畫這些花言巧語，然後我一跟他說不，他就駕著他兄弟的遊艇去擱淺。他不知所措，應該進進出出船艙一百次有吧，就為了找信號槍。他調整船帆，爬上桅杆，甚至跑到外面推船。

——你在做什麼？

——我就躺在甲板上喝剩下的香檳，聽微風輕吹，聽船帆飄揚，聽海浪拍打。

伊芙一邊回憶一邊在烤土司上抹奶油，她的敘述聽起來幾乎像夢一樣美。

——那是這半年內我第一次擁有三個小時的平靜，她說。

然後她把刀子插進奶油裡，像鬥牛士的短矛插在公牛背上。

——當然，諷刺的是我們甚至不喜歡對方。

——少來了。

——你知道我的意思。我們是開心過，可是大部分的時候，都是他說馬鈴薯，我說洋芋，沒有交集。

——你覺得他也這樣看嗎？

——他更是這樣看呢。

——那他為什麼要求婚？

她啜一口咖啡，對著杯子皺起眉頭。

——你說我們加點好料的怎麼樣？

——隨你，我是再過三十分鐘就得上班了。

——她在櫃子裡找到七百五十毫升的威士忌，把她的咖啡變成了愛爾蘭風味。她坐回來的時候企圖改變話題。

——這些書到底打哪來的呀？

——等等哦，老妹，我是認真的。如果你們兩個這麼沒交集，他為什麼要求婚？

她聳聳肩，放下咖啡杯。

——是我的錯。我懷孕了，到英國以後我告訴他了，我實在應該閉嘴的。看當初出院以後他那副惹人嫌的樣子，你就可以想像我告訴他以後他是什麼模樣了。

伊芙點了根菸，頭往後仰，對著天花板噴煙。然後她搖搖頭。

——要提防那些自以為虧欠你的男生，他們會把你逼到瘋得不能再瘋。

——那你打算怎麼辦？

——我的人生？

——不是，小孩。

——哦，我在巴黎解決掉了，只是一直沒機會告訴他。本來想找個減輕衝擊的方法，不過最後還是得讓他接受衝擊。

我們安靜了一會兒。我站起來清理盤子。

——我沒得選，伊芙解釋，是他逼我的，我們離岸一哩遠啊。

我打開水龍頭。

——愷蒂，你要是開始洗那些盤子，像我媽那樣，我就把自己從窗戶扔出去。

我回到椅子上，她伸手越過桌面握緊我的手。

——不要對我這麼失望的樣子嘛，我受不了——尤其是你。

——我只是被你嚇了一大跳。

——我看得出來。可是你一定要懂，我家養我長大，就是要我生兒育女，養豬，種玉米，還要感謝天主給我這種殊榮。可是車禍以後我已經學到一兩個教訓。而且我就喜歡待在擋風玻璃的這一邊。就像她一直掛在嘴邊的：要她躺在什麼下面都可以，只要不是別人管東管西的大拇指就行。

她歪著頭，更加仔細研究我的表情。

——這件事你消化得了嗎？

——當然。

——我是說，我是該死的天主教徒，對吧？

我笑出聲。

——是啊，你是該死的天主教徒。

她捻熄香菸，打開那包菸的蓋子，裡面還剩一根。她點燃了，把火柴往身後一扔，然後像印第安酋長似的把香菸遞出來給我。我深吸了一口，又遞回去。我們都安靜無言，輪流抽菸。

——你現在要怎麼辦？我終於問。

——我不知道。我一個人在貝瑞斯福住了一陣子，可是我不打算留下來。我爸媽一直逼我回家，或許我會回去看看他們。

——錫哥的打算呢？

——他說他可能回歐洲。

——去跟西班牙的法西斯打仗？

伊芙不可置信地看著我，然後笑出聲。

——媽的，老姊，他要去跟蔚藍海岸的浪打仗啦。

・・・

三天後的晚上，我準備脫衣服上床睡覺，電話響了。

見過伊芙以後，我就一直等著這通電話——深夜裡的電話，這時間紐約還處在黑暗之中，而千哩外的鈷藍海洋上太陽正升起。要不是公園大道上的一塊冰，這通電話早在六個月前，或一輩子之前，就會來了。我感覺心跳微微加速。我從頭上把襯衫套了回來，然後接起電話。

——哈囉？

傳來的卻是疲倦而貴氣的聲音。

——是愷瑟琳嗎？

——……羅思先生？

——真抱歉這麼晚打擾你，愷瑟琳，我只是想知道有沒有可能……

電話那一頭沉默了，我可以聽見二十年的養育和數百哩遠的印第安納州正在壓抑他的情緒。

——羅思先生？

——抱歉，我應該解釋一下。看起來伊芙和這個叫錫哥的，關係已經走到盡頭。

——是啊，我幾天前見過伊芙，她告訴我了。

——啊。嗯，我……就是，我跟莎拉……收到她打的電報，說她要回來，可是我們去火車站接她，她卻不在。一開始我們以為只是在月台錯過了，可是到車站餐廳和候車室都找不到人，所以我們去站長室問她在不在旅客名單上，站長不願意告訴我們，違反規定什麼的，不過最後他還是證實了她在紐約上了火車。你看，並不是她沒上車，她只是沒下車。我們花了幾天才用電話連絡上列車長，那時他在丹佛，火車已經回頭往東開了，可是他記得她——因為那道疤。他還說火車接近芝加哥的時候，她付錢補票，補了到洛杉磯的車錢。

羅思先生沉默了一會兒，整理思緒。

——那，愷瑟琳，你看，我們都糊塗了。我想找錫哥，可是他好像出國了。

——羅思先生，我不知道該跟您說什麼。

——愷瑟琳，我不會要求你洩漏祕密，如果伊芙不想要我們知道她在哪裡，我可以接受，她已經長大了，她可以自由走她的路。只是，我們畢竟為人父母，你有一天也會懂，我們不想干涉，只是想要確定她人還好好的。

——羅思先生，如果我知道伊芙在哪裡，我會告訴您的，就算她要我發誓守密也一樣。

羅思先生發出一聲沒有收尾的嘆息，因為簡短，更教人心痛。

那是多慘的場面哪，天剛亮就起床出發去芝加哥，夫婦倆一路上都沒開收音機吧，只偶爾聊幾句——不是因為老夫老妻形同陌路那種老套的說法，而是因為，在那樣無比緊密的情緒相合中，他們沉浸在由苦轉甜的感覺裡：他們的女兒，那個什麼都要獨立自主的女兒，到紐約碰了一身傷，現在終於要回家了。他們一身禮拜日上教堂的打扮通過旋轉門，穿過不分男女老幼貧富貴賤、到站離站混雜一片的人群，想到自己正在完成使命，有些焦慮但心情大致上快活，這使命不僅僅是他們為人父母的本質，也是他們這種人的本質。那該是多麼震驚呀——在他們初初察覺女兒終究不會出現的時候。

同時間，在千哩以外另一個火車站——鮮豔明亮，建築體反映西部開朗的現代風格，而非美國十九世紀大火車站那種抑鬱工業風——伊芙將要下車。她會一拐一拐走上棕櫚成行的大街，沒有要從行李工人那裡領取的行李箱，沒有具體打算好的目的地，看起來就像來自艱困嚴酷之地的年輕小明星。

我為羅思先生湧起一股強烈的同情。

——我考慮雇私家偵探找她，他說，明顯聽得出來並不確定這一步恰當與否，她在洛杉磯有認識的人嗎？

——沒有，羅思先生，我想她在加州半個人都不認識。

不過如果羅思先生要雇偵探，我心裡想，我倒是有些建議。我會告訴他去火車站方圓十個街區內的每一家當鋪，問問有沒有一顆可以在上面溜冰的訂婚戒指，還有一只不成對的垂墜大耳環，因為伊芙琳·羅思的未來剛剛就從那裡開始。

隔天晚上，羅思先生又打電話來，這次什麼都沒問，只是打來通知我進度：那天稍早他和幾個馬汀革太太那裡的寄宿女孩談過，沒有人聽說伊芙的消息。他連絡了洛杉磯的失蹤人口調查處，但是他們一知道伊芙已經成年，而且是自己買的車票，就向羅思先生解釋她不符合失蹤人口的定義。為了安撫羅思太太，他還問了醫院和急診室。

羅思太太還好嗎？她就像服喪中的人一樣，甚至更糟。母親死了女兒，雖然會哀嘆女兒再也無法擁有的未來，卻可以從兩人緊密相依的回憶中得到安慰；可是女兒逃家，埋葬的卻是那些慈愛的回憶，而女兒的未來呢，生氣蓬勃得很，只是會像退潮的海浪一樣離你遠去。

羅思先生第三次打來，沒有多少進度可以說。他說他翻了一些伊芙的信件（信上提到的朋友也許幫得上忙），發現一封信，是伊芙說起和我初識的情形：昨晚我不小心倒了一盤麵條在其中一個女孩身上，後來發現她這人很優。我和羅思先生為此大笑了一番。

——我都忘了伊芙剛搬進去的時候是住單人房，他說，你們倆什麼時候變成室友的？

我看到我給自己招來什麼麻煩了。

羅思先生也在服喪，但是為了太太，他必須堅強，所以他要找一個可以跟自己一起懷念過去的人，這個人要和伊芙熟稔，但是又在安全距離之外。我正好完全符合條件。

我不想要表現得很無情，而且這樣小聊一下也不是多麻煩的事，可是後面還有多少小聊一下會接著來？就我所知，他是個復原很慢的人，更慘的是，他是個寧願品嘗悲傷滋味也不讓悲傷過去的人，到時候我要怎麼抽身？我並不打算拒接電話，難道要開始說話稍微不客氣，到他聽懂了為止？

隔幾天晚上電話響起，我裝出一手拿著鑰匙圈、一手已經在大衣袖子裡的聲音。

——喂？

——愷蒂？

……

——錫哥？

——有一瞬間我還以為打錯電話了，他說。聽到你的聲音真好。

……

——我見過伊芙了，我說。

……

——我想也是。

他隨便笑了一下。

——一九三八年我真是搞得一塌糊塗呀。

——你和全世界都是。

——才不，我這次可是大有貢獻，打從一月第一週開始，每個決定我都做錯了，我想伊芙對我忍無可忍已經好幾個月了。

他像是講一個悔恨的寓言故事一樣，跟我說他在法國時養成早睡的習慣，天亮就起來游泳，黎明真是美，他說，跟落日的美大不相同，所以他邀伊芙一起欣賞，她的反應卻是開始戴眼罩睡覺，而且每天都睡到午餐時間才起來。到了最後一晚，錫哥爬上床睡覺時，她卻自己去了賭場玩輪盤，玩到早上五點——她從車道上走過來，兩手拎著鞋子，正好跟他一起去海邊。

錫哥把這件事說得像是他們兩人的尷尬，但我不這麼想。不論錫哥和伊芙的關係受到什麼限制，不論是多麼將就湊合或不完美或貧乏的關係，他倆都沒有理由為這個小故事感到卑微。在我看來，錫哥獨自起早欣賞他想與人分享的日出，而伊芙從城裡另一頭夜遊回來、在最後一分鐘現身，這兩件事正好說明了兩人最大的優點。

我想像過各種各樣和錫哥講電話的內容，每一通他聽起來都不一樣。有的聽起來頹喪，有的困惑，有的是痛悔，可是每一通聽起來都很激動不安，好像全速傳輸過來的，是他自己設計的替身。可是現在我和他講上電話了，他聽起來卻一點也不激動，雖然明顯刻意壓抑，聲音卻平靜自在，有一種說不出來的、甚至讓人嫉妒的感覺。我過了好一會兒才發現，那是鬆了一口氣的聲音。他聽起來好像逃出異鄉旅館大火後坐在路邊的人，差點就什麼都沒丟只丟了性命。

不過頹喪也好，困惑也好，自在或鬆了一口氣也好，不論他的聲音聽起來怎麼樣，都不是來自海的另一頭。他的聲音聽起來就和廣播一樣清晰。

——錫哥，你在哪裡？

他自己一個人在阿第倫達克山裡渥卡特家的營地。一整個星期他都在森林裡漫步，在湖上划船，思考過去這六個月的事，但是現在他擔心再不跟人講講話，可能會有點發瘋，所以他想問我有沒有興趣明天北上一趟，或是星期五下班以後搭火車去度週末。他說房子很棒，而且湖很漂亮，而且

——錫哥，我說，你不必找理由說服我。

掛上電話以後，我站在窗邊往外看了一會兒，心裡想著這樣跟他說到底應不應該。我這公寓後面陰沉的天井裡，有一行行一列列窗戶，把我和一百種無聲的人生隔開，那些人生過得沒有謎團或威脅或魔法，事實上，我想我認識錫哥．古瑞並不比認識他們任何一個多多少，可是不知道為什麼，我卻感覺自己已經認識他一輩子。

我穿過房間。

從一疊英國人寫的書當中，我抽出《遠大前程》。那裡面，塞在第二十章的書頁間的，是錫哥寫來的信，說著海那頭那座小教堂，說著船員的寡婦、帶著漿果的摔角手、笑得像海鷗的一群女孩，還有隱而不顯的，對平凡的頌揚。我試著撫平薄棉紙上的縐褶，然後坐下來讀它不知第幾次。

18 此時此地

渥卡特家的「營地」是一幢藝術與工藝風格的二層樓大宅，半夜一點矗立在陰影中，像是一頭到水邊解渴的優雅野獸。

我們走上門廊平緩的木階梯，來到寬敞的起居室，裡面有座一人高的石砌壁爐，地板是帶節瘤的松木，上面鋪了納瓦荷族的編織地毯，用上了你想像得到的每一種紅色。結實的木椅或兩兩成對或四張成組擺放，如此在度假的季節，渥卡特家的老中青少便可各自玩牌，或看書，或拼圖，既有自己的空間，又是和家人在一起，一切都籠罩在雲母燈罩發出的溫暖黃光下。我記得華勒斯說過，雖然他每年只在阿第倫達克山待幾個星期，這裡卻永遠感覺像家——原因不難理解，你都可以想像十二月的時候聖誕樹會放在哪兒了。

錫哥開始熱情介紹此地的歷史。他提到這個地區的印第安人，還有建築師接受的美學教育，但這天我六點就起床，在《高譚》上面投注了十個小時，所以現在聞著空氣中的煙味、聽著遠方隆隆的雷聲，我的眼皮掀起落下，像是船頭在碇泊處浮沉。

——對不起，他微笑著說，我只是太高興見到你了，我們明早再聊吧。

他拿了我的袋子，帶我爬樓梯到二樓。走廊上一扇又一扇房門，這屋子一定可以睡上二十個人，甚至更多。

——你就睡這間吧，他說著踏進一個有兩張單人床的小房間。

他把我的袋子放在洗臉瓷盆旁邊的寫字台上。雖然牆上的老煤氣燈通了電，也亮著，他還是把床邊桌上的煤油燈點了起來。

——水罐裡有清水，我就在走廊另一頭，需要什麼就叫我。

他握了握我的雙手，又留下一句**好高興你來了**，便退到走廊上。

我把行李取出來整理，同時可以聽見他下樓回到起居室，檢查前門有沒有關好，又撥一撥火爐裡的餘燼，然後關上一盞盞燈。接著，從房子的那一頭傳來轉動開關的聲音，沉重迴蕩；早前我以為是打雷的遠方隆隆聲便停了，屋裡的燈也都熄了。錫哥的腳步聲又再一跳一跳上了樓梯，前往走廊另一頭。

我在十九世紀的燈光前脫下衣服，牆上我的影子從摺疊上衣的動作一直變化到梳頭髮。我把書放在床邊桌上，並不打算讀，然後爬進被單裡。這床一定是在美國人比較矮小的時候打造的，因為我的腳直接抵到了床尾板，意外地冷，所以我攤開鋪在床尾裝飾的拼布被，然後終究打開了我的書。

那晚稍早，我走進賓州車站時發現沒有東西可以讀，便對報攤架上的平裝書研究了一番（言情小說，西部傳奇，冒險故事），最後選了一本阿嘉莎．克莉絲蒂。當時的我還沒讀過多少推理小說，你說我端架子也罷。不過上了火車，再也受不了眺望窗外的時候，我勉強進入克莉絲蒂小姐的世界，卻為箇中趣味大感驚喜。這本小說的犯罪事件設定在英國莊園裡，女主角是會獵狐的財產繼承人，故事才進行到四十五頁，就已經兩次與災難擦肩而過。

我翻到第八章。幾個略有嫌疑的人在接待室裡喝茶，講起一個當地的年輕人，去打波耳戰爭以後就沒再回來了。鋼琴上有祕密仰慕者送的萱草花，插在瓶子裡。整個場景的時空都如此遙遠，害我得重看第七段的開頭，然後看第三次。第四次以後，我調暗了燈芯，房間便黑了下來。

厚重的拼布被壓在我的胸口，我可以感覺到每一下心跳，彷彿它在打拍子，測量著時日，像一具有著精細累進刻度、設定在「不耐」與「平靜」之間的節拍器。有那麼一會兒，我躺著聆聽屋子的聲音，外面風的聲音，還有肯定是貓頭鷹鳴叫的聲音。然後我終於睡著了，還注意聽著那不會來的腳步聲，是否響起。

•••

——起床嘍。

錫哥站在門口。

——幾點了？我問。

——八點。

——屋子著火了嗎？

——在營地生活，八點起床算晚的嘍。

他扔一條浴巾給我。

——我在煮早餐，你準備好就下樓吧。

我起來，用水潑潑臉。看出窗外，看得出來今天會是冷冽、晴朗、急轉入秋那種天氣，所以我穿上我最高級的獵狐財產繼承人裝，拿起一書在手，滿心以為這個早晨會在火爐邊度過。

走廊的牆從地板到天花板滿滿掛著家族照片，就像華勒斯的公寓那樣。雖然花了幾分鐘，我還是找到了華勒斯少年時期的照片。第一張是隨意抓拍，拍得不好，他六歲的時候，穿著一身法國水手服。第二張是華勒斯十歲或十一歲，和他祖父在樺木皮小舟上，展示那一天的漁獲。他們的表情讓你覺得，他們手上抓著魚腮，彷彿抓著全世界。

我被其他照片吸引，一直看下去，經過樓梯井，到了西側的走廊。最後一間就是錫哥住的房間，他睡在上下鋪的下鋪！他的床邊桌上也擺著一本書。偵探白羅在我耳邊低語，我大起膽子悄悄走進去，把書拿起來。是《湖濱散記》，一張黑桃五標示著讀書人的進度——不過從底線墨水的顏色看得出來，至少是第二次讀了。

簡單，簡單，簡單！我說啊，讓自己只有兩三件事務，不要一百件、一千件；不要百萬、百萬地計算，用半打來算就好；帳記在大拇指指甲上便可。在這文明生活的洶湧大海中，有雲哪、暴風哪、河口流沙哪，還有一千零一件物事要考慮；人要活下去，除非自願沉入海底、永遠不抵達目標港口，否則都得要時時算計推測，而且成功者必定是厲害的計算家……

亨利．大衛．梭羅的鬼魂對我皺眉；是該皺眉。我把書放回去，躡足走向樓梯，往樓下去。

我在廚房找到錫哥，他正在用黑色的大平底鍋煎火腿和蛋，白色琺瑯桌面的廚房小桌上已經擺好兩份餐具。屋子的某個地方一定還有一張十二人大橡木桌，因為這張小桌頂多只塞得下一個廚子、一個家庭教師和三個渥卡特孫兒。

錫哥的裝束跟我很像，都是卡其褲配白襯衫，真是尷尬——不過他穿著厚重的皮靴。送上餐盤以後，他倒了咖啡，在我對面坐下。他看起來很好，地中海寵出來的褐膚色已經退了，變成比較不優雅的色調，頭髮也因為夏季的溼度捲了起來。一個星期沒刮的鬍子反而增添魅力，是宿醉者以上、大鬍子拓荒者未滿的程度。他的舉止和電話上一樣從容。我吃著早餐，他對我露齒而笑。

——怎麼？我終於說。

——我只是在想像你紅頭髮的樣子。

——抱歉，我大笑著說，我的紅髮年代已經一去不返。

——是我的損失。看起來是什麼樣子呢？

——我想紅頭髮會把我內在的瑪塔·哈里引出來。

——我們得把她引誘回來才行。

吃完早餐、清了桌面洗了碗盤，錫哥雙手一拍。

——你說我們去健行如何？

——我不是健行派。

——喔，我覺得你就是，你只是還不知道而已。而且從矮松峰看湖景非常壯麗哦。

——我希望這個週末你不會一直這樣過度歡樂、讓人受不了。

錫哥大笑。

——是有這個風險。

——而且，我說，我沒帶靴子來。

——啊，是這個問題呀？

他帶我從起居室另一頭走進一條走廊，經過撞球室，然後用花俏的姿勢打開一扇門。門裡東西堆得亂七八糟，有掛在釘子上的雨衣，架子上的帽子，各種造型尺寸的靴子沿著踢腳板排成一排。看錫哥的表情，你會以為他是阿里巴巴在展示四十大盜的財寶。

‧‧‧

屋子後面有條小徑，穿過小松樹林，通往更深邃的橡木林或榆木林或其他種高大的美國材木林。第一個小時是緩上坡，我們步伐輕鬆，肩並肩穿過樹蔭，就像青梅竹馬那樣聊著天，每一次問候都是上一次的延伸，彷彿時光不曾流逝。

我們聊到華勒斯，互相附和對他的喜愛。我們也聊到伊芙，我說她如何逃家去了加州，他發出一個善意的笑聲，說這消息一直到聽說之後就不覺得驚訝了。他說好萊塢對即將到來的一切還一無所知，還說一年內伊芙就會變成電影明星，或片場老闆。

聽他談到伊芙的未來，你完全不會想起剛剛發生在他們之間的事，你會假設他們是老朋友，擁有一份真摯未受損的深厚友誼。或許正好言中吧，又或許在錫哥心裡，他們的關係已經回到一月三日。或許在他心裡，過去半年已經從一連串的事件中剪除，就像剪掉寫得不好的電影片段一樣。

可是山坡開始變陡，然後又更陡、更陡，甚至成了樓梯的斜度。我們一前一後安靜爬著，過了一個小時，或者四個。我的靴子變得小一號，左腳跟感覺像是踩在熱煎鍋裡。我跌倒兩次，獵狐卡其褲上留下擦痕，而且老早就汗溼了我的繼承人襯衫。我發現自己開始懷疑有沒有足夠的自制力，能用若無其事、漠不關心、未假思索的口吻問出：還有多遠？可是後來樹林開始稀疏，坡度開始和緩，突然間我們就站在滿是岩石的峰頂，開闊的天空下，眺望無人的地平線。

遠在我們腳下，寬一哩長五哩的湖好似一條黑色巨蛇，匍匐在紐約州的荒野。

——那裡，他說，看得到嗎？

我看得到，我看得到為什麼錫哥在人生亂了套的時候，會選擇來到這裡。

——就像納蒂．邦波看到的那樣，我說著在一塊堅石上坐下來。

錫哥笑了，因為我記得他想要扮什麼人一天。

——距離是不遠。他承認，同時從他的背包裡拿出三明治和水壺。

然後他在離我數呎處坐下——紳士的距離。

我們一邊吃，他一邊憶述往昔和家人七月在緬因州度假，他和哥哥會一次花上數天時間去爬阿帕拉契小徑——帶上帳篷和指南針和摺疊刀，那是母親送的聖誕禮物，他們足足等了六個月才用上。

我們還沒說到聖喬治中學，也沒說到錫哥少年時代的際遇。我當然不打算提起，但是在他說著兄弟兩人的緬因州健行時，他用他的方式表明了，那是家道中落之前的幸福時光。

吃完午餐，我枕著錫哥的背包躺著，錫哥則是一直折斷樹枝，往二十呎外的一片青苔投擲，就像小學童每次回家路上非拚出一個世界冠軍不可。他的袖子捲起來，前臂上有夏陽曬出的斑點。

——所以，你算是菲尼莫爾．庫柏（James Fenimore Cooper）的書迷嗎？我問。

——哦，《最後的莫希干人》和《殺鹿人》我一定讀了三次有吧。不過呢，其實我喜歡所有的冒險故事，《金銀島》……《海底兩萬里》……《野性的呼喚》……

——《魯賓遜漂流記》。

他微笑。

——你知道嗎，你說你在荒島上想要《湖濱散記》相伴，之後我真的找了那本書來看。

——覺得如何？我問。

——嗯，一開始我不確定有沒有辦法讀完，四百頁都是一個男人孤身在小屋裡思索人類歷史，嘗試把生活層層剝開，只剩基本要素……

——看到最後呢？

錫哥停下折樹枝的動作，望向遠方。

——最後，我認為那是最棒的冒險。

三點左右，遠方出現一條藍灰色雲帶，氣溫開始下降，所以錫哥從背包拿出一件愛爾蘭厚織毛衣給我，我們回頭沿著小徑下山，希望能超前天氣幾步。我們剛到小樹林的時候正好零零落落下起小雨，三步併作兩步跳上屋前台階的時候，已經打起第一聲響雷。

錫哥在大壁爐生了火，我們在爐邊的納瓦荷地毯上坐下來。他用火爐煮豬肉和豆子和咖啡，熱度慢慢在他的兩頰添上星狀紅暈。我把他的毛衣從頭上脫下來，潮溼的羊毛散發出溫暖的土壤味，使我回想起另一個時刻。我過了一會兒才想起來，那是我們溜進國會戲院那個下雪夜，當時我突然發覺錫哥的毛皮外套擁著我。

我喝第二杯咖啡時，錫哥用棒子撥火，把火花移開。

——告訴我一件沒人知道的、關於**你**的事，我說。

他大笑，好像我在開玩笑似的，接著似乎思考了起來。

——好吧，他稍微轉向我說，你記得我們在三一教堂對面的小店巧遇那天？

——記得……

——我跟蹤你去的。

我揍他的肩膀，福蘭就會這樣揍。

——不會吧！

——我知道，他說，很恐怖，可是是真的！伊芙提過你們事務所的名字，所以快到正午的時候，我從你的大樓走到對面，躲在報攤後，看能不能碰到你出去吃午餐。我等了四十分鐘，冷得要命。

我大笑起來，想起那時他紅紅的耳尖。

——你怎麼會想要跟蹤我？

——我忍不住一直想著你。

——啐，我說。

——不是，我說真的。

他看著我，帶著溫柔的笑容。

——從一開始，我就在你身上看見一股沉著的感覺，好像人家在書裡寫的那種幾乎無人擁有的內在寧靜。我心裡納悶：**她怎麼辦到的？**然後我猜想，只有毫無悔恨才能生出那種狀態——只有過去做種種決定時……都是以如此的姿態和意志才能辦到。它讓我在我的常軌上稍稍停下了腳步，而且我等不及想再看見一次。

待我們關了所有的燈、撥散餘燼，上得樓來，兩人都已經是隨時可以進入一夜好眠的樣子。樓梯上，我們的影子隨著手上的油燈前後搖晃；到了樓梯頂，我們兩個撞在一起，他道了歉，我們尷尬地站在那裡一秒鐘。然後他給我一個朋友的親吻，便往西去，而我往東。我們關上房門，脫下衣服；我們爬上小床，漫無目的地看了幾頁書，然後關燈。

黑暗中，我拉起拼布被，突然感覺到風的存在。風從矮松峰翻騰而下，撼動樹木和窗玻璃，彷彿也在為了下定決心而浮躁不安。

《湖濱散記》裡有一個經常為人引用的段落，梭羅勸我們找到自己的北極星，以後就一心跟隨，絕不動搖，像水手或逃亡的奴隸那樣。這觀點讓人熱血沸騰，顯然值得我們發願追求，可是我向來以為，即使你能鞭策自己走在正確的軌道上，真正的問題卻是，如何知道你的星落在天上何方。

然而《湖濱散記》裡也有一個段落，教我一直記著。梭羅在那個段落說，人總誤以為真理很遙遠，在最遠的星後面，在亞當之前、審判日之後；而事實上，**所有的時間地點場合都是此時此地**。說起來，如此讚頌此時此地的概念，似乎跟勸人跟隨自己的星互相矛盾，可是這段話同樣教人信服，而且啊，相較之下，容易實行多了。

我把錫哥的毛衣又套回身上，踮著腳尖沿著走廊走，在他房間外面停下來。

我聽著屋子嘎吱作響，聽著屋頂上的雨，聽著門那頭的呼吸聲。我仔細一聲不響地把一隻手放在門把上。再過六十秒，就會是時間開始與時間結束的中間點，在那一剎那將會有機會目睹，加入，臣服於此時此地。

整整六十秒後。

五十。四十。三十。

就位

預備

開始

⋮

星期天下午，錫哥載我去火車站，那時我還不知道什麼時候會再見面。早餐時他說要在渥卡特家多待一些時間，把事情想清楚。他沒說要多久，我也沒問。我可不是小女生。

我上了車，往前走了幾節車廂，然後坐在靠樹林那一側的座位上，免得我們還得揮手。列車一開動，我就點了菸，然後在袋子裡翻找阿嘉莎·克莉絲蒂。從第八章第七段以後我就沒看多少，現在期待著加緊進度。可是從袋子裡拿出書本的時候，我看見有個東西從書頁間突出來，是一張撕成一半的撲克牌——紅心A。撲克牌正面寫著：瑪塔，二十六號星期一晚上九點，在鸛鳥俱樂部見面。自己一個人來。

記住內容之後，我在菸灰缸上方捏著那張留言，點火燒了。

19 往肯特路上

九月二十六日星期一，我打電話請病假。

前一週忙得一刻不得閒。二十號那天，四篇特別報導的初稿送上來，要選一篇作封面故事，可是梅森．泰特每一篇都厭惡。他把稿紙扔向牛棚上空，就好像從前俄國人把擅闖者支解，塞進克里姆林宮的大炮裡，往那人故鄉的方向發射回去。為了進一步表達不滿，接下來三個晚上他把全體員工留下來，一直留到十點以後；我和愛麗還多上了半個安息日的班。

那麼，打電話請病假以後，明智的年輕女性應該會立刻爬回床上。可是天空如此晴朗，空氣如此清新，而這一個九月天又是日長可期，所以我打算要浪費每一分鐘。

沐浴更衣後，我到格村一家餐館，喝了三杯加上熱鮮奶和巧克力屑的義大利咖啡。我把一塊糕餅大卸四塊，然後把報紙逐頁讀完，把填字遊戲逐格填完。

填字遊戲真是一種了不起的消遣。四個字母，頭尾都是A，意思是**獨唱**。四個字母，頭尾都是E，意思是**劍**。四個字母，頭尾都是O，意思是**雜文集**。ARIA，EPEE，OLIO，不論這些單字在通用英語裡是如何退化無用，看著他們如此巧妙符合字謎的設計，你難免心有所感。考古學家拼好一副骨骸後，想必也是這種心情——股骨的末端跟髖骨的凹口如此精準相合，一定就是要證明宇宙有其秩序，就算秩序不是出於神聖的目的。

最後一道字謎要填的是ECLAT——五個字母，意思是**輝煌的成就或炫耀**。我把這當成好兆頭，出了餐館，拐過街角，走向伊莎貝拉美髮沙龍。

——您想要什麼樣的髮型？新來的女孩露兒拉問我。

——電影明星那樣。

——透納還是嘉寶？

——讓你挑，只要是紅頭髮都行。

歷史上，每一次我落入美髮師的手裡，我就會努力妨礙交談，無所不用其極，愁眉苦臉也好，睡覺、茫然盯著鏡子也好，有一次甚至假裝不懂英語。我就不是個長舌婦嘛。可是今天，露兒拉聊起倒背如流卻不乏謬誤的好萊塢緋聞時，我發現自己竟然糾正起她來。卡蘿・朗白沒有跟威廉・鮑威爾復合，她還跟克拉克・蓋博在一起；瑪琳・黛德麗沒有說葛蘿莉亞・史璜森過氣，是反過來才對。我竟然知道這麼多，把我們兩個都嚇了一跳，一定像是追了好幾年影劇新聞的樣子，但那些不過是我在上班日無意間知道的軼聞罷了。校對的時候，這些好萊塢輸送帶上的螺帽螺釘可沒撩起我多大興趣。不過露兒拉的好奇心是全給撩起來了，她甚至叫了另外兩個女孩過來，聽我講凱薩琳・赫本和霍華德・休斯的情事，因為不從可靠消息人士口中親耳聽到，她們是絕對不會相信的。這輩子我還是第一次被人說是可靠消息人士，感覺還不賴。我開始想或許我到底是個長舌婦。健行派兼長舌婦！真是個發現自我的季節。

烘髮罩拉到我頭上以後，我從包包裡拿出阿嘉莎・克莉絲蒂，慢條斯理地往結局看下去。

白羅難得起了早。他去了莊園三樓，走進舊育兒室。戴著手套的手指滑過窗櫺後，他打開最西側的窗，從外套裡取出一個銅製的紙鎮（第十四章從圖書室拿的），然後往旁邊的石板屋頂上拋，讓它飛越相鄰的老虎窗。紙鎮就像中國樂透的彩球一樣，從老虎窗的另一側彈出去，滾落一層樓，撞上主臥室的老虎窗，然後又飛越客廳，掉進溫室的屋簷，消失在花園裡。

為什麼白羅要做這樣的實驗，你也只能猜想。

除非……

除非他懷疑某個人射殺繼承人的未婚夫以後，跑上樓到了育兒室，把槍從窗戶扔到相鄰的老虎窗上，讓它飛過西廂，掉進花園，好讓大家以為槍手在逃跑途中把槍丟在那裡。如此一來，殺手就可以從屋子另一側下樓，一本正經地詢問起了什麼騷動。

不過要這樣做的話，大概得先實驗屋頂的角度才行，就像小孩玩球一樣。而且唯一一個在槍擊發生後下樓的人是……我們的女主角兼繼承人？

哦喔。

——我們看一眼頭髮怎麼樣了啊，露兒拉說。

從伊莎貝拉沙龍出來，我想起畢琪許諾要當忠實可靠的朋友，便決定打電話給她。

——可以一起吃午飯嗎？

——你從哪裡打來的？她本能地低聲說話。

——格村裡的電話亭。

——你蹺班嗎？

——算是吧。

——那我當然可以。

她大感興趣，提議在中國城的「中國風」餐廳碰面。

——我二十分鐘可以到，她在上東城發出豪語。

我猜她要三十分鐘，而我十分鐘。為了讓她有公平起跑的機會，我踏進位在沙龍隔壁幾間的二手書店。

這家店名為卡呂普索[47]，名字取得倒好。店面採光極差，走道狹窄，書架歪斜，拖著腳走路的店主像是被困在麥克杜格爾街荒島上五十年了。他勉勉強強回應我的問候，然後對著書比了個厭煩的手勢，彷彿在說：**讀吧，如果你非讀不可**。

我隨意選了一條走道，深入他視線不及之處。架上擺著矯情做作的書本，書脊斷裂，封面破爛——常見的那些二手、波西米亞貨色。這條走道有傳記、信件集、各種歷史類的非小說。一開始我以為這些書是不由分說地任意上架，因為不論作者或書名看起來都沒有按照字母排序，但是後來我看懂了，這些書是按照年代上架。（這還用說嗎。）我左手邊是羅馬元老院議員和古代聖人，右手邊是南北戰爭將軍和近代這幾個拿破崙。我直視前方，發現自己就站在啟蒙時代中間。伏爾泰、盧梭、洛克、休謨，我歪著頭讀他們理性的書脊，論這個，談那個，探索與探究。

你相信命運嗎？我從來不相信。上帝知道伏爾泰、盧梭、洛克、休謨不相信。但是就在下一個書架我的視線水平之處，十八世紀中期來到晚期之後，有一本紅皮小書，書脊上有一個金色的星星凸印。我把它抽出來，想著或許這會是我的北極星——哎呀呀，你看，結果竟是《國父雜文集》。翻過書名頁，就在目次之後，正是他少年時期的座右銘，一百一十條，一條不少。我花十五分錢向老店主買下來；而且看起來我有多高興得手這本書，他就有多捨不得放手。

• • •

「中國風」是中國城裡的餐廳，最近很熱門。內裝採用荒誕不實、很快就要變得老套的東方元素：大瓷瓶啦，銅佛像啦，紅燈籠啦，還有東方服務生（美國十九世紀移民階級之中僅存的奴性民族）僵硬而沉默的恭順。用餐區的後側有兩扇前後搖擺的大鋅門，顧客可以直接望進廚房，裡頭極其

47 Calypso，荷馬史詩《奧德賽》中把奧德修斯困在島上七年的海中女神。

忙亂，不像伙房，反而比較像村莊菜市場，還備齊了地板上一麻袋一麻袋的白米，以及抓著活雞脖子揮舞大菜刀的廚師。紐約的富人愛上了這個地方。

餐廳前頭跟用餐區之間有一扇棗紅色蟠龍大屏風稍作區隔。我面前一個說話帶著產油州特有鼻音的寬肩男人，正想盡辦法和經理溝通。那經理一身小禮服，整齊得體無懈可擊，是個老中。雖然這兩個男人的口音都可以超越一般距離，讓受過教育的中性紐約耳朵聽得懂，但是他們正逐漸發現，彼此實在難以跨越兩人故土之間的距離。

經理客氣地解釋，這位先生和同伴沒有事先預約，實在沒辦法幫忙安排桌子；而德州先生努力解釋，什麼樣的桌子他都可以接受。經理提議或許這星期改天可以有桌子給他，德州先生回答離廚房再近都沒關係。中國人盯著德州先生看，持續了典型的一段神祕的時間，所以德州先生往前站了一步，典型地塞了一張十元鈔票在經理手裡。

——孔乎子說：你幫我撓背，我幫你撓背。德州先生說。

經理似乎懂了這句話的要義，如果他有眉毛的話應該會抬起一邊眉毛；但他沒有，他帶著某種「我們一千年前發明了紙」的頑強表情認命了，僵硬地朝用餐區揮一揮手，帶德州先生進去就座。

這邊廂我等著經理回來，那邊廂畢琪已經在寄放大衣。這麼快就到了，她一定是走路來的。我們互相問候，然後轉向用餐區。

就在這個時候我看見安妮．戈藍登。她獨自一人坐一個雅座，桌上四散著空盤。她看起來就是她那副自在的模樣，頭髮短短的，打扮很時髦，耳垂上戴著她那對祖母綠。她沒注意到我，因為她的視線停駐在通往洗手間的走廊。接著錫哥從那裡出現。

他的模樣好英俊，又穿回他的訂製套裝了——這次是茶色的窄領外套，配上硬挺的白襯衫和矢車菊藍的領帶，已經把敞開衣領的日子拋在腦後了（謝天謝地）。他刮了鬍子，理了頭髮，恢復高雅但低調的曼哈頓成功人士模樣。

我退回屏風後面。

我和錫哥的祕密約會是九點在鸛鳥俱樂部。我計畫八點半到達，藏在一對彩色玻璃杯和紅色新髮型後面，現在可不想破壞了樂趣。畢琪還站在用餐區前面，要是錫哥看見她，我的偽裝可能會告吹。

——喂，我說。

——幹嘛？她低聲說。

我指指雅座。

——錫哥跟他的教母在這裡，我不想讓他們看見。

畢琪看起來很困惑，所以我抓住她的手臂，把她拉到屏風後面。

——你是說安妮．戈藍登嗎？她問。

——對！

——她不是他的銀行客戶嗎？

我看了畢琪一會兒，然後把她往屏風後面再推過去些，自己則探身出去。這時服務生正好拉開桌子，讓錫哥入座，錫哥慢慢坐進安妮旁邊，就在服務生把桌子推回去之前，我看見安妮的手偷偷在錫哥的大腿上摸上摸下。

錫哥對站在附近的經理點了頭，示意要結帳。等到經理把紅漆小托盤放在桌上，卻是安妮伸手取過，而錫哥沒有一點驚訝的樣子。

安妮瀏覽帳單，錫哥則把飲料喝到一滴不剩。然後她拿了包包，取出鈔票夾，裡面有一疊我看了眼熟的新鈔。鈔票夾是純銀製的高跟鞋形狀，毫無疑問，這位銀匠還製作了造型滑稽的馬丁尼搖杯、菸盒等等精緻的家飾配件。就像德州先生說的：你幫我撓背，我幫你撓背。

安妮把帳單付清了，抬起眼看見我站在餐廳前頭。總是大無畏的她向我揮了揮手，並沒有躲到東方屏風或棕櫚盆栽後面。

錫哥跟著安妮的目光望向餐廳前端，一看見我，他的迷人魅力便從內往外崩塌了，他的臉色變得蒼白，肌肉鬆垂。大自然用這種方法，讓你看清楚一些某個人的真面目。

人受到屈辱，唯一的慰藉就是還有理智立刻離開現場。我一個字都沒對畢琪說，就穿過前廳，走出棗紅大門，走進秋天的空氣下。對街有一朵雲停在儲貸機構的屋頂上空，好像繫留的飛船，在它解纜飄走之前，錫哥已經來到我旁邊。

——愷蒂……

——你這變態。

他伸手抓我的手肘。我猛力抽手，皮包掉到地上，東西散落一地。他又叫了我的名字。我蹲下去快快收拾。他跪下來幫忙。

——住手！

我們都站起來。

——愷蒂……

——我一直等的就是這個？我說。

也可能是喊。

有個東西從我的下顎掉到手背上。居然是淚珠。所以我甩了他一巴掌。

這有用，讓我恢復了鎮定，讓他失去鎮定。

——愷蒂。他又一次懇求，但表現不出多少想像力。

——把手拿開，我說。

畢琪趕上我的時候，我已經走了半個街區，她居然氣喘連連，真不像她。

——那是怎麼一回事？

——對不起，我說，我有點頭暈。

——錫哥才頭暈吧。

——哦，你看見了？

——沒有，但我看見他臉上的巴掌印，大概是你手的尺寸。發生什麼事？

——很蠢的事。沒什麼，只是個誤會。

——南北戰爭才是個誤會。剛剛那個是情人吵架。

畢琪的連身裙是無袖的，她的手臂上明顯起了雞皮疙瘩。

——你的外套呢？我問。

——你一下子就跑走了，只好留在餐廳啦。

——我們可以回去。

——才不要。

——我們應該回去拿。

——不要再煩惱外套的事了，它自己會來找我，不然我一開始何必把皮夾留在口袋裡。好了，究竟怎麼回事？

——說來話長。

——有〈利未記〉那麼長？還是〈申命記〉那麼長？

——舊約那麼長。

——不要再說了。

她轉向馬路，舉起一隻手。一輛計程車隨即出現，彷彿她可以控制計程車這一行。

——司機，她下命令，走到麥迪遜大道，然後沿路往北開。

畢琪往後靠著椅背，沒說話。我看得出來我應該照做，有點像是華生閉上嘴，讓福爾摩斯可以好好推理。在五十二街她要司機靠邊停。

——一條肌肉都別動，她告訴我。

她跳出車外，跑進大通銀行，十分鐘後出來，肩膀上多了一件毛線衣，手上多了一個信封，信封裡裝滿鈔票。

——哪來的毛衣？

——大通銀行什麼都會替我做。

她向前傾身。

——司機，帶我們去麗池。

麗池的餐廳部幾乎空無一人，好像一間愚蠢的凡爾賽宮廳室。於是我們回頭穿過大廳到酒吧去，這裡暗一些，小一些，路易十四風格少一些。畢琪點點頭。

——這才像話。

畢琪給我們找了後側遠離其他人的卡座，點了漢堡，薯條，波本酒，然後一臉期待地看著我。

——我好像不應該跟你說的，我說。

——愷愷，那是我最喜歡的一句話。

所以我告訴她了。

我告訴她我和伊碧除夕夜如何在新潮俱樂部認識了錫哥，我們三個如何結黨到處玩樂——去國會戲院，去柯諾夫俱樂部。我告訴她安妮．戈藍登的事，還有她在二十一聯誼社介紹自己是錫哥的教母。我告訴她那場車禍，伊芙復原的狀況，還有那晚的「廚房休息了」煎蛋包，還有電梯門口命運多舛的吻。我告訴她開往歐洲的輪船，和來自英格蘭布立克珊小鎮的信。我告訴她我如何靠著一張嘴找到新工作，如何讓自己一點一點融入迪奇．范德淮、華勒斯．渥卡特和畢琪．休頓（娘家姓范秀斯）的華麗人生。

並且，最後的最後，我告訴她伊芙失蹤之後我接到的深夜電話，還有我一手拿著小行李袋，像小女生一樣蹦蹦跳跳到了賓州車站，搭上開往蒙特婁的火車，奔赴鳴叫的貓頭鷹和火爐和一罐豬肉煮豆子。

畢琪乾了她的酒杯。

——真是大峽谷般的故事，她說，深達一哩，寬達二哩。恰到好處的比喻。百萬年的社會行為侵蝕出深淵，現在你得騎驢才到得了底部。

我想我當時認為畢琪會展現一下好姊妹的憐憫吧，或者不是憐憫，也該是憤怒。但是她兩種表示都沒有，她好像經驗豐富的講師，很滿意已經教了今天該教的內容。她招來侍者，付了帳單。

到了外面，我們要分手時，我忍不住問：

——所以……？

——所以什麼？

——所以你覺得我該怎麼做？

她看起來有點驚訝。

——做？欸，就繼續努力呀！

．．．

回到住處已經過了五點。我可以聽見隔壁姓季默的那家人，說話愈來愈尖酸。他們吃著早早開席的晚餐，同時一點一點地刻薄彼此，像是米開朗基羅，每一次敲槌都仔細謹慎，全神貫注。

我在冰箱前面把鞋子踢了，倒一杯琴酒，然後一屁股坐到椅子上。重整過程、對畢琪述說一遍，有助於重新掌握對事情的看法，比打錫哥那一下還有用。我因此處於很科學的情緒，一種病態迷戀的情緒——病理學家看著自己表皮上病毒引起的破裂，一定就是這種感覺。

有一種古老的室內遊戲叫做「往肯特路上」，玩法是描述徒步前往肯特沿途看到的所有事物：各種行業的商人，貨車和客車，石南花和帚石南花，三聲夜鷹，風車，還有修道院長掉在水溝裡的一鎊金幣。旅人說完，要把旅程再描述一次，這次去掉幾項，加上幾項，再打亂幾個順序；其他玩家的目標就是盡量找出變動的地方。我坐在公寓裡，發現自己正玩著這個遊戲的變化版，這個版本走的，是我和錫哥從除夕夜走到現在的路。

這遊戲要贏，比較需要的是想像力，不是記憶力。最厲害的玩家會讓自己穿上旅人的鞋，隨著旅程開展，用她的想像之眼準確看見旅人眼前的事物，這樣一來，再走一次相同路線的時候，有差異之處就會吸引玩家的注意。所以我再走了一次一九三八年，從新潮俱樂部出發，經過一連串曼哈頓日復一日的風華煙雲。我讓自己沉浸在地景之中，再次審視那些小細節，那些隨口說出的話語，那些邊緣地帶的小動作——全都透過錫哥安妮韻事的新鏡片看出去。而我發現了許多有趣的變動……

我記得錫哥打電話要我去貝瑞斯福那晚——記得過了午夜他從辦公室回來，頭髮梳得齊整，臉頰刮了兩次鬍子，溫莎結打得俐落。當然啦，他根本沒有去辦公室。他才倒了溫溫的馬丁尼給我，滿是歉意地退出大門外，馬上就搭了計程車去廣場飯店。他在那裡，盡了這種或那種形式的努力之後，用安妮便利的小浴室梳洗過。

第七街的愛爾蘭酒吧那一晚——我遇見亨克，他提到**愛操縱人的賤屄**，他說的不是伊芙。他說不定根本不認識伊芙。他說的是安妮，那隻讓錫哥的一切成真的幕後黑手。

你最好也相信我記得，錫哥在阿第倫達克山上是多麼細膩的伴侶——記得他有多麼聰敏，多麼心靈手巧，多麼使我驚喜；記得他怎麼樣把我緊摟著，把我翻來覆去，在我身上探索。老天，我再怎麼說都不是天真無邪的小孩了，竟然沒有花任何一分鐘仔細想過那些明顯的跡象，沒想過他全都是從另一個人身上學的，另一個膽子大一點、經驗豐富一點、羞恥心少一點的人。

而一直以來如此巧妙維持的外表，是紳士的外表：規矩好，談吐好，打扮好——調教得好。

我起身去拿我的皮包，拿出那一小本命運之神交給我的華盛頓文集。我打開小書，開始瀏覽年輕喬治的自我期許：

一、與人共處時，一舉一動皆須對在場者表示若干尊重。

一五、保持指甲短而乾淨，雙手與牙齒亦保持潔淨，然勿對此事顯露過多關心。

一九、表情愉快，面對嚴肅之事則須略顯莊重。

二五、須避免溢美之詞及所有虛禮客套之造作，然應有所表現時亦不可忽略。

突然間，我也看出這是什麼了，對錫哥．古瑞而言，這本小書不是一系列的道德期許，而是晉身上層階級的入門教材，自助式禮儀學校，一百五十年前的《卡內基教你博取友誼與增加影響力》。

我像個鄉下老奶奶那樣搖搖頭。

愷瑟琳．康騰真是個土包子呀。

泰迪變成錫哥，伊芙變成伊芙琳，愷蒂雅變成愷特：在紐約市這地方，像這樣改改名字，不用花你一毛錢——這一年剛開始的時候我心裡這樣想過，可是事實上我該想起的，是電影《巴格達竊賊》的兩種版本。

在最早的版本中，飾演窮人的道格拉斯．費爾班克愛上了國王的女兒，假扮成王子進入王宮。在重拍的特藝彩色版本中，主角則是個親王，權勢的虛華讓他厭煩，所以他假扮成貧農，出去品嘗市集裡的各種美妙滋味。

像這樣的偽裝，你不需要發揮太多想像力，就可以入門甚至嫻熟，這種事太常見了。可是你如果要假定偽裝能讓人更有機會得到幸福的結局，你就得收起懷疑，暫時相信兩版《巴格達竊賊》都這麼演的一件事：魔毯會飛。

電話響了。

——喂？

——愷蒂。

我沒法不笑。

——你猜我面前是什麼？

——愷蒂。

——快猜，你一定不相信。

……

——《社交與談話禮儀》！還記得嗎？等等，我找一條來。

我手忙腳亂抓著電話。

——來了！勿模仿或嘲弄重要事物。這條不錯。還是這條？第六十六條：勿唐突鹵莽，應親切有禮。哎，講的根本就是你嘛！

——愷蒂。

我掛了電話，又坐回椅子上，開始讀華盛頓先生的清單，這次更仔細一些。你不得不給這個殖民地時代早熟的小孩好評，有些條文還真有道理。

電話又開始響。它響了又響，響了又響，最後安靜下來。

少女時期的我對於自己的一雙長腿，心情很複雜。我的腿好像初生小馬的四肢，彷彿就是為了跌倒而設計的構造。附近那個家裡有八個兄弟姊妹的比利．波格多尼，老愛叫我蟋蟀，這可不是稱讚的意思。可是這種事總是這樣，我終究適應了我的腿，甚至還當成了寶貝。我發現我喜歡自己比其他女孩高，十七歲我就高過比利・波格多尼。剛搬進馬汀革太太的公寓那時，她常常用那副嬌滴滴的樣子說，我不應該穿高跟鞋，因為男孩子不喜歡和高過自己的女孩跳舞。或許就是因為她這些話，我搬出公寓時，鞋跟比搬進去的時候還高半吋。

哦，長腿還有另一項優點。我可以往後靠在我父親的安樂椅椅背上，伸長了腳，腳尖朝前，把我的新茶几掀起來，讓電話像鐵達尼號甲板上的摺疊椅一樣，摔落船外。

我繼續不間斷地讀。我說過，總共有一百一十條，你可能會以為清單列得太長了些，不過華盛頓先生把精華留在了最後：

一一〇、努力使胸中名為「良心」之天堂火花熱情不熄。

錫哥顯然仔細讀了華盛頓先生清單上的許多教條，或許他就是一直沒讀到這麼後面。

星期二早上，我早早起床，用畢琪・休頓的速度一路走到公司。天空是秋天的藍色，街上熙來攘往的，都是老實人要去賺老實錢。第五大道上高聳的大樓閃閃發光，讓外區欽羨。我在四十二街的轉角拿了二十五分錢，向一個用口哨吹著歌曲的報童買了《紐時》（不用找錢了孩子），然後康泰納仕大樓的電梯咻地一下子帶我到了二十五樓，這高度，爬上來要比墜下還快。

我穿過牛棚，報紙夾在手臂下（報童的口哨曲在我的唇間），眼角餘光注意到被人用唱歌發電報那位費辛朵夫，在我經過的時候站了起來，接著卡博特和史賓德勒也是。我看見辦公室那一頭的愛麗在桌前全速打字，讓我發現該提高警覺。透過梅森・泰特辦公室的玻璃牆，我看見他正在拿巧克力沾咖啡。

我桌前的椅子不在了，取而代之的是一把輪椅，椅背印了紅十字。

九月三十日

他穿過第五大道，跟兩個街燈下的加勒比亞女孩對上目光。她們停止交談，好對他投以專業的笑容。他搖頭回應。他往二十二街遠處看過去，加快了腳步。她們重拾中斷的話題。又開始下雨。

他拿掉帽子，塞進外套裡，數著廉價公寓的門牌號碼。二四二。二四四。二四六。

他跟哥哥打電話的時候，哥哥並不情願到上城區會面，到餐廳會面，在合理的時間會面。他堅持相約十一點在瓦斯槽區，他在那一帶有事情要辦。他看見他坐在二五四號門口的台階上，抽著菸，蒼白得像礦工。

——嘿，亨克。

——哈囉，泰迪。

——你好不好？

亨克懶得回答，懶得站起來，懶得問他好不好。亨克老早以前就不再問他的近況。

——你那塞的什麼東西？亨克說著，朝他外套鼓起的地方點頭。施洗者約翰的頭？[48]

他把帽子拿出來。

——巴拿馬草帽。

亨克苦笑著點點頭。

48 新約《聖經》記載，施洗者約翰批評希律王娶了兄弟的妻子，因此下獄。希律王的繼女莎樂美為希律王跳舞賀壽，希律王大喜，承諾滿足任何要求，莎樂美便要求砍下施洗者約翰的頭送來給她。

——巴拿馬！

——碰到雨會縮水，他解釋。

——廢話。

——工作怎麼樣？他問亨克，轉移話題。

——想像得到的、想像不到的，都有了。

——你還在畫廣告招牌？

——你聽說了嗎？我賣了一大堆給現代藝術博物館，正好來得及阻止房東趕我出去。

——事實上，我找你也是爲了這個。我剛好有一筆紅利入帳，不知道什麼時候會再有，你可以拿一些去付房租……

他從外套口袋拿出信封。

亨克一看見信封，立刻變了臉。

一輛汽車在台階前停下，是警車。他在完全轉身之前，把信封放回口袋裡。

副駕駛座上的警察捲下車窗。他眉毛濃黑，橄欖膚色。

——沒事吧？巡邏警察熱心地問。

——沒事，警察先生，謝謝你停下來。

——好，他說，不過你們自己小心點，這一帶都是黑鬼。

——好的，警察先生。亨克越過他的肩膀喊。你到莫特街要小心點，那一帶都是義大利鬼。

兩個警察都下了車，開車的手上已經抓著警棍。亨克站起來，準備到路邊應戰。

他只得介入哥哥和警察之間。他舉起雙手在胸前，用平穩、賠罪的語氣說話。

——他不是那個意思，警察先生，他喝了酒。他是我哥哥，我現在就帶他回家。

警察仔細打量他，打量他的套裝，他的髮型。

——好吧，副駕駛座上的條子說，可是等一下不要讓我們看見他在這裡。

——永遠不要，坐駕駛座的條子說。

他們回到車上，開走。

他轉身向亨克搖頭。

——你在想什麼啊？

——我在想什麼？我在想，你幹嘛他媽的多管閒事？

全亂了套了。他還是伸手進口袋再次拿了信封出來。現在他們面對面站著。

——喏，他盡力用安撫的語氣說，拿去，然後我們就離開這裡吧，我們可以去喝一杯。

亨克沒看那些錢。

——我不要。

——拿去，亨克。

——你賺來的，你留著。

——拜託，亨克，我替我們兩個賺的。

話一出口，他就知道自己不該說。

來了，他心想，他看著亨克的上半身旋轉，伸出手臂，把他打倒在地。

雨下得更大了。

亨克的右直拳向來厲害，他心裡想著，嘗到嘴唇上的鐵鏽味。

亨克俯身過來，但不是要伸手拉他，而是要訓斥。

——你不要把那些錢推到我身上，我可沒叫你去賺。我不住在中央公園，那是你的勾當，老弟。

他坐直身，把脣上的血擦掉。

亨克走開，彎身拾起某樣東西。他心想是從信封裡撒出來的錢，但不是，是帽子。

亨克走掉了，留下他在二十二街，大雨滂沱中坐在水泥地上，巴拿馬草帽在他的頭上縮水。

秋

20 女性的復仇[49]

一九三八年秋天我讀了很多本阿嘉莎．克莉絲蒂——大概全部都讀了吧。白羅，瑪波小姐，《尼羅河謀殺案》，《史岱爾莊謀殺案》，諸多命案……高爾夫球場上，牧師公館裡，東方快車上。我在地鐵上讀，快餐店裡讀，床上自己一個人讀。

對於普魯斯特心理的細微變化，或托爾斯泰的敘事格局，你大可以有你的評論，但你不能說克莉絲蒂女士讓你不滿意。她的書好看得不得了。

是，是很公式化，但好看的原因就在這裡。每個角色，每間房間，每件凶器，都讓人感覺既是全新打造、又熟悉得可以隨口複誦（從印度殖民地歸來的大叔，換成了南威爾斯的老小姐；不成對的書擋取代了園丁小屋儲藏架上層的狐狸藥罐），克莉絲蒂女士一點一點地施捨她的小驚喜，精心測量的速度，像是保母發放糖果給她照顧的小孩。

但我覺得她的書之所以好看，還有一個理由——就算不是更重要的理由，至少也同樣重要——在阿嘉莎．克莉絲蒂的世界裡，最後都是善有善報，惡有惡報。

繼承遺產或貧困潦倒，愛或是失去，頭上被揍一拳或是套了絞繩，在阿嘉莎．克莉絲蒂的書頁之間，男女老少，貧富貴賤，最後都要和應得的命運面對面。白羅和瑪波其實不算是傳統的中心角色，他們只是代為執行複雜的道德平衡——太古之初由原始推動者[50]建立起來的平衡。

---

49 原文為Hell Hath No Fury，出自英國劇作家William Congreve在悲劇作品《The Mourning Bride》中的名句：Heaven has no rage like love to hatred turned, nor hell a fury like a woman scorned.（天國之憤懣，比不上愛轉為恨的可怕；地獄之怨怒，亦不及女性受輕慢的復仇之心。）

50 Primary Mover，亞里斯多德提出的哲學概念，認為宇宙中所有運動都是來自一個本身不動的原始推力。

而多數時候，在我們日復一日的生活軌道中，我們因為大量的事證而容忍世間沒有這種正義存在。我們就像拖車的馬，在卵石路面上邁著沉重的腳步為主人拖拉貨物，我們低著頭，戴著眼罩，耐心等待下一塊方糖。但總有某些時刻，機會突然降臨，給了我們阿嘉莎．克莉絲蒂承諾的正義。我們左看右看自己生活中的各個人物角色——我們的女性繼承人和園丁，我們的牧師和保母，我們姍姍來遲而且表裡不一的客人——然後發現在週末結束之前，所有聚在這裡的人都會得到他們應得的下場。

我們這樣做的時候，卻很少記得把自己也算進去。

・・・

九月那個星期二早晨，梅森．泰特對我的身體健康表示關心，那時我並沒有費事去道歉。我當然也懶得去解釋。我只是坐在我的輪椅上，開始打字。因為我完全清楚我的立足之地——距離地上的活板門大約才三呎。

在梅森．泰特的世界裡，沒有情有可原這種事，也沒有忠於二主的空間，所以，他沒什麼耐心看人家表現得意的樣子，或小聰明，或其他自負的特徵。我就只能把牛軛扛起，不管老闆還準備了什麼羞辱要給我，概括承受就是，一直到我努力贏回他的恩寵為止。

我就這樣做了。我提早一些上班，不在茶水間聊八卦，聽泰特先生批評別人也不嗤笑，星期五晚上愛麗去自助投幣小吃店的時候，我像中世紀聽話的懺悔者一樣，回家抄寫語法規則：

- 不情願做某件事，要說loath，不是loathe。
- toward和towards這兩個字，前者在美國較常用，後者是英國。
- 以s結尾的專有名詞若要變成所有格，就加上一撇和s，但Moses和Jesus除外。
- 少用冒號和無人稱被動式。

好像導演下指示似的，**有人敲了我的門**。

簡潔的咚咚咚三聲，太過講究，不會是堤爾森警探，也不會是西聯的電報信差。我打開門，看見安妮．戈藍登的祕書站在門口。他穿著三件式套裝，每顆鈕扣都扣上。

——您好，康恬小姐。

——康騰。

——哦，不好意思，康騰。

布萊斯雖然跟普魯士士兵一樣紀律嚴明，卻抗拒不了往我身後打量我的公寓。不論他看到多少，總之都為他那個短促無禮的笑容增添了一絲欣慰的感覺。

——什麼事？我催促他。

——抱歉到**貴府**打擾⋯⋯

他在「貴府」兩個字壓低音調，表示他的同情。

——但是戈藍登小姐要我盡快把這個送到您手上。

他兩指朝前一伸，現出一個小信封。我把信封抽走，在空中估了估重量。

——這麼重要，不能放信箱就好？

——戈藍登小姐希望您馬上回覆。

——她不能打電話？

——正好相反，我們打過，很多次，不過似乎⋯⋯

布萊斯指了指還在地上沒掛好的電話筒。

——哦。

我打開信封，裡面是手寫的字條。明天下午四點請來見我，我想我們必須談一談。她簽了名，

A．戈藍登敬上。然後又附注：我訂了橄欖。

——我可以回報戈藍登小姐您會赴約嗎？布萊斯問。

——恐怕我得思考一下。

——恕我冒昧，康騰小姐，請問需要思考多久？

——一個晚上。不過歡迎你在這兒等。

不用說，我應該把安妮的傳喚信扔進垃圾桶。幾乎每一種傳喚都活該落得不光彩的下場。既然安妮是個有腦有意圖的女人，更應該對她的傳喚特別抱以懷疑。此外，更重要的是，她竟然斷定我應該去見她！就像外地人說的，**真是厚面皮呀**。

我把信撕成一千片，用力丟向牆上應當有壁爐的地方，然後仔細考慮該穿什麼去。

現在還有什麼好客氣的？我們不都已經揚帆數百浬遠，早超越了炫技賣弄的階段？白羅當然不會拒絕她，他會希望這場傳喚到來——幾乎是指望有一場——讓它成為預料之外的發展，加快正義之犁的速度。

此外，我向來無法抗拒信尾的「敬上」兩個字，也無法抗拒有人如此精確記住我的雞尾酒喜好。

一八〇一套房的門鈴在四點十五分響起，布萊斯應門，帶著諂媚的露齒笑容。

——哈囉，布萊斯。我把末尾的「斯」拉得很長，長到變成噓聲。

——康「騰」小姐，他回擊，我們久—候—大—駕—呢。

他朝玄關比了個手勢，我走過他身邊，進入客廳。

安妮坐在她的辦公桌前。她戴著眼鏡，假正經的女人戴的那種半框眼鏡——很好的修飾。她的目光離開信件往上看，抬起一邊眉毛，表示她知道我不跟她客氣。為了扳回一城，她比了比她的沙發，然後繼續寫信。我經過她的桌子，走向窗戶。

中央公園西路上，一幢幢高樓公寓獨自突出樹頂，好像清早尖峰時間之前鐵路月台上的通勤族。天空是義大利畫家提埃坡羅（Tiepolo）的藍，樹葉經過一週的氣溫驟降，已經變了顏色，鮮橙色的樹冠一路延伸到了哈林區；這一切彷彿公園是珠寶盒，天空是盒蓋。你不得不歸功於景觀設計師歐姆斯特德（Olmstead），他把貧民趕走，清出土地給公園，實在是再正確不過。

我可以聽見身後的安妮正在摺疊信紙，黏貼封口，用筆尖草草寫上地址。又一場傳喚，無庸置疑。

——謝謝，布萊斯，她一邊說一邊遞給他那封信，這樣可以了。

布萊斯走出房間的時候，我轉身回來。安妮對我親切一笑，她看起來貴氣十足，毫不羞愧，如往常一般引人注目。

——你的祕書有點自以為高尚，我一邊說一邊在沙發上坐下。

——誰？布萊斯？我想是，但他挺能幹的，而且他比較像是我的徒弟。

——徒弟，哇哦，學什麼？浮士德的買賣？

安妮帶著諷刺的意味抬高一邊眉毛，然後走向吧台。

——你這勞工階級的女孩，學問倒是挺高的，她背對著我說。

——真的？我發現我**每一個**有學問的朋友都來自勞工階級。

——哦天哪，你覺得為什麼會這樣？窮人的高潔？

——不是，只是因為讀書是最便宜的娛樂。

——性才是最便宜的娛樂。

——在這屋裡不是。

安妮像個水手一樣大笑，然後拿著兩杯馬丁尼轉過身來。她在對角那張椅子上坐下，砰地放下杯子。桌子中央有一缽水果，非常高級，以至於其中有一半我從沒見過，例如毛茸茸的綠色小球，還有長得像迷你橄欖球的黃色多肉果實。這些水果要來到安妮的桌上，想必經過了長途跋涉，比我一輩子走過的路還要長。

水果缽旁邊有一碟說好的橄欖等著。她端起碟子，倒一半進我的杯子裡，高高疊起突出琴酒水面，彷彿一座火山島。

——愷特，她說，我們就免了貓打架那一套吧，我知道那是一大誘惑，快感十足的誘惑，可是我們沒有這麼不堪。

她拿起杯子，向我舉杯。

——休戰？

——當然好，我說。

我跟她碰杯，然後我們都喝了酒。

——好了，你何不直接告訴我找我來的理由。

——這樣就對了，她說。

她伸手向前，拔走我的橄欖島的峰頂，放進嘴裡徹底咀嚼。然後搖搖頭笑了出聲。

——你會覺得很古怪，不過我對你和錫哥從來沒有起一絲疑心，所以你衝出中國風的時候，我霎時間真的以為你只是反感震驚，老牛吃嫩草什麼的，隨你怎麼說。等到我看見錫哥的表情，我才把事情串起來。

——人生充滿了讓人誤會的徵兆。

她神祕兮兮地微笑。

——是啊，謎團和迷宮。我們極少能確實了解自己和另一個人之間的立場關係，更是從來不知道兩個結盟者之間的立場關係。不過三角形的三個角加起來永遠是一百八十度，對嗎？

——哦，我想我對你和錫哥之間的立場關係，算是了解多一點。

——那很好，愷蒂，你能了解很好呀。我的小遊戲已經有一陣子了，不過我們的關係不算是真的祕密，也沒那麼複雜，絕對不像你跟他或我跟你的關係那樣複雜。我和錫哥之間的約定，就像帳本上的橫線一樣簡單直接。

安妮捏起拇指和食指，用假想的鉛筆在空中一畫，強調會計員的底線有多麼直。

——肉體需求和情感需求有頗為清楚的差異，她繼續說，你我這類的女人了解這一點，大多數的女人卻不懂。一談到愛情，多數女人就堅持一段關係的身心層面必須互相連結、密不可分，跟她們提起相反的想法，就好像是要說服她們有一天小孩可能會不愛她們一樣。她們沒有那種信仰就活不下去，即使歷史已經讓我們看到反例也一樣。當然啦，有許多女人對丈夫輕率的行為睜一隻眼閉一隻眼，但是她們大多唉聲歎氣，把事情看作是人生這疋布的裂縫。可是如果這些女人之中能有一個冷靜地觀察自己，譬如她的丈夫遲了半小時才來到餐廳，身上帶著香奈兒五號的味道，說真的，這時候她大概比較生氣等很久，多過生氣他領子上的香水味。不過如我所說——我覺得我們倆對這些事情的看法是一致的，所以我才請你過來，不請錫哥。我想你我可以達成共識，這對錫哥也好，那共識就是讓我們都各取所需。

為了強調合作的精神，安妮傾身從我的橄欖堆裡又拿走一顆。我往我的酒杯伸出三根手指，挖出一半橄欖，塞進她的杯子裡。

——我不確定我有你那麼擅長利用別人，我說。

——你認為我是在利用別人？

安妮從水果缽裡拿出一顆蘋果，像水晶球一樣舉起來。

——你看這顆蘋果，甜，脆，紅得像寶石。它不是一直這樣的，你知道。美國的第一批蘋果有雜斑，味道又苦，可是過了幾代的嫁接，現在都像這顆一樣了。大多數人認為這是人勝過了天，其實不是，從演化的角度來看，這是蘋果的勝利。

她嘲諷地向缽內的異國水果揮了一下手。

——是蘋果勝過了其他數百種爭奪相同資源的物種——相同的陽光，水，和土壤。蘋果藉著投合人類的官能和生理需求——我們這種動物正好擁有斧頭和牛——已經蔓延到全世界，從演化的角度來看，蔓延速度可說嚇死人的快。

安妮傾身把蘋果放回去。

——愷瑟琳，我不是在利用錫哥，錫哥是那顆蘋果，他在別人枯萎憔悴的時候，努力存活了下來，靠的是學著投合你我這類人，或許還有在我們之前的其他人。

有人叫我愷蒂，有人叫我愷特，有人叫我愷瑟琳。安妮拿這些名字輪著用，彷彿她跟我的所有化身都能處得很自在。她往後靠著她的椅背，擺了個幾乎是學者的姿勢。

——我說這個不是要壞了錫哥的名聲，你懂吧，錫哥是個不平凡的人，或許比你知道的還不平凡。我也不生他的氣，我想你們兩個已經睡過了，而且你恐怕已經陷入熱戀。但是那不會在我身上引起一點嫉妒或怨恨，我不把你當情敵看，我從一開始就知道他終究會找到某個人，我不是說你朋友那種螢火蟲，我是說像我一樣精明世故的人，只是年齡相近一點。所以，你們兩個應該知道，我絕對不是全要或全不要的人，我很樂意只要一些或要某些。我唯一的要求就是他不能遲到。

安妮詳盡地解釋著，我終於懂了，懂了為什麼把我傳喚來——她以為錫哥跟我在一起。他一定是丟下她不管了，而她自己遽下結論，認為是我把他藏起來。我本來一度考慮順水推舟玩下去，能壞了她這下午的心情也好。

——我不知道他在哪裡，我說，如果錫哥不再應你吹的哨令，跟我也沒關係。

安妮謹慎地打量我。

為了爭取時間，她若無其事地走向吧台，往搖杯裡倒琴酒。她不像布萊斯還費事用銀夾子，而是直接伸手進桶子，抓一把冰塊出來扔進酒裡。她一手拿著杯子輕輕搖晃，同時走回來坐在她的椅子邊緣。她似乎在專心思考，衡量各種可能，重新校準——沒有把握的樣子還真不像她。

——要再來一杯嗎？她問。

——我夠了。

她開始往自己的杯子倒酒，中途卻停了手。她似乎對琴酒失望，好像不夠清澈似的。

——每次我在五點之前喝酒，她說，我就想起來為什麼我不在五點之前喝。

我站起來。

——謝謝你的酒，安妮。

她沒抗議，跟著我走向房門。但是在門口她和我握手的時候，握了超過正常禮儀的時間。

——記得我說的話，愷蒂，關於我們可以達到的共識。

——安妮……

——我知道，你不曉得他在哪裡。但是直覺告訴我，你會比我還早得到他的消息。

她放了手，我轉向電梯。電梯門開著，電梯員的目光與我短暫相接。他是六月那時送了我和那對新婚夫婦上樓的電梯員。

——愷特。

——什麼事？我轉身回問。

——大多數人的需求多過欲望，所以他們會過那樣的生活。但運作這世界的人，是欲望凌駕需求的人。

我仔細琢磨這句話，我得出一個結論：

——你很會下結語，安妮。

——是，她說，是我的一項專長。

然後她輕輕關上門。

・・・

離開廣場飯店，門僮再次對我點頭，並且不幫我招計程車。罷了，我開始沿著第六大道往南走，不想回家，便偷偷溜進大使戲院看瑪琳・黛德麗的片子。電影開演已經一個小時，所以我看完後半，又留下來看前半。這齣電影跟大多數的一樣，到了中間情況變得岌岌可危，最後則是圓滿大結局。用我的方式觀賞這部片，倒是變得更接近真實人生一些。

我在戲院外面招了計程車，好給門僮一個教訓（追溯實施）。我們往下城開去，同時我辯論著一回到家該拿什麼酒來醉一場，紅酒？白酒？威士忌？琴酒？這些酒就好像梅森・泰特世界裡的人，各有各的優點和缺點。或許我該順其自然，或許我會蒙上眼睛轉一圈，抓到哪瓶是哪瓶，光是想到這個遊戲，我的精神全上來了。可是等我在十一街下了計程車，出現在那兒的，除了錫奧多・古瑞還會有誰。他像難民似的從一棟房子的門口現身，只除了身上穿著乾淨的白襯衫，還有從沒見過海洋的海軍雙排扣大衣。

稍微岔個題，我說呀，人在情緒高昂的時候（不論是出於憤怒或嫉妒、恥辱或憎惡），如果下一句要說的話會讓自己感覺更舒服，那麼大概就是不該說的話。這是我這輩子發現的一條出色格言，你可以拿去，因為對我已經沒用了。

——哈囉，泰迪。

——愷蒂，我得跟你談一談。

——我約會要遲到了。

他一陣畏縮。

——不能給我五分鐘嗎？

——好吧，說。

他往街道四下看了看。

——沒有地方可以坐下來？

我帶他去十二街和第二大道轉角的咖啡店。店面有百呎長，十呎寬；櫃台邊有個條子正在用方糖蓋帝國大廈，後面有兩個義大利男孩在吃牛排煎蛋。我們選了靠近前面的卡座。女侍問我們要點餐了沒，錫哥往上看，彷彿聽不懂她的問題。

——給我們咖啡吧，我說。

女侍翻了個白眼。

錫哥看著她走開，然後把視線拖回我身上，好像需要下定決心才做得到一樣。他的臉色蒼白使人滿意，黑眼圈看起來像是沒睡好或沒吃好，這些都讓他的衣服像是跟人借來的；我想，換個角度看，確實也是。

——我想解釋，他說。

——解釋什麼？

——你絕對有理由生氣。

——我不生氣。

——但我跟安妮的情況不是我自己要來的。

首先是安妮想解釋她跟錫哥的情況，現在是錫哥想解釋他跟安妮的情況。我猜每個故事都有兩面說法，而且，一如以往，兩個都是藉口。

——我說個小趣事給你聽，我打斷他，你會覺得沒什麼意思，不過在我說之前，先讓我問你幾件事。

他帶著嚴肅認命的表情往上看。

——安妮真的是你母親的老朋友嗎？

……

——不是，我們認識的時候我在普洛維登斯信託銀行工作，行長邀我一起去新港參加派對……

——那你那個獨家計畫——股票專賣權那件事，那些是她的持股？

……

——是。

——你是在你們的「情況」之前還是之後成了她的理財顧問？

……

——我不知道，我們認識的時候，我告訴她我想搬到紐約，她提議替我介紹人脈，讓我站穩腳步。

我吹了口哨。

——哇哦。

我讚嘆地搖搖頭。

——公寓呢？

……

——是她的。

——對了，大衣很好看，你平常都收到哪兒去啦？好了，我本來要跟你說什麼？哦對，我想你聽了會覺得很有趣，伊芙甩了你之後，過了幾天，她在夜裡為自己大肆慶祝，結果倒在小巷不省人事。條子在她的口袋裡找到我的名字，把我帶去指認她的身分。可是他們放我們走之前，一個好心的警探讓我坐下來，給我一杯咖啡，想說服我們回頭是岸，因為他以為我們是妓女，因為伊芙有傷疤，他就以為她工作的時候被揍過。

我抬起眉毛，拿我的咖啡杯敬錫哥。

——好了，多諷刺呀！

——這不公平。

——是嗎？

我啜一口咖啡。他並沒有費事替自己辯護，所以我繼續往前衝。

——伊芙知道嗎？我是說你和安妮的事。

他搖搖頭，臉色蒼白疲倦。蒼白疲倦正是這個定義。蒼白疲倦的神聖典範。

——我想她懷疑過有別的女人，但她應該沒想到是安妮。

我往窗外看去，一輛消防車停下來等紅燈，消防員全都站在踏腳板上，手抓鉤子和梯子，懸著身體，身穿打火的裝備。街角一個男孩抓著母親的手，對消防員揮手，消防員也都對他揮揮手——上帝保佑他們。

——拜託你，愷蒂，我跟安妮之間已經結束了，我從華勒斯家回來就是要告訴她，所以才一起吃午餐的。

我回頭對著錫哥大聲說出心裡想的事。

——不曉得華勒斯知不知道哦？

錫哥又縮了一下。他就是甩不去那個受傷的神情。我突然覺得不可思議，他居然曾經那麼迷人過，回想起來，他顯然就是個虛構人物——他那些刻了名字的這個，刻了名字的那個。譬如那個裹著皮套的銀扁壺吧，他一定是在他一塵不染的廚房裡用小漏斗裝的酒，可是在曼哈頓，其實你隔一條街就能買到放得進口袋的小瓶威士忌。

一想到華勒斯穿著簡單的灰色套裝，溫和文雅地為父親的銀髮朋友提供意見，相比之下錫哥就像是雜耍演員。我猜我們太少把人拿來比較了，所以我們看不出來，跟我們說話的究竟是什麼人。我們給別人在當下塑造自己的自由——那樣的時間長度是這麼好管理、好布置、好控制得多，比起一輩子來說。

真好笑。我對這場相遇一直如此懼怕，但現在它就在面前了，我卻發現它頗有趣，頗有幫助，甚至有鼓勵的效果。

——愷蒂，他說，或者說他哀求，我要說的是，我那一部分的人生已經過去了。

——我也一樣。

——拜託，不要這樣說。

——嘿！我興高采烈地再次打斷他，有個問題問你：你有沒有露營過？我是說，真的在林子裡露營？帶著摺疊刀和指南針？

似乎打中要害了，我看到他下巴的肌肉緊繃起來。

——這太過分，你越線了，愷蒂。

——線？我沒看過，是什麼樣子？

他往下看著他的手。

——天哪，我說，要是你母親看到你現在這樣就好了。

錫哥突然站起來，大腿撞到了桌角，打擾了罐中奶油的平靜。他在糖罐旁邊放了張五元鈔票，對我們的女侍展現了適當的回報。

——咖啡算安妮請客？我問。

他搖搖晃晃走向大門，醉漢似的。

——「這樣」算越線嗎？我在他身後大喊，看起來不怎麼壞呀！

我在桌上放了另一張五元，然後站起來，走向門口的時候也有些蹣跚。我前前後後看著第二大道，像逃出籠子的狼。我看看錶，指針在九和三之間岔開，像兩個背對背的決鬥者，已經倒數踏步，準備轉身開火。

此夜尚早。

・・・

迪奇來應門的時候，門上已經砰砰響了五分鐘。打從闖過懷爾衛別墅的派對，我們就沒再見過面。

——愷蒂！多大的驚喜啊，又大又……像天書一樣難懂。

他穿著小禮服的長褲和正式的襯衫，我開始敲門的時候他一定正在打領結，因為現在領結鬆鬆地懸在衣領上，呈現出「黑領結垂著不繫上」的帥勁。

——方便嗎？

——當然方便！

我在上城下了地鐵以後，在萊辛頓大道上的愛爾蘭酒吧停下來喝了一兩杯，所以我有點像鬼火似的從他旁邊飄進客廳。我以前只在迪奇家擠滿人的時候來過，現在空蕩蕩的，我反而看得出來迪奇輕鬆歡樂的外表下，是個多麼有條有理的人。樣樣東西各在其位，椅子對齊茶几排得好好的，書櫃裡的書按照作者排序，閱讀椅的右邊就是落地的菸灰缸架，左邊就是鍍鎳的伸縮臂落地燈。

迪奇瞪著我。

——你又變成紅頭髮了！

——快要不是了。喝一杯好嗎？

迪奇顯然跟人約了要出門，他指著大門，嘴巴開開。我抬起左邊眉毛。

——哦，好啊，他勉為其難地說，來一杯正好。

他走到牆邊的高級黑檀木吧台前。吧台的面板可以翻下來，像寫字台一樣。

——威士忌？

——我的榮幸，我說。

他給我們倆各倒了少許，我們碰杯互敬。我喝乾了我的，然後舉杯伸手。他又張開嘴巴，好像要說話，卻轉而乾了他的酒杯。他又給我們倆倒了比較恰當的分量，我大口喝盡，然後轉一圈，彷彿在觀察四周形勢。

——很棒的地方，我說，但我好像沒全部參觀過。

——對了對了，我真失禮，請往這邊走。

他指著一扇通往小餐室的門，裡頭亮著燭台造型的壁燈，一張殖民風格的餐桌，大概打從紐約還是殖民地的時代就已經在這個家族裡了。

——這裡是餐廳，餐桌是六人坐的，不過擠一點可以坐得下十四個人。

用餐室另一頭有一扇開了圓窗的搖擺門，我們走進去，到了乾淨潔白如天堂的廚房。

——廚房，他朝空中擺手說著。

我們穿過又一扇門，進入走廊，經過顯然無人使用的客房，床上擺著疊得整整齊齊的夏衣，準備收藏起來。下一個房間是他的臥室，床鋪得很整齊，唯一一件散亂的衣服是他的小禮服外套，掛在小寫字桌前的椅子上。

——這裡面是什麼？我推開一扇門問著。

——呃，淨房？

——哦！

迪奇似乎出於體貼，不大情願把這間納入參觀行程，但這一間實在是藝術品。大塊厚釉白瓷磚鋪滿牆面；空間竟然有開兩扇窗的奢侈餘裕，一扇開在暖爐上面，一扇在浴缸上方。浴缸是陶瓷獨立式，長六呎，有爪形的四隻腳，和從地板伸出來的鎳製水管。牆上有長長的玻璃層板，上面排著似乎是乳液、護髮油、古龍水的東西。

──我姊姊很喜歡沙龍送的聖誕禮物，迪奇解釋。

我的手沿著浴缸邊緣滑過，就像大家摸汽車引擎蓋那樣。

──多美呀。

──古人說的，清潔僅次於聖潔，迪奇說。

我喝乾我的酒，把杯子放在窗台上。

──我們來試一下。

──什麼意思？

我把連身裙從頭上拉出來，然後踢掉鞋子。

迪奇像青少年一樣睜大了眼睛。他一口吞掉他的酒，把杯子放在洗手台邊搖搖欲墜。他講話激動起來。

──你在整個紐約找不到更棒的浴缸了。

我打開水。

──陶瓷在阿姆斯特丹燒的；爪腳在巴黎，仿瑪麗·安東尼的寵物豹鑄的。

迪奇扯掉襯衫，一顆珠母袖扣在黑白地磚上彈跳而過。他用力扯掉右腳鞋子，左腳卻脫不掉。他上上下下跳了幾次，最後一絆腳撞到了洗手台，威士忌杯從高處落下，在排水孔上摔成碎片。他朝空中舉起鞋子，帶著勝利的表情。

我現在全身赤裸，準備爬進去。

──肥皂泡！他大喊。

他跑到聖誕禮物架旁邊，發狂似的研究。他沒辦法決定該選哪一種肥皂，所以抓了兩個罐子，踏到浴缸邊上，兩罐都倒了進去。他把手伸進水裡攪出泡泡，蒸氣裊裊，薰衣草和檸檬的香味撲鼻而來。

我滑進泡泡裡，他跟在我後面跳進來，像逃課的小學生跳進水坑。他太急了，忘記襪子還在腳上，脫下以後便往牆上啪的一聲甩過去。他伸手到背後拿出一把洗澡刷。

——要開始了嗎？

我拿走刷子扔到浴室地板上。我把雙腿滑到他的腰上圈住。我把雙手放在浴缸邊緣然後往下坐到他的大腿上。

——**我**才是僅次於聖潔，我說。

21 你們的勞苦人，你們的貧民，你們的塗炭生靈[51]

星期一早晨，我在豪華轎車後座，和梅森．泰特同往上西城採訪一位老貴婦。他心情惡劣，創刊號的封面故事還沒著落，如此落空的一週又一週過去，似乎讓他不滿意的門檻降低了。我們在麥迪遜大道上一路向北，他的咖啡太冷，天氣太暖，司機太慢。更慘的是，泰特根本認為，這場由發行人安排的採訪，是無比的浪費時間。老太太的出身背景太好，他說，頭腦太鈍，視野太模糊，一絲絲趣味都不可能有。所以，如果說受邀與泰特先生同行採訪，通常是一種嘉賞，那麼今天就是一種懲罰。我還沒脫離狗舍。

51 引自一八八三年美國詩人艾瑪．拉薩路（Emma Lazarus，1849～1887）的十四行詩《新巨像》（*The New Colossus*）。此詩歌頌自由女神像。

我們在無聲中轉進五十九街，廣場飯店的台階上站著他們的非官方上尉，身穿大銅扣紅色長大衣；半個街區外，戴著肩章的埃塞克斯酒店軍官穿的是形成強烈對比的藍色。要是這兩間飯店發生戰爭，這樣倒是方便得很。

我們轉進中央公園西路，經過達科塔和聖瑞摩兩座華廈的門僮，在七十九街自然博物館前面停下來。我從這裡看得見貝瑞斯福的遮簷，彼特正在打開計程車後門，向乘客伸出手，一如他曾經向我伸手──像是三月錫哥必須去「辦公室」那一晚；或是六月那一晚，我穿著一身出師不利的圓點，跟竇蘭夫婦討了一趟便車過來。

我突然有個想法。

理智的我告訴自己該閉上嘴巴，她說這裡大概不是對的場合，而且肯定不是對的時機；他生性暴怒，而你是不受歡迎人物。但是在俯瞰博物館台階的大理石柱腳旁，老泰迪．羅斯福勒住他的青銅馬，揚起馬足喊著：**衝！**

──泰特先生。

──什麼事？（惱怒）

──關於您一直想替創刊號找到的封面故事。

──嗯，怎了？（不耐）

──如果不訪問老太太，改訪問門僮呢？

──啥意思？

──他們沒一個有出身背景，但可以說大多數有頭腦，而且他們什麼都看在眼裡。

梅森．泰特直勾勾地看著前方一會兒，然後捲下車窗，把咖啡往外扔。十五個街區以來，他第一次轉向我。

──憑什麼他們要跟我們講？要是我們把他們說的話刊登出來，要不了一天那些話就回頭咬他們了。

——如果是跟離職的人談呢——已經辭職或是被開除的人？

——怎麼找人？

——我們可以在報紙上登廣告，提供高額報酬，尋找在城裡五大高級公寓任職至少一年的門僮和電梯員。

梅森．泰特看出他那一邊的車窗外。他從外套口袋拿出巧克力棒，掰了兩塊下來，開始咀嚼，慢慢地，有條有理地，彷彿他的目標是把裡面的香料研磨出來。

——如果我讓你登這個廣告，你真的可以找出有趣的東西？

——我願意賭上一個月的薪水，我冷靜地說。

他點點頭。

——賭上你的職業生涯，就成交。

•••

星期五，我提早一些走路上班。

廣告已經在《紐約時報》、《每日新聞報》、《快郵報》登了三天，請應徵者今天上午九點到康泰納仕大樓來。我和泰特「打賭」的消息已經迅速傳播出去，牛棚幾個男生只要我經過就吹口哨。在這種情況下，你也怪不得他們。

那時節，第五大道上的建築物還像是一夜之間抽了芽冒出來的、沒入雲霄的豌豆莖。

一九三六年，法國建築巨匠柯比意出版一本小書，名為《那時大教堂還是白的》，書中記錄他初訪紐約的點滴。他在書裡描述第一次見到這座城市的激動心情，像惠特曼一樣歌頌紐約的人情和節奏，但也歌頌摩天大樓和電梯和冷氣機，抛光鋼鐵和反光玻璃。紐約如此大膽熱情，他寫著，樣樣事物都可以從頭來過，送回建築中庭裡，重製成更厲害的東西……

讀過這本書以後，你走在第五大道上，仰望這些高塔，你會感覺任何一座都可能帶你找到下金蛋的母雞。

可是那年夏天，另一個此城的訪客卻有稍稍不同的觀點。他是名叫約翰．威廉．沃爾得（John William Warde）的年輕人，早上十一點半左右，他從高譚飯店十七樓的窗戶爬出去，站在窗台上。立刻有人看見他，底下聚集了為數不少的群眾，男人停下來，手指勾著外套掛在肩上，女人拿帽子搧風，報社記者蒐集要引述的內容，警察則是清空人行道，他們判斷他隨時會……

然而沃爾得只是站在窗台上考驗記者、警察、眾人的耐性，群眾裡因此有人懷疑，他沒有活下去的勇氣，也沒有結束痛苦折磨的勇氣；至少他們一直是這樣說的，到晚上十點三十八分他跳下去之前。

所以，我想紐約的天際線也有一點這種激勵作用。

康泰納仕的大廳還空蕩蕩的，看來快快低調上樓有望。但是我往電梯走去時，駐守保全辦公桌的湯尼卻招手要我過去。

——嘿湯尼，怎麼了？

他往大廳側邊點了點頭。鍍鉻和皮革製成的長椅上，坐著兩個衣著寒酸的男人，手上拿著帽子。他們沒刮鬍子，垂頭喪氣，像是已遭上帝遺忘的族群，會去包厘街傳道所聽講道，只為了討一碗湯喝。看那樣子，就算他們眼前擺著內幕消息，但是包著玻璃紙在廉價商店賣，他們也認不出來。我心裡想，要怎麼樣低聲下氣匍匐請罪，才能說服瑪克姆女士讓我回去工作呀？

——一開門他們就在外面等著了。湯尼說著，又撇著嘴角說：左邊那個有點臭。

——謝了湯尼，我會帶他們上去。

——好，愷小姐，好啊，可是其他的你要我怎麼辦？

——其他的？

湯尼從他的桌子旁邊走出來，打開樓梯間的門。裡面滿是高矮胖瘦各種男人，有些像長椅上那兩個，好像一路坐在貨車後面進的曼哈頓，也有些看起來像退休的英國僕役；有愛爾蘭人，義大利人，黑人；有的看起來陰險狡猾，有的世故，有的粗野，有的主人至上。他們並肩兩兩坐在樓梯上，一路蜿蜒上了二樓轉角，直到視野之外。

樓梯第一階一個穿著得體的高個子一看見我，就起立站好，彷彿我是走進營房的指揮官。沒兩下子，樓梯上的每個男人都站起來了。

22 永無島

十一月中旬某個星期六晚上，我和迪奇、蘇西、威利來到格村的爵士俱樂部「斜屋頂」，和其他人碰面。迪奇聽了小道消息，說下城的樂師深夜會聚在這裡玩即興，而且他認為既然樂師會來，就表示這地方肯定還沒被貴族名流糟蹋。然而真相是，店主是個心胸寬厚臉皮薄的老猶太人，會無息借款給樂師；就算斜屋頂俱樂部把整本《社交名人錄》的人都吸引來了，他們還是會聚集在這裡。不過最後結果是一樣的，只要你待得夠晚，你就可以聽到未經過濾的新東西。

俱樂部比我和伊芙常來那陣子華麗了一些，現在有個女孩管理寄放的大衣了，桌上也有了紅色的小檯燈。不過說起來，我也變得華麗了一些，我戴著一克拉鑽石短鍊，是迪奇從母親那兒哄騙來的，當作我們的三星期紀念。我覺得迪奇的母親並不特別喜歡我，但是迪奇這一輩子都小心翼翼地偽裝著某種性格，那副樣子居然讓人很難對他說不。他大體上是個愛玩又沒有壞心眼的人，可是只要你對他應了好，即使是答應他最微小的要求（**你要不要去散散步？你要不要吃霜淇淋？我可以坐你旁邊嗎？**）他的臉都會有一下子亮了起來，彷彿中了賓果。我看他這輩子最多從范德淮夫人口中聽過三次**不要**，連我都不容易說出口了。

迪奇跟女侍一起把兩張四人桌併起來，我們八個人坐在一起。等第二輪酒的時候，迪奇拿著從我的馬丁尼偷走的橄欖叉，指揮大家說話，主題是：不為人知的才能。

迪奇：威利！換你。

威利：我是異於常人的樂天派。

迪奇：廢話，不算。

威利：我左右兩手都很靈活？

迪奇：像樣一點了。

威利：呃，有時候……

迪奇：什麼什麼？

威利：我會在唱詩班唱歌。

大家倒抽一口氣。

迪奇：服了你，威利！

提傑：假的吧？

海倫：我看過他唱，在聖巴多羅買教堂，站後排。

迪奇：你最好解釋一下，年輕人。

威利：我小時候在唱詩班唱歌。偶爾他們缺男中音，團長就會打電話給我。

海倫：多可愛啊！

我：可以為大家示範一下嗎，威利？

威利（姿勢端正地）：

至善聖靈，萬有真源
混沌初開，運行水面
紛亂之中，發令威嚴
分開天地，乃有平安
今為海上眾人呼求
使彼安然，無險無憂[52]

大家敬畏地鼓掌。

迪奇：你這無賴！看看女生都哭了，狂喜的眼淚呀，真是下流手段。（轉向我）你呢寶貝？不為人知的才能？

我：你呢迪奇？

大家：對啊，你呢！

蘇西：你不知道？

52 讚美詩《永恆聖父恩能無邊》（*Eternal Father, Strong to Save*），譜曲後廣為流傳，亦成為英美海軍軍歌。此處譯文為中文世界慣用版本，譯者不詳。

我：不知道。

蘇西：說吧，迪奇，告訴他們。

迪奇看著我羞紅了臉。

迪奇：紙飛機。

我：哎唷我的天哪！

鼓手好像要保他出去一樣，敲了六下定音鼓，隆隆鼓聲為一段克魯帕[53]風格的獨奏收了尾，隨即整個樂隊奏起搖擺樂；彷彿鼓手撬開了門，而其他人把房子洗劫一空。現在迪奇才是那個狂喜的了，顫音琴手一敲起三拍子節奏，他就在椅子上旋來轉去，兩腳亂踏一通，頭快速轉了幾下，好像無法決定該搖頭還是點頭。然後他捏了我的屁股。

有些人天生就能欣賞巴哈、韓德爾一類平和而形式嚴謹的音樂，他們可以感受到音樂裡的數學關係、對稱與樂旨的抽象之美。但迪奇不是這一種人。

兩個星期前，為了討我喜歡，他帶我去卡內基音樂廳欣賞莫札特鋼琴協奏曲。開場是一首田園牧歌，讓人心花怒放有如身處夜曲的吹拂中，但迪奇像暑修班的二年級學生一樣煩躁不安。第二曲結束，觀眾開始鼓掌，坐在我們前方的老夫婦起身，此時迪奇可說是從椅子上跳了起來，他瘋狂拍手，然後一把抓起他的外套。我告訴他現在只是中場休息，他那垂頭喪氣的樣子，讓我只得立刻帶他到第三大道吃漢堡喝啤酒。那是一家我知道的店，店主會彈爵士鋼琴，還有一把低音大提琴、一面高中鼓號樂隊的小鼓伴奏。

在這種便宜小店接觸小編制爵士樂，讓迪奇耳目一新，他憑直覺就能理解這種音樂即興的本質：

53 Gene Krupa，1909~1973，當時知名的爵士鼓手，將非洲節奏帶入搖擺樂，大大提升鼓手在爵士樂隊中的地位。

未經計畫，雜亂無序，自然不做作，其實就是他性格的延伸，集合一切他喜歡的世間之物，你可以對它抽菸，對它喝酒，對它喋喋不休，又不必因為沒有凝神聆聽而感到愧疚。後來幾個晚上，迪奇在小編制爵士樂的陪伴下，度過了歡樂好時光，並且將之歸功於我——不一定都是公開表揚，而是在要緊的時候，而且經常為之。

——我們會上月球嗎？他在顫音琴手歪歪頭接受掌聲的時候問。如果可以踏上另一顆行星，該有多美妙啊。

——月球不是衛星嗎？海倫以她天生沒自信的博學發問。

——我想去，迪奇表示決心地說道，並沒特別對著誰說。

他把雙手坐在屁股底下，思考著可能性，然後側過來親吻我的臉頰。

——……而且我想要你一起去。

不知何時，迪奇換到了桌子另一邊，去跟提傑和海倫說話。這是展現出自信，是討喜的表現，因為他總算不再覺得必須哄我開心，或是讓大家知道他需要我的關注。由此可見，時時渴望得到肯定的男人，也可以藉由一些親熱的小動作，得到自我肯定。

迪奇再次對我眨眨眼，我也眨了回去，這時我看見一幫「以工代賑方案」那類烏合之眾，往他身後那張桌子聚集過去；亨利．古瑞也在其中。我好一會兒才認出他，因為他沒刮鬍子，也瘦了一些。他倒是很快就認出我，直接走過來，倚著迪奇空下來的椅子靠背。

——你是泰迪的朋友，對吧？意見很多那個。

——沒錯，我叫愷蒂。你對美的追求進行得如何了？

——爛斃了。

——很遺憾。

他聳聳肩。

——我無話可說也無從說起。

亨克回頭看了一下他那一夥人。他點著頭，比較像是同意這音樂，而不是跟著打拍了。

——有菸嗎？他問。

我從皮包拿出一包遞過去，他拿了兩根，一根給我。他拿自己那根菸在桌上敲了十下，然後夾到耳朵後面。室內很熱，他開始流汗。

——喂，你說我們出去外面怎麼樣？

——好啊，我說，等我一下。

我繞到桌子另一邊去找迪奇。

——那是一個老朋友的哥哥，我們出去抽根菸，可以嗎？

——好啊好啊。他的回答炫耀著剛剛萌芽的自信。

不過為了保險起見，他還是把自己的外套拿來披在我肩上。

我和亨克到外頭去，站在俱樂部的遮簷底下。冬天還沒到，但空氣已經很涼，剛才在俱樂部裡舒舒服服窩了一陣子，現在吹吹涼風正合我意。但亨克可不愜意，他的身體似乎跟他在裡頭的時候一樣不舒服。他點燃那根敲實了的菸，帶著毫不後悔的氣魄津津有味地把菸吸進身體裡。我開始了解，亨克削瘦躁動的體態，也許並不是他與色彩形狀搏鬥的徵候。

——那，我弟弟怎麼樣？他一邊問一邊把火柴扔到街上。

我告訴他我兩個月沒見過錫哥了，還有我連他在哪裡都不知道——不過我猜我的語氣比我打算的還要尖銳一些，因為亨克又抽了一口菸，饒富興味地看著我。

——我們吵了一架，我解釋。

——哦？

——這麼說吧，我終於知道他不完全是他呈現出來的那個人。

——你是嗎？

——夠接近了。

——稀有人種。

——至少我不會到處暗示自己從搖籃一路榮華富貴進了常春藤盟校。

亨克把菸扔了，一邊踩熄一邊冷笑。

——你大錯特錯了，瘦竹竿，駭人聽聞的不是泰迪假裝常春藤畢業生，駭人聽聞的是從一開始這種蠢事竟然可以造成不同的結果，就算他會說五種語言，就算他可以從開羅或剛果自己平安回家，又能怎麼樣。他有的東西學校才教不來呢，他們或許毀得掉，但絕對教不來。

——是什麼東西？

——奇蹟。

——奇蹟！

——沒錯。誰都可以買一輛車，或通宵玩樂一晚。我們大多數人像剝花生一樣一天一天剝掉日子，但是一千個人之中才有一個可以用驚奇的眼光看這個世界。我不是說對著克萊斯勒大廈目瞪口呆，我是說蜻蜓的翅膀，擦鞋匠的傳奇，帶著純潔的心走過純潔的時刻。

——所以，他有赤子之心，我說，是這樣嗎？

他抓著我的前臂，好像我沒搞清楚重點。我感覺到他的手指壓進我的皮膚。

——**我作孩子的時候，話語像孩子，心思像孩子，意念像孩子，既成了人**——[54]

他放下我的手臂。

54　出自《哥林多前書》第十三章十一節，原文後半句為：既成了人，就把孩子的事丟棄了。

——……卻多的是遺憾。

他看向別處。又一次，他伸手摸著耳後，尋找早已抽過的菸。

——到底發生了什麼事？我問。

亨克用他那種敏銳的眼光看著我——時時刻刻衡量著，該不該紆尊降貴回答問題。

——發生了什麼事？我告訴你發生了什麼事：我家老頭失去了我們原本擁有的一切，一點一滴地沒了。泰迪出生的時候，我們四個人住在有十四個房間的屋子裡，每一年我們少掉一個房間——還往碼頭方向搬幾條街。到了我十五歲，我們已經住在一棟歪到水面上的寄宿公寓。

他伸出手比出四十五度角，讓我可以想像。

——我母親一心想要泰迪念私立預備學校，是我曾祖父念過的——在波士頓傾茶事件之前，所以她一點一點辛苦積攢，把他的卷髮梳直，督促著他進了私校。然後，泰迪入學第一年過了一半，她進了癌症病房，我老頭找到她藏的錢，就這樣了。

亨克搖搖頭。你會感覺亨克．古瑞這人永遠不會弄不清楚該搖頭或點頭。

街上一對高大的黑人男女走了過來，亨克雙手放在口袋裡，朝那男人點了點下巴。

——嘿，老兄，有菸嗎？

他用他那副唐突不友好的樣子說。那黑人似乎不生氣，給了亨克一根菸，甚至點了火柴，用他又大又黑的手圍著火焰。亨克尊敬地看著那對男女走開，彷彿再次找到人類的希望。他轉身回來，大汗淋漓，好像瘧疾患者。

——是愷蒂對吧？欸，你身上有錢嗎？

——我不知道。

我伸手在迪奇的獵裝外套裡摸了摸，找到一個鈔票夾，有幾百元。我考慮全給亨克，但是最後給了他兩張十元鈔。我把錢從夾子裡拿出來的時候，他下意識地舔了舔嘴脣，彷彿已經可以嘗到錢即將換來的滋味。我把鈔票遞給他，他握拳捏緊，好像在擠出海綿裡的水。

──你要回去嗎？我明知不會還是問了。

他朝東城比了比，算是解釋。那手勢有一種完結的味道，好像他知道我們不會再見面了。

──五種語言？我在他離開之前說。

──對啊，五種語言。而且他可以用每一種語言欺騙自己。

我，迪奇和大家一直待到很晚，而且得到了相應的獎賞。魔法時刻一過，樂師陸續抵達，樂器夾在手臂下。有些人輪流上台，有些頂著牆，還有一些坐在吧台邊，方便接受免費招待。大約一點，一團八個樂師（包含三個小喇叭手）奏起比津舞曲。

稍晚我們要離開時，樂隊裡那個吹薩克斯風的大塊頭黑人在門口攔住我。我幾乎掩不住驚訝。

──嘿，他以修士般的低八度音說。

可是我一聽見他的聲音，就知道他是誰了。是除夕夜那個薩克斯風手，我們在新潮俱樂部見過他表演。

──你是伊芙琳的朋友，他說。

──對，我是愷蒂。

──我們好一陣子沒見到她了。

──她搬去洛杉磯了。

他點點頭，表示十分理解，彷彿伊芙搬去洛杉磯是領先時代之舉。或許的確是。

──那女孩有好耳力。

他那語氣是知音難尋，由衷感謝。

──如果你見到她，告訴她我們想她。

然後他回到吧台邊。

這件事讓我笑了又笑。

因為一九三七那些夜晚，在伊芙的堅持之下我倆經常造訪爵士俱樂部，她總是逼著那些樂師給她菸，當時我把她的行為歸因於膚淺的衝動——她想要發揮她的中西部情感，跟黑人打交道——怎知從頭到尾伊芙琳．羅思就是個鑑賞力十足的爵士樂迷，連樂師都在她出城以後想念她？

我到外頭趕上大家，同時發出小小的感謝之禱，沒特別對誰。因為，我居然能湊巧得知缺席老友的一件好事，那大約是機會之神給了最好的禮物。

．．．

迪奇說的紙飛機不是開玩笑的。

在「斜屋頂」待得太晚，隔天晚上我們沉浸在紐約最甜美的奢侈之中——星期天晚上在家無所事事。迪奇打電話到樓下膳房叫了一盤一口三明治；這次不喝琴酒，他開了一瓶可以配著食物慢慢喝的白酒。而且這晚反常地暖和，所以我們把小野餐挪到五十平方呎大、俯瞰八十三街的露台上，還拿了一副望遠鏡來玩。

對面東八十三街四十二號的二十樓正在舉辦讓人沉悶窒息的晚宴，不懂裝懂的人穿著絲絨吸菸服，輪流發表冗長的敬酒詞。同一時間，四十四號十八樓有三個已經讓人送上床就寢的小孩，偷偷開了燈，用床墊築了壁壘，抓起枕頭，開始重演《悲慘世界》的街頭混戰。而我們正對面四十六號的頂樓公寓，有一個極度肥胖的男人穿著藝伎長袍，熱情洋溢地彈著一架史坦威。他的露台門開著，琴音飄飄，穿過星期天晚上微弱的車流聲而來，我們可以聽見他多情的旋律，〈藍月〉、〈福自天降〉、〈為愛而愛〉。他閉著眼睛彈，前後搖晃身體，肥厚的手一隻越過另一隻，八度音程與情感優雅地漸次前進，令人著迷。

——真希望他可以彈〈得兒可愛〉，迪奇企盼地說。

——打電話給他的門房好啦，我提議，請他把點歌傳達上去？

迪奇朝空中舉起一隻手指，表示有更好的主意。

他跑進屋裡，一會兒之後搬了一箱東西出來，有高級書寫紙、筆、迴紋針、膠帶、尺、圓規——

他帶著罕見的堅決表情全倒在桌上。

我拿起圓規。

——你在開玩笑吧？

他微怒地一把抽走圓規。

——才不是。

他坐下來，把工具排成一列，好像手術托盤上的解剖刀。

——喏，他說著，給了我一疊紙。

他咬著鉛筆頭上的橡皮擦，一會兒之後開始寫：

敬愛的先生：

若得聆賞您對〈得兒可愛〉一曲的詮釋，吾人將無任感激。因為得兒今晚得兒美妙，可不是？

您一時瘋狂的鄰居　敬上

我們連珠炮似的準備了二十張點歌單。〈命中注定〉，〈假面淑女〉。然後迪奇從〈得兒可愛〉開始著手工作。

他把瀏海往後撥，向前傾著身體，把圓規的針尖立在花紋紙的右下角，熟練地畫了一條弧線。接著，他用製圖員一般精準的工夫，以圓規的筆尖為支點，把圓規旋了出去，讓針尖立在紙張中央，好畫出切線圓。沒兩下子，他已經畫出一連串圓形，和相連結的弧線。他把尺放上去，畫了一些對角線，好似領航員在艦橋上設定航道。完成藍圖後，他開始沿著各種對角線摺了起來，並且用指甲加強每條摺線，發出使人滿意的嘶嘶聲。

迪奇一邊忙著時，牙齒咬著舌尖。這四個月以來，我大概是第一次看過他保持這麼久不說話，肯定也是我第一次看他這麼專注做事。迪奇這個人的趣味，有一部分就在於能夠輕快地跳過一個時刻又一個時刻，一個話題又一個話題，就像麻雀在麵包屑的旋風中跳來跳去。可是現在他展現了自然不做作的專注，那副樣子似乎更適合拆彈專家，而且看起來實在討人喜歡。畢竟，沒有哪個腦筋正常的男人會為了取悅女人，這麼用心地摺紙飛機。

——你看，他終於雙手捧著第一架飛機說。

雖然我樂於欣賞迪奇做事的樣子，對他的空氣動力學卻沒多少信心，他的作品看起來不像任何一架我見過的飛機。那年代的飛機有圓滑的鈦合金鼻子，圓圓的肚子，翅膀像十字架的橫槓一樣從身體突出去。而迪奇的飛機像是底下有懸臂撐著的三角形，鼻子像負鼠，尾巴像孔雀，翅膀還有窗簾一樣的摺子。

他靠著陽台往外稍微伸出身體，把手指舔了舔，再往空中舉起來。

——六十五度，風速半節，能見度二哩，很適合飛行的夜晚。

沒有爭論的餘地。

——喏，他說著把望遠鏡遞給我。

我笑了，拿過來擱在大腿上。他太專心，並沒有跟著笑。

——出發，他說。

他再看一眼自己的工程成果，然後向前踏一步，像鵜伸長脖子那樣伸出他的手臂。

嗯，結果是這樣的——迪奇的流線形三角機身或許不像當時的飛機，卻完美預測了未來超音波噴射機的模樣。飛機射出去飛越八十三街，絲毫沒有搖晃，在空中微微向下滑行數秒後，轉為水平飛行，然後開始朝目標慢慢飄去。我手忙腳亂地抓起望遠鏡，花了一會兒時間才找到飛機，它正朝南方乘風而去。接著，非常輕微地，它開始搖晃，然後下降，消失在五十號十九樓陽台的陰影中——往東偏離了目標兩個門牌、三層樓。

——可惡，迪奇滿腔熱血地說。

他轉向我，帶著一絲父親般的關懷之情。

——別氣餒。

——氣餒？

我站起來，抱著他給了一個響吻。我退開以後，他微笑說：

——繼續工作！

迪奇不只做一架紙飛機——他做了五十架。有三摺的，四摺的，五摺的，有些還對摺以後連續反摺，做出來的機翼形狀讓人想不透，不把紙撕成兩半怎麼可能摺得出來。有的機翼截短了，機鼻尖細如針；有的機翼大如兀鷲，機身窄似潛艇，還用迴紋針壓艙。

我們把點歌單一架架射過八十三街，此時我逐漸了解迪奇高超的技術不只在飛機的設計，還在於他的發射技巧。根據飛機結構，他的力量或大或小，斜度也有增減，展現出已經發射過一千次單獨飛行、穿越過一千條八十三街、對抗過一千種天氣狀況的專業技能。

十點鐘，教人窒息的晚宴已經結束，小小革命家已經亮著燈睡著，而我們，已經有四架點歌機登陸胖胖鋼琴家的露台地磚，在他不知情的情況下（他已經搖搖晃晃走開去刷牙）。最後一架發射出去之後，我們也決定收手了，可是迪奇彎身拿起三明治盤子的時候，發現最後一張紙。他站起來，往陽台外面看。

——等等，他說。

他俯身以一手完美的草書寫下一段話，然後不靠他那些工具，直接反覆摺疊紙張，完成了他的作品之中比較有稜有角的機型。接著他仔細瞄準，朝四十四號十八樓的育兒室發射。它飛行的時候似乎動力逐漸增加，城市的燈光閃爍著，彷彿為它加油打氣，就像磷光為夜間泳者加油一樣。它直直穿過他們的窗戶，悄悄降落在一座壁壘上。

迪奇並沒有給我看紙條的內容，但我越過他的肩膀看見了。

我們的要塞遭遇四面八方的攻擊
我們的彈藥即將用盡
我們需要你們拯救

並且，再恰當不過地，署名彼得潘。

23 忽而看見

紐約冬天的第一道風凜冽無情，每次吹起來，總會讓我父親生起一些俄國鄉愁。他會拿俄式泡茶爐燒水煮紅茶，回想某年十二月徵兵暫止，井水沒結凍，農作沒歉收，他會說，出生在那地方並不壞，只要你永遠不必住在那裡。

我那扇俯瞰陰暗天井的窗戶實在歪斜得厲害，窗框和窗櫺相接處的縫隙大得可以塞一隻鉛筆。我拿一條舊內褲填縫，把水壺放到爐子上，然後想起我自己的幾個悲慘的十二月。敲門聲把我從回憶裡解救出來。

是安妮，穿著灰色寬褲和粉藍色襯衫。

——哈囉，愷瑟琳。

——哈囉，戈藍登夫人。

她微笑。

——我想是我活該。

——星期天下午光臨寒舍，什麼風把您吹來？

——哦，我很不想承認——可是我們隨時都在尋求**某個人**的原諒，此時此刻呢，我想我在尋求你的。我把你當成了傻大頭，像我這樣的女人，不該如此對待你這樣的女人。

她就是這麼厲害。

——我可以進去嗎？

——當然，我說。

有何不可呢？既然什麼都說了，什麼都做了，我知道我沒辦法再對安妮懷抱什麼怨恨。她並沒有辜負我的信賴，也沒有鑄成什麼大錯。她就像每個有辦法的曼哈頓人一樣，發現需求，付錢滿足需求。她購買年輕男子性服務這件事，跟她那無愧於心的沉著姿態完全一致（以一種不合常情的方式），而她的氣勢正是來自沉著。但話說回來，如果能看到她稍微失去重心，那也不錯。

——要喝點東西嗎？我問。

——我上次得到教訓了。不過你煮的是茶嗎？茶的話正合我意。

我準備茶具，她則在公寓裡東看西看，不是像布萊斯那樣盤點我的家產，似乎是對建築特色比較有興趣，像是翹起來的地板，龜裂的線板，外露的管線。

——我小時候，她說，住過一間很相似的公寓，離這裡不遠。

我掩不住驚訝。

——很震驚？

——不算是震驚，但我以為你出生在有錢人家。

——哦我是，我在中央公園附近的連棟街屋長大的。不過我六歲那一年跟保母住在下東城，我父母對我胡扯父親生病什麼的，事實上是他們的婚姻瀕臨破碎。我推測他喜歡玩女人。

我抬了抬眉毛，她露出微笑。

——對，我知道，老鼠的兒子會打洞。我母親多麼希望我遺傳她那邊多一點呀。

我們都沉默了一會兒，她有機會改變話題，不過她繼續說。或許冬天第一道風讓每個人都稍稍懷念起有幸拋下的過去。

——我記得那天早上我母親帶我到下城。她把我放在馬車裡，帶著一大箱衣服，其中一半在我要去的地方一點用都沒有。到了十四街，街上滿是小販，還有酒吧和攤車，我母親看到熱鬧景象讓我那麼興奮，答應每週我去看她的路上可以經過十四街。我直到一年後才再次穿越那條街。

安妮舉起杯子要喝，又停下來。

——現在想想，她說，後來我就再也沒越過十四街了。

她開始大笑。

過了一會兒我也加入。無論如何，很少有這麼有效的方法可以消除敵意，自我解嘲是其中之一。

——其實，她繼續說，穿過十四街不是唯一一件因為你而重溫的兒時舊事。

——還有什麼？

——狄更斯。記得六月那天你在廣場飯店偷窺我嗎？你的包裡有一本狄更斯的小說，觸發了我的美好回憶。所以我翻出一本舊舊的《遠大前程》，三十年沒打開過了，我花三天從頭讀到尾。

——你覺得怎麼樣？

——充滿樂趣，那是當然的，那些角色、措詞、轉折和事件等等。可是我必須承認，這次重讀，給我的印象有點像是書裡富有的老小姐郝韋芯的用餐室，一座塵封已久的歡宴廳，彷彿狄更斯的世界已經被拋棄在祭壇前。

就這樣，安妮開始富有詩意地暢談對現代小說的偏愛——海明威啦，吳爾芙啦——我們喝了兩杯茶，她在逗留過久惹主人厭之前，起身準備離開。她站在我的門口，最後一次環顧。

——對了，她的語氣彷彿剛剛有了這個想法，我在貝瑞斯福的公寓要浪費了，你何不搬進去住？

——哦，我不行，安妮。

——為什麼不行？吳爾芙寫《自己的房間》只說對了一半，我有房間，而且有好幾間。讓我借你一年，算是我跟你扯平。

——謝謝，安妮，但是我很滿意我的所在。

她伸手到皮包裡，拿出一隻鑰匙。

——喏。

那隻鑰匙有個銀圈圈，還有夏天膚色的皮套。她把鑰匙放在門邊一疊書上，然後舉起手不讓我反對。

——就考慮考慮吧，找一天午餐時間去感受一下，看看合不合適。

我把鑰匙掃進手心，然後跟著她走進走廊。

我不得不覺得這整件事十分好笑。安妮．戈藍登跟魚叉一樣銳利，她的倒刺還是魚叉的兩倍多：先是來個道歉，接著敘述對下東城的兒時回憶，然後對她性好漁色的根源稍作致敬；如果她是特地把狄更斯作品全集看過一遍，好替這塊奶油小餅乾加上糖霜，我也不會意外。

——你真不是個普通人物，安妮，我唱歌似的說。

她轉身面對我，表情嚴肅了一些。

——你才不是普通人物，愷瑟琳，一百個像你這樣出身的女人，有九十九個現在正捲起袖子在洗衣幹活。我懷疑你一點都不知道自己有多麼特別。

不論我認為安妮的意圖何在，我都沒想過會聽到稱讚。我發現自己盯著地板。等我抬起眼睛，從她敞開的衣領我看見她胸口的肌膚蒼白光滑，而且她沒穿胸罩。我來不及做好心理準備。我一迎上她的目光，她便吻了我。我們都塗了口紅，所以兩層蠟接觸的時候，有一種奇特的摩擦感。她的右手環著我，把我摟近一些，然後她慢慢退開。

——改天再來偷窺我，她說。

她轉身要走，我拉住她的手肘，把她轉過來並且拉近。從很多方面來說，她都是我認識的女人中最美的一個。我們的鼻子幾乎碰在一起。她分開雙脣。我的手往她的褲子滑下，然後放了鑰匙進去。

24 願你的國降臨

十二月第二個星期六，我在東河對面一幢六層樓無電梯公寓裡，旁邊都是陌生人。

前一天下午我在格村遇見福蘭，她有很多近況可以報告。她終於從馬汀革太太那兒搬出來，和格拉布同居。公寓是列車式格局，房間一間連著一間，窄窄的走廊貫穿前後，位在福來布許區附近，站在逃生梯上幾乎看得見布魯克林大橋。她抱著一個袋子，裡面滿是莫扎瑞拉起司和橄欖和番茄罐頭和中國城賣的食物——因為格拉布要過生日，她打算做家傳的帕切里小牛肉給他吃。她甚至買了槌子，像以前奶奶用的那種，這樣就可以自己敲肉片。然後隔天晚上他們要開派對，我非去不可。

她穿著牛仔褲和緊身毛衣，站在那裡像有十呎高。和格拉布搬進新家，還有一把用來敲小牛肉的棒槌……

——你站上世界的頂端了，我說，而且是真心的。

她只是笑，然後猛捶我的肩膀。

——少廢話了，愷蒂。

——我認真的。

——還好啦，她笑著說。

然後她突然一副憂心忡忡的樣子，彷彿她剛才冒犯了我。

——嘿，不要誤會，我沒聽過比這更窩心的話了，可是那不表示你說的不是廢話。我想我是站在什麼東西的頂端沒錯，但可不是這世界。我們會結婚，格拉布畫畫，我呢，給他五個孩子和下垂的奶。我等不及了！可是說什麼世界的頂端？那比較像你的路線吧——而且我還指望著你爬上去呢。

來的這群人就是他們的舊友新知大雜燴，有來自澤西海岸連綿的天主教地帶、咂咂吃著口香糖的女孩，中間混著幾個來自皇后區的阿斯托利亞、白天寫詩晚上看門的男人，還有兩個手臂粗壯的帕切里貨運員工，落入一個艾瑪．高德曼[55]接班人的手裡。大家都穿褲子，擠在一起手肘貼著手肘，思想碰撞思想，籠罩在瀰漫的香菸薄霧中。窗戶開著，你可以看見幾個比較精明的客人已經站到逃生梯上，呼吸晚秋的空氣，欣賞幾乎看得見的大橋。我們的女主人自己就坐在那兒。她搖搖欲墜地坐在梯子的

55 Emma Goldman，1869~1940，紐約的無政府主義者及女權運動家。

橫檔上，頭上戴著貝雷帽，香菸低垂著，那樣子好像鴛鴦大盜之中的邦妮。

一個從澤西姍姍來遲、在我後面進門的女孩看見客廳牆壁，愣得當場停下腳步。從地板到天花板，牆上滿滿掛著一系列霍普[56]風格的肖像畫，一個又一個裸胸的衣帽間女管理員坐在櫃台後面，看起來漫無目標，百無聊賴，卻又有點對抗的味道——彷彿在挑釁我們，看我們敢不敢跟她們一樣漫無目標百無聊賴。她們有些人頭髮往後梳，有些塞在帽子底下，但全都是不同版本的「小蜜桃」福蘭——一直到底下那些銀幣大小的茄子色「光暈」都是。我想那個遲到的女孩真的倒抽了一口氣，她的高中死黨竟然裸著胸當模特兒，這件事讓她充滿恐懼與嫉妒，你完全看得出來，她已經下定決心隔天就搬到紐約市，或者永不搬來。

格拉布的衣帽間女管理員包圍著牆壁正中央的一幅畫，畫的是百老匯戲院的遮簷——是亨克·古瑞的原作，向斯圖爾特·戴維斯致歉之作。他大概人在這兒，我想，而且我發現自己盼著見到他那厭世的側影。他基本上就是頭豪豬，只是多了一條多愁善感的斑紋和讓你思考的尖刺。或許錫哥是對的，說到底。或許亨克和我**確實**氣味相投。

這場聚會的勞工階級風格沒有走味，現場唯一的酒精飲料似乎是啤酒——不過我找到的盡是空瓶。空瓶子堆在派對客人的腳邊，偶爾像保齡球瓶似的被人踢倒，然後骨碌碌滾過硬木地板。接著，我發現一個金髮女人從廚房走進擠滿人的走廊，高舉剛打開的瓶子，像自由女神舉著火炬。

廚房顯然不像客廳那麼有群居性。中間有個浴桶，一個教授和一個女學生坐在裡面，膝蓋碰膝蓋，為了私事在竊竊地笑。冰箱靠著後牆，我走過去，一個下巴有鬍碴、放蕩不羈型的高大男子擋著冰箱門，他的尖鼻加上曖昧的獨占氣氛，讓我想起守衛法老陵墓的半人半胡狼。

——方便嗎？

56 Edward Hopper，1882~1967，美國畫家，擅長描繪人在工業社會的孤寂，最著名的作品是《夜遊者》（*Nighthawks*）。

他打量我一秒鐘，彷彿我把他從睡夢中驚醒。現在我看出來了，他跟喜馬拉雅山一樣高。

——我看過你，他用實事求是的語氣說。

——真的？從多遠？

——你是亨克的朋友，我在「斜屋頂」看過你。

——哦，對。

我隱約記起他也在那群以工代賑類型的人裡面，坐在隔壁桌。

——其實，我算是在找亨克，我說，他在這裡嗎？

——這裡？沒有……

他上上下下打量我，用手指摩擦著下巴上的鬍碴。

——我猜你沒聽說。

——聽說什麼？

他又端詳了我一會兒。

——他走了。

——走了？

——永別了。

我大吃一驚。那種陌生的驚訝感，在面對不可避免的命運時，會讓我們失去鎮定，即使只是一時之間。

——什麼時候的事？我問。

——一個星期左右。

——發生什麼事了？

——妙就妙在這裡，他靠救濟金過了幾個月以後，得到一筆意外之財，不是零錢，你懂吧，真的錢，可以讓他東山再起的錢。拿錢磚給自己蓋一棟房子都好，可是亨克他呀，把所有的錢拿來大開酒宴，揮霍一空。

胡狼環顧四下，彷彿突然想起自己所在何處。他對著屋子嫌惡地揮揮手上的啤酒瓶。

——可不是這種小場面而已。

那動作似乎讓他想起酒瓶已經空了。他把瓶子扔進水槽裡，發出喀啦喀啦地聲響。他從冰箱拿了一瓶新的，關上門，又靠上去。

——真的，他說，真是大場面呢。而且亨克是整件事的主謀，他有滿滿一口袋的二十元鈔。他讓那些小夥子出去買紫樹蜂蜜和松節油，把錢都發給大家，然後大概半夜兩點，要大家把他的畫都搬到屋頂上，扔成一堆，潑了汽油，點火燒了。

胡狼露出笑容，整整兩秒。

——然後他把大家都趕出去，那是我們最後一次見到他。

他喝了一口，搖搖頭。

——是嗎啡嗎？我問。

——什麼東西是嗎啡嗎？

——他吃很多？

胡狼爆笑出來，好像我瘋了似的看著我。

——他**入伍**了。

——入伍？

——當兵去了，他的老本行，第十三野戰炮兵營，布雷格堡基地，在坎伯蘭郡。

我有點茫然，轉身要走。

——嘿，你不是要拿啤酒？

他從冰箱拿了一瓶出來遞給我。我不知道我為什麼拿了，我都不想要了。

——回頭見，他說。

然後他靠著冰箱，閉上眼睛。

——嘿，我又叫醒他。

——啊？

——你知道哪來的嗎？我是說意外之財。

——知道啊，他賣了一大堆畫。

——你開玩笑吧。

——我不開玩笑的。

——要是他的畫能賣，何必入伍？何必把剩下的燒掉？

——他賣的不是他的畫，是一些繼承來的斯圖爾特・戴維斯。

我打開我家的門，看起來沒人住的樣子。並不是家徒四壁，該有的東西我還是有的，只是過去幾個星期，我一直睡在迪奇家，於是慢慢地，確實地，這地方變得整齊乾淨起來，水槽和垃圾桶空空的，地板沒堆東西，衣服疊得好好的在抽屜裡，書本耐心在書堆裡等著。屋子看起來像鰥夫的公寓，他死後幾個星期，兒女已經把垃圾丟了，但是無用餘物還沒分配。

那天晚上，我本該和迪奇碰面吃宵夜，幸好我來得及在他出門前找到他。我說我回了我家，已經準備要睡。夠明顯了，有事情壞了我這晚的心情，但他沒問是什麼事。

迪奇大概是我的交往對象中，第一個教養太好不問東問西的人，而且我一定是愛上了這種特質，因為他遠遠不是最後一個。

我給自己倒了琴酒，能讓我家看起來不那麼蕭條的分量。然後在我父親的安樂椅上坐下來。

我想亨克把意外之財全浪費在一場派對中，讓那個胡狼有點驚訝。但是亨克這麼做的原因並不難理解。不論那些鈔票有多新，你就是無法逃避事實，事實是賣掉斯圖爾特・戴維斯的畫作換錢，就等於重新分配安妮・戈藍登的財富，還有錫哥的節操。亨克沒有選擇，對那些錢，他只有棄如敝屣。

時間對於捉弄記憶很有一套。回頭看，一連串同時發生的事件似乎可以延伸成一年，而整個季節卻可以濃縮成一個晚上。

或許時間也這樣捉弄了我。但是根據我的記憶，電話響起時，我正坐在那兒思考亨克的狂歡派對。是畢琪，聲音聽起來吞吞吐吐。她打來通知我華勒斯・渥卡特喪命的消息。他似乎是在聖特雷莎附近遭到射殺，有一隊共和軍在那裡防守某個山腰上的小鎮。

我接到電話的時候，他已經過世三個星期。那年代，大概要花點時間取回屍體，驗明身分，然後才能把消息傳回家鄉。

我謝謝她打電話來，她話沒說完，我已經把話筒掛回去。

我的杯子空了，我需要喝一杯，但是我沒辦法起來倒酒。反之，我關了燈，背靠著門，坐到地板上。

・・・

第五大道和五十街交叉口的天主教聖巴德利爵主教座堂，是美國十九世紀早期哥德建築的一大典範。採用的白色大理石來自紐約州北部，牆壁無疑有四呎厚；彩色玻璃窗請了法國沙特爾的工匠來製作；有兩座祭壇是第凡內設計的，另一座則是請來一個梅第奇家族的人；東南角的聖母憐子像是米開朗基羅作品的兩倍大。事實上整座教堂製作實在太精美，天主每天處理例行公務的時候，都可以略過聖巴德利爵不管了，因為他可以放心，裡面那些物事會把自己照顧得很好。

而這一天，十二月十五日下午三點，天氣暖和，蒸蒸日上。一連三個晚上，我和梅森忙著〈中央公園西路的祕密〉，到半夜兩三點搭計程車回家，睡幾個小時，沖個澡，換個衣服，又回到辦公室，一點點思考的時間都沒有——恰恰是我需要的步調。可是今天他堅持要我早點回家，等我一回神，我卻已經沿著第五大道漫步，爬上了主教座堂的台階。

這天的這個時辰，四百個座位有三百九十六個空著。我找了位子坐下來，想讓思緒飄走，它卻不願意。

伊芙，亨克，華勒斯。

突然間，所有英勇大膽的人都走了。一個接著一個，他們閃閃發光，然後消失，把無法將自己從欲望解放出來的人拋在腦後，像是安妮，錫哥，和我。

——我可以坐這裡嗎？有人彬彬有禮地問。

我抬起眼，有些氣惱，這麼多空位，偏偏要來跟我擠。但那人是迪奇。

——你在這裡做什麼？我低語。

——懺悔？

他滑進我旁邊的座位，雙手自動放在膝蓋上，彷彿打從坐不住的孩提時期就已經受過嚴格訓練。

——你怎麼知道我在這裡？我問。

他把重心挪到右側身體，眼睛沒離開過祭壇。

——我去了你的辦公室，想假裝巧遇你，但是你不在，破壞了我的計畫。一個戴貓眼鏡框的鐵娘子建議我，不如剛好走進附近某座教堂，她說你偶爾會在休息時間造訪。

你不得不給愛麗讚賞。我從來沒告訴她我喜歡去教堂，她也從來沒提過她知道。不過她給了迪奇小情報這件事，很可能是第一個具體的徵兆，讓我知道我跟她會成為很久很久的朋友。

——你怎麼知道我在哪一座教堂？我問。

——顯而易見呀。因為你不在剛才那三座裡面。

我握了握迪奇的手，沒說話。

把內殿研究過一遍之後，迪奇現在仰頭望著教堂天花板的藻井。

——你熟悉伽利略嗎？他問。

——他發現世界是圓的。

迪奇驚訝地看著我。

——真的？是他？我們還真是好好利用了那個發現呢！

——你說的不是他嗎？

——我不知道。我對這個伽利略的印象，就是他計算出鐘擺來回兩呎，和來回兩吋，花的時間是一樣的。這個當然解決了老爺鐘之謎啦。總之，他似乎是觀察教堂天花板上的枝形燭台來回搖晃，才發現了這個原理。他會利用自己的脈搏測量搖擺的時間。

——真了不起。

——是吧？就只是坐在教堂裡。打從我小時候知道這件事以後，每次聽講道我都讓自己的思緒亂飄，卻什麼新發現都沒得到過。

我笑出聲。

——噓，他說。

一名教士走出一座附屬小堂，跪下來畫了十字，然後走上內殿，開始點祭壇上的蠟燭，準備四點鐘舉行彌撒。他穿著黑色長袍。迪奇看著他，臉色亮了起來，彷彿剛剛得到他苦等已久的新發現。

——你是天主教徒！

我又笑出聲。

——不是。我不特別信神，不過我出生在俄羅斯東正教家庭。

迪奇吹了聲口哨。教士都聽見了，回過頭來。

——聽起來很可怕。

——我可不知道。不過復活節我們整個白天禁食，整個晚上吃。

迪奇似乎認真思考著這件事。

——我想我辦得到。

——我想你可以。

我們安靜了一會兒，然後他重心又往身體右側挪了一些。

——我幾天沒看見你了。

——我知道。

——你要告訴我發生什麼事嗎？

我們現在看著彼此。

——說來話長，迪奇。

——我們出去外面吧。

我們坐在冰冷的台階上，雙手抱著膝，我把我在麗池告訴畢琪的故事濃縮了，說給他聽。這次多了一點距離，或許也多了一點自覺，我發現自己敘述的時候彷彿把它當成了百老匯笑鬧劇，把那些巧合和意外說得活色生香：在賽馬場遇見安妮！伊芙拒絕求婚！在中國風偶遇安妮和錫哥！

——但是最好笑的來了，我說。

接著我告訴他我發現華盛頓的《社交與談話禮儀》，還有我這個傻瓜，竟然沒想到那是錫哥的兵法書。為了舉例，我連珠炮似的迅速說了幾條華盛頓的金玉良言。

可是，不論是因為十二月天坐在教堂台階上，或是因為說了我們國父的俏皮話，我的幽默似乎沒有產生效果，我說著最後幾句台詞，聲音有些發顫。

——好像沒那麼好笑哦，說起來，我說。

——是啊，迪奇說。

他突然比平常正經起來，扣緊雙手，往下看著階梯。他什麼都沒說，開始讓我有些害怕了。

——你想離開這裡嗎？我問。

——不用，不要緊，我們待一會兒。

他沉默著。

——你在想什麼？我催促他。

他開始在台階上輕輕踏著腳，一種很不像他的、不焦躁的方式。

——我在想什麼？他對自己說，我在想什麼？

迪奇吸氣又吐氣，做好準備。

——我在想，或許你對這個叫錫哥的太嚴厲了一點。

他不再踏腳，把注意力轉向第五大道對街，洛克斐勒中心前面的裝飾藝術擎天神雕像。簡直像是他還不能直視我。

——所以，這個叫錫哥的，他說，語氣像是希望確定自己已經掌握住事實，他被預備學校趕出來，因為他父親花掉了他的學費。他去工作，在工作中偶然認識了「魯克蕾奇亞．波吉亞」[57]，她引誘他到紐約，承諾帶他跨出第一步。你們大家偶然相遇，雖然他對你有感覺，最後卻和你那個被牛奶卡車撞爛的朋友在一起，一直到被她拋棄為止。然後他哥哥也算是拋棄了他……

57 Lucrezia Borgia，1480~1519。教皇歷山六世的私生女，文藝復興時期大力資助藝術家，據傳私生活放蕩。董尼才悌寫過以她為題的歌劇。

我發現我看著地上。

——差不多是這樣嗎？迪奇充滿同情地問。

——是，我說。

——你知道所有事情之前——關於安妮．戈藍登和瀑河城和鐵路股票有的沒的——你知道這些事情之前，很喜歡這傢伙。

——是。

——所以我想現在的問題是——撇開別的先不說——你現在還喜歡他嗎？

偶然遇見某個人，迸出一些火花之後，對於那種彷彿已經相識一輩子的感受，你心裡能覺得踏實嗎？在最初幾個小時的交談之後，你真的能確定你們之間的連結如此特殊，可以不受時間與習慣的束縛？如果是這樣，那個人既然能完滿未來你的每時每刻，是不是同樣也能一手顛覆？

——所以，撇開別的先不說，迪奇以不可思議的超然問著，你現在對他還是有愛？

不要說出來，愷蒂，拜託你，不要承認。動起來，去吻這個瘋狂帽匠，說服他永遠不再談這件事。

——是，我說。

是——這個字理當代表極樂，**是**，茱麗葉說。**是**，哀綠綺思[58]說。**是，是，是**，摩莉．布盧姆[59]說。坦白，確認，甜蜜的許可。但是在這段對話裡，卻是毒藥。

我幾乎可以感覺他身體裡有東西死去。而死去的是他對我的印象，充滿自信、毫不質疑、包容一切的印象。

58 Heloise，?~1164。十二世紀法國神學家阿伯拉（Peter Abelard，1079~1142）的戀人，兩人祕密結婚，後因世人誤解必須分開，分別入了修道院。

59 喬伊斯（James Joyce，1882~1941）小說《尤利西斯》中主角不忠的妻子。

——唉，他說。

在我上方，黑色翅膀的天使圍成一圈，像沙漠裡的鳥。

——……我不知道你這個朋友是真心嚮往這些禮儀，或者只是想模仿，讓旁人更加接納他。不過真的有差別嗎？我是說，那些不是老喬治自己發明的，他是從別的地方記下來，想要好好發揮自己的能力。我聽了滿佩服的，我想我自己一次最多只能做到五、六條。

我們現在都看著雕像，上面的肌肉線條非常誇大。雖然我來過聖巴德利爵教堂一千次了，在此之前卻從沒想過，對街有個擎天神站在那裡多奇怪呀。他的位置就這麼直直對著主教座堂，你從教堂裡往外走，他那偉岸的身形正好被門口框起來，好像他等著你似的。

要在美國數一數二的大教堂對面放置雕像，還有比這更不協調的選擇嗎？擎天神試圖推翻奧林帕斯山上的天神，因此被懲罰永遠扛著天球——他就是傲慢與野蠻耐力的化身。然而回頭看聖巴德利爵教堂裡頭，站在陰影之中的，是他身體和精神上的對比——聖母憐子像，在這裡頭我們的救世主已經為上帝的心意犧牲，他的身體殘破消瘦，攤在馬利亞的腿上。

他們在此停駐，兩種不同的世界觀僅僅由第五大道分隔開，面對面直到時間終結，或曼哈頓終結，總有一個會先發生。

我一定是看起來慘兮兮的，因為迪奇拍了拍我的膝蓋。

——如果我們只會愛上最適合的那個人，他說，一開始就不會有這麼多關於愛情的紛紛擾擾了。

・・・

我想安妮說的對，她說我們隨時都在尋求某個人的原諒。無論如何，我一邊往下城走著，心裡清楚我尋求著誰的原諒。幾個月來我一直告訴別人我不知道他在哪裡，突然間我完全明白了，我知道該去哪裡找他。

25 他生活的地方以及他生活的理由[60]

「維得力」位在甘斯沃特街，肉品包裝區的中心地帶。黑色大卡車歪歪斜斜地擠在路邊，卵石路面散發出微微的酸敗血腥味。場景有如某種地獄版挪亞方舟，卡車司機走下卡車，走上裝卸口，肩上扛著動物屍體，每一種各兩隻：小牛兩隻，豬兩隻，羔羊兩隻。休息中的屠夫穿著濺血的圍裙，站在亨克畫裡描繪過的、巨大的小閣牛霓虹招牌下，在寒冷的十二月空氣中抽菸。他們看著我穿高跟鞋在卵石路上找地址，一臉冷漠，表情和看著肉品卸離卡車沒有不同。

一個穿著女人外套的毒蟲站在門階上點著頭。他的鼻子和下巴有痂，彷彿他跌跤的時候用臉撐住了自己。我花了點時間讓他恢復印象，他說亨克住在七號，如此便省了我逐戶敲門上社會課的工夫。樓梯又窄又溼，第一段的中間有個拿拐杖的老黑人，他上天堂的速度應該可以比上四樓快。我穿過他身邊，爬到第二個平台。門微開著。

鑑於過去種種，我做好了心理準備，預期會看見錫哥低潮的樣子。該死，我甚至一度希望看到他是那樣子。如今站在他報應的堤岸上，我卻不確定自己準備好了沒。

——哈囉？我壯起膽子慢慢推開門。

這幾乎不能稱為公寓。幸運七號只有兩百平方呎，一張低矮的鐵床和灰色床墊——你想像監獄或軍營裡的那種，角落一個煤爐，放在「很小但感謝上帝恩賜」的窗戶旁邊。除了床底下幾雙鞋和一個空的麻布袋之外，亨克的東西都不在了。錫哥的則靠牆放在地板上：一隻皮箱，一條捲好捆起來的法藍絨毯子，一小疊書。

60 本章標題化用《湖濱散記》第二章標題，原本為〈我生活的地方以及我生活的理由〉。

——他沒在這裡。

我轉頭看見老黑人在平台上，站在我旁邊。

——如果你要找亨利先生的弟仔，他沒在這裡。

老黑人用拐杖指著天花板。

——他在屋頂。

屋頂，亨克堆起畫布火堆的地方——在他拋下紐約市和他弟弟的生活方式之前。

我找到錫哥，他坐在閒置的煙囪上，手臂垂在膝蓋，目光朝下投向哈德遜河；河裡一艘艘死灰色的貨船沿著碼頭排列，他的背影看起來好像他的生命剛剛隨著其中一艘開走。

——嘿，我在他身後幾步停下來說。

他聽見我的聲音，轉身站起來——那一瞬間我發現我又錯了。錫哥穿著黑色毛衣，鬍子刮得乾乾淨淨，態度從容自如，完全沒有意志消沉的樣子。

——愷蒂！他驚喜地說。

他直覺地向前踏了一步，隨即停下，彷彿被自己逮到了——彷彿他懷疑自己已經被沒收了友好擁抱的權利。從某個角度來看，他確實是。他的笑容看得出一種心知肚明的悔恨，表示他準備好接受、甚至歡迎另一回合的譴責。

——他們殺死了華勒斯，我的語氣彷彿剛剛聽說而且不太相信。

——我知道，他說。

然後我崩潰了，而他的手臂環抱著我。

結果我們坐在天窗邊緣，在屋頂上待了一兩個小時。有一會兒我們只聊華勒斯，接著就安靜下來。然後我對我在咖啡店的行為道歉，可是錫哥搖搖頭，說我那天的表現好極了，一點失誤都沒有，說那正是他需要的。

我們坐在那裡，夜幕開始降下，城市燈火一盞一盞點起，以愛迪生都沒想像過的方式，在一大片的商辦大樓裡亮起來，沿著橋梁的電纜線亮起來，然後是街燈和戲院遮簷看板，汽車頭燈和無線電塔頂的燈標——每一單位的流明都證明著某一種義無反顧、全無忌憚的集體抱負。

——亨克會在這上面一待幾個小時，錫哥說。我以前想辦法要他搬家，在格村找個有洗手台的公寓，但他絲毫不讓，他說格村太布爾喬亞了，但我想他留在這裡是因為這個景色，跟我們從小看到的一樣。

一艘貨船鳴了笛，錫哥指著它，彷彿它證明了他的論點。我微笑點頭。

……

——我好像還沒告訴你我在瀑河城的人生，他說。

——沒。

——怎麼會這樣的？人怎麼會變得不再告訴別人自己的出身？

——日積月累的。

錫哥點頭，又看向碼頭遠方。

——諷刺的是，我愛我那一部分的人生——那時我住在造船廠附近，那一帶龍蛇雜處，學校一放學，我們就全跑到碼頭邊。我們不知道棒球選手的打擊率，卻都知道摩斯電碼和大船運公司的旗幟，而且我們會看著船員扛著帆布袋走下舷梯。我們都想成為那樣的大人，成為商船水手。我們想要搭貨船啟航，在阿姆斯特丹或香港或祕魯上岸。

等你有了年紀再回頭看大多數孩子的夢想，你會覺得那些夢想之所以如此可愛，是因為難以達成——這個想當海盜，這個想當公主，這個想當總統。可是從錫哥描述的語氣，你會感覺他異想天開的夢想還在伸手可及之處，說不定比從前都要接近。

天暗下來以後，我們回到亨克的房間。在樓梯上錫哥問我要不要吃點東西，我說不餓，他看起來鬆了一口氣。我想我們今年都受夠餐廳了。

手邊沒有椅子，我們只好把兩隻農產貨箱（「哈利路亞洋蔥」和「飛行家萊姆」）翻過來，面對面坐著。

──雜誌的工作如何了？他熱切地問。

我在阿第倫達克山上說過愛麗和梅森．泰特的事，還有我們在尋找創刊號的封面故事。所以，我告訴他我那個訪問門僮的點子，還有幾件我們挖出來的醜事。在我敘述的時候，我第一次感覺有些噁心，不知道為什麼，在亨克的廉租旅社裡，比起在梅森．泰特的豪華轎車裡，整個概念似乎變得更低俗了。

可是錫哥喜歡。不是梅森那種喜歡，也不是因為這個點子即將剝開紐約這顆馬鈴薯的皮，他只是喜歡其中的巧妙，其中的人性喜劇──通姦和私生子和不義之財的種種祕密──如此小心翼翼保守著的祕密，一直以來都在城市的表面自由漂浮著而不受注意，就像小男孩用報紙頭版摺的小船，漂過中央公園的池塘。但是最重要的是，錫哥喜歡我是這個點子的發想人。

──我們活該。他一邊笑一邊搖頭說著，把自己和那些保守祕密的人歸成一類。

──你們確實是。

我們都停止大笑以後，我開始告訴他從一個電梯員口中聽來的幾件趣事，但是他打斷我。

──是我慫恿她的，愷蒂。

我迎上他的目光。

──從我認識安妮那一刻起，我就慫恿她雇用我，我完全清楚她可以為我做什麼，還有代價是什麼。

——最糟糕的不是這個，錫哥。

——我知道，我知道。我應該在咖啡店就告訴你，或是去州北那時候。我們相識那一晚我就應該全告訴你。

到了某個時刻，錫哥發現我雙手環抱著上半身。

——你凍壞了，他說，我真是笨。

他跳起來，四下找尋。他打開他的毯子，披在我肩上。

——我馬上回來。

我聽見他用力踏步下了樓梯，通往街上的門砰地關上。

我肩上披著毯子，踩著腳在房裡轉了一圈。亨克畫的那幅碼頭示威躺在灰色床墊正中央，由此可知錫哥一直睡在地板上。我在錫哥的皮箱前停下來。箱蓋內側縫了大大小小的藍色絲質口袋，可以收納各種物品——一把髮刷，一把修面刷，一把扁梳——大概全都刻著錫哥的姓名縮寫，而且全都不在這裡面了。

我跪下來看那一疊書。是貝瑞斯福公寓書房裡那些參考書，還有他母親送他的華盛頓文集。不過裡頭還有我在阿第倫達克山上看過的那本《湖濱散記》，現在頁緣的磨損多了一些，似乎曾經放在褲子後口袋裡帶著走——來來回回往矮松峰的小徑，往往復復第十大道，上上下下這道狹窄的廉租旅社樓梯。

錫哥的腳步聲出現在樓梯平台上。我在他的貨箱上坐下來。

他帶著兩磅用報紙包著的煤塊進門，在煤爐前跪下來，開始生火，像童子軍一樣往火焰吹氣。

我心裡想，他總是在不得不集男孩與男人於一身的時候，最有魅力。

那晚，錫哥向鄰居借了一條毯子，在地板上鋪了兩個睡鋪，分隔數呎，維持他在我剛上屋頂那時就建立起來的禮貌距離。我起得夠早，可以回家洗澡再上班。晚上我回去的時候，他從「哈利路亞洋蔥」上面跳起來，彷彿在那裡等了一整天。然後我們穿越第十大道，到碼頭上的小餐館，它的藍色霓虹招牌寫著「通宵營業」。

這頓飯說來好笑。過了這麼多年，我還記得在二十一聯誼社吃的生蠔；我記得錫哥和伊芙從棕櫚灘回來，在貝瑞斯福請客的雪利酒黑豆湯；我記得和華勒斯在「公園」吃的藍紋起司培根沙拉；還有，我記得再清楚不過，在「美好年代」吃的松露春雞。但是我不記得那晚在亨克那間餐館吃了什麼。

我記得的是我們很多很多的笑聲。

然後，在某個時刻，出於某個愚蠢的理由，我問了他有何打算。他嚴肅起來。

——多半時候，他說，我思考的是不要做什麼。我回想過去幾年，一直被後悔和恐懼緊緊糾纏，後悔發生過的事，恐懼可能會發生的事；懷念失去的，渴望沒有的。這些欲求和不欲求，把我弄得筋疲力盡。就這麼一次，我想試試活在當下。

——你要讓自己只有兩三件事務，不要一百件、一千件？

——就是這樣，他說，有興趣嗎？

——我要付出什麼代價？

——根據梭羅的說法，幾乎是一切。

——我會喜歡在放棄一切之前，至少先擁有過。

他微笑。

——等你擁有了，我再打電話給你。

我們回到亨克的房間以後，錫哥生了火，我們交換故事，直到深夜。某件事的細節觸發另一件事的回憶，自然而然地一件接著一件，我們就像兩個青少年在橫越大西洋的輪船上建立起友誼，急著在靠岸之前交換回憶和見解和夢想。

然後他替我們倆鋪了睡鋪，維持同樣禮貌的距離，這次我把我的推過去，直到我倆之間不留一絲空隙。

‧‧‧

隔天晚上我回到甘斯沃特街，他已經走了。

他沒帶走那隻高級皮箱。皮箱就擺在那疊書旁邊，箱蓋抵著牆壁，裡面空無一物；到頭來他把自己的衣服全塞進了哥哥的麻布袋裡。我一開始有些驚訝他把書留下，可是仔細查看後，發現他帶走了那本小小舊舊的《湖濱散記》。

爐子是冷的，上面有張紙留下錫哥的字跡，是書上撕下來的扉頁。

親愛的愷特，

你不知道最後這兩晚跟你見面，對我有多大的意義。

要是我不告而別，不告訴你實情就離開，那會是唯一一件我帶走的遺憾。

我很高興你生活順遂。我把自己弄得一團糟，所以我知道你能找到自己的立足點，是多好的一件事。

這一年糟透了，是我咎由自取，但是即使在最糟的時候，你總是能讓我瞥見別的可能。

我不確定要往哪裡去，他的結語寫著，但是不論我落腳何處，我會念著你的名字開始我的每一天。彷彿這樣做可能可以讓他更加忠於自我。

然後是他的署名：錫哥．古瑞，一九一〇—？

我沒有逗留，我下樓到了街上，一直走到第八大道才又回頭。我吃力地邁步穿過甘斯沃特街，回到卵石路上，爬上窄梯。進了房間以後，我拿走碼頭工人那幅畫和華盛頓文集。有一天他會後悔把這些留下來，我希望將來有機會還給他。

你們有些人可能會以為這樣做很浪漫，但是站在另一個角度看，我回頭拿走錫哥的東西，是為了減輕自己的罪惡感。因為在我走進房間發現空空無人的時候，雖然我抵擋著失落感，其實有一小部分強勢的我，也感覺如釋重負。

26 過去的聖誕幽靈

十二月二十三日星期五，我坐在我的廚房小桌前，從一條十磅重的火腿上切片下來吃，就著瓶口喝波本酒。我的盤子旁邊擺著《高譚》創刊號的校樣。梅森花了很多時間考慮封面照片，他希望封面**搶眼**，**漂亮**，**詼諧**，**有醜聞的殺傷力**，並且最重要的，是個**驚喜**。所以現在只有三份打樣：梅森有，美術總監有，我有。

照片是一個裸女站在五呎高的聖瑞摩華廈模型後面，透過窗戶可以看見她的皮膚，可是某幾道窗簾拉上了，遮住她更美妙的部位。

我可以拿到打樣，是因為影像的點子出自於我。

呃，算是。

其實這點子是我從現代藝術博物館看來的，雷內．馬格利特（René Magritte）畫作的變化版。梅森很喜歡，還跟我賭我的職業生涯，說我一定找不到願意這樣拍照的女人。這張照片的設計讓你看不見女人的臉，可是如果你打開十五樓的窗簾，就會看見一對銀幣大小的茄子色「光暈」。

那天下午梅森把我叫進辦公室，要我坐下來——從他雇用我那天起，這件事他最多做過兩次——結果，愛麗的計畫十分精準，我們兩個都可以再留一年。

我站起來要走，梅森向我道賀，給了我打樣，還把市長送的蜜汁火腿扔過來，當作額外獎賞。我知道火腿是市長給的，因為市長大人的溫馨祝福就寫在一張星形的金色卡片上。我用手臂夾著火腿，到了門口又轉身回來感謝泰特先生。

——不必客氣，他眼睛抬也不抬地說，你應得的。

——那麼，謝謝您一開始給了我機會。

——你應該謝你的擔保人才對。

——我會打電話給帕理緒先生。

梅森的視線離開桌面往上看著我，帶著好奇。

——你最好多多注意誰才是你的朋友，康騰，推薦你的不是帕理緒，是安妮．戈藍登，要我雇你的是她。

我又喝了一口波本酒。

我不常喝波本，但是我在回家路上買了這瓶，心想搭配火腿應該不錯。確實如此。我還買了一棵小聖誕樹放在窗戶旁邊。少了裝飾品，樹看起來有些淒涼，所以我把市長的金色星星從火腿上拔下來，放在最高的樹枝上。然後我把自己安頓得舒舒服服，打開《白羅的聖誕假期》，克莉絲蒂夫人的最新作品。十一月我就買了，一直打算留到今晚再讀，可是我還沒能開始，就有人敲了門。

我想，在歲末年終總結過去一年的大事，是人類天性永恆不變的規律。比方說，一九三八年是我家響起敲門聲的一年，有西聯電報信差送上來自倫敦的伊芙的生日祝福，有華勒斯帶來一瓶酒和蜜月橋牌的玩法，接著是警探提爾森，接著是布萊斯，接著是安妮。

在這當下，似乎只有其中幾個不速之客會受到我的歡迎，但我想我全都應該珍惜，因為再過幾年，我自己就會住到一棟有門房的大樓去——一旦你住進有門房的大樓，就不會再有人敲你的門了。

這晚敲我家門的是個肥胖的年輕人，穿著一身胡佛風格的套裝。爬樓梯讓他氣喘吁吁，出汗讓他的眉毛看起來像塗了蠟。

——康騰小姐？

——我是。

——愷瑟琳．康騰小姐？

——沒錯。

他大大鬆了一口氣。

——我名叫奈爾斯．卡波史衛。我是席夫力與郝恩律師事務所的律師。

——你開玩笑吧，我笑著說。

他一臉錯愕。

——並不是，康騰小姐。

——這樣啊，好吧，聖誕節前的星期五有律師上門來，希望我不是惹上什麼麻煩了。

——不是，康騰小姐！你沒有惹上任何麻煩。

他帶著年輕人的滿腔自信說道，隨即又補上一句：

——至少就我們席夫力與郝恩所知是沒有。

——很周到的附加條件，卡波史衛先生，我會記在心裡。有什麼事嗎？

——你人在先前登記的地址，就已經是幫上忙了。我是遵照客戶的要求來的。

他伸手到門柱後面，拿出一件長長的、用白色重磅紙包起來的東西，上面還用圓點緞帶打了結，掛了標籤，寫著「聖誕節前別打開」。

——奉客戶的指示送來，他說，我的客戶是……

——華勒斯．渥卡特。

——是的。

他猶豫了一下。

——情況有點不尋常，因為……

——因為渥卡特先生已經不在了。

我們都沉默下來。

——希望你不介意我這樣說，康騰小姐，我看得出來你很驚訝，我希望不是不愉快的那種。

——卡波史衛先生，如果我的門上有槲寄生，我會親吻你的。

——呃，好。我是說……不了。

他偷瞄了一眼門框頂端，然後端正站姿，正經一些說：

——聖誕快樂，康騰小姐。

——聖誕快樂，卡波史衛先生。

我從來不是等到聖誕節早上才打開禮物的人，如果七月四日就有聖誕禮物到手，我會在國慶煙火的光亮下打開。於是我坐在我的安樂椅上，打開這個一直耐心等著來敲門的包裹。

是一把步槍。我後來才知道是一八九四年的溫徹斯特，來自白朗寧經營的小工作室，胡桃木槍托，象牙準星，拋光黃銅槍身上有精緻卷紋雕花，你可以把它穿在身上辦你的婚禮。

華勒斯．渥卡特真是有挑時機的天賦，你得承認。

我把步槍放在兩手手掌上，像華勒斯教我的那樣。這把槍的重量大概不會超過四磅。我把槍機往後拉，看了空空的彈膛，又關上槍機，然後把槍平架在我的肩膀上。我順著槍管瞄準，對準我那棵小聖誕樹的頂端，然後把市長的星星從樹頂射落。

十二月三十日

哨音響起前二十分鐘，工頭繞過來叫他們他媽的動作慢一點。

他們兩人一組排成長列接力搬運，把加勒比海貨船運來的一袋袋砂糖送入地獄廚房碼頭的倉庫。他和那個人稱國王的黑人站在隊伍最前面，所以工頭給了指令以後，國王重新設定了節奏：一二三勾，二二三抬，三二三轉，四二三拋。

聖誕節隔天，拖船輪機長工會罷工，沒有事先預警，也沒有請碼頭工人配合，如今紐約港下灣的邊緣、沙勾角和微風岬附近的水上，大批貨船正在漂流，等著靠岸。所以隊伍前前後後就傳著話要大家動作放慢點，一切順利的話，碼頭上的船卸完貨之前罷工就會結束，他們就可以留下全體工班不必砍人。[61]

身爲菜鳥，他知道如果他們開始砍人，他一定是第一個走的。

不過世事本是如此。

國王選定的速度很好，讓他可以感覺到自己手臂和腿和背部的力量。現在每次他揮動勾子，力量就會貫穿全身，像電流似的。他很久沒有這種感覺了，像是晚飯前的飢餓感，或是就寢前的筋疲力盡。

這個速度還有一個好處，就是保留了稍作交談的空間：

61 大船航抵紐約港下灣後，必須關閉動力，改由拖船拖進哈德遜河上的碼頭。

（一二三勾。）

——你是打哪來的，國王？

——哈林。

（一二三抬。）

——你在那住多久了？

——一輩子。

（三二三轉。）

——你在這碼頭工作多久了？

——還要更久。

（四二三抛。）

——那是什麼感覺？

——感覺像在天堂，裡面都是不會多管閒事的好人。

他向國王露出微笑，然後勾住下一袋，因爲他知道國王的意思。在瀑河城也是這樣，本來就沒有人喜歡菜鳥，公司每雇一個人，就是排除了二十個人的兄弟或叔伯或童年好友。所以你最好不要惹事上身，意思就是你好好搬你的東西，閉上嘴巴。

哨音響起，其他人都往第十大道的酒吧去了，國王還在流連。他也流連不走。他給國王一根菸，他們背靠著一隻條板箱，抽著菸看大家離開。他們懶洋洋地抽著菸，沒說話。抽完了，把菸屁股扔到堤岸外，開始往大門走。

貨船和倉庫中間的地上有一堆砂糖，一定是有人勾破了麻袋。國王在砂糖堆停了下來，搖搖頭，然後跪下來，抓起一把放進口袋。

——來啊，他說，你也拿一些吧，你不拿也只是給老鼠拿去。

於是他跪下來拿了一些，琥珀色的結晶體。他差點放進右邊口袋裡，幸好想起右邊是有破洞的那邊，所以放到了左邊去。

他們到了大門處，他問國王要不要一起走一段。國王頭朝高架捷運那方向抬了抬，他要回家陪老婆小孩了。他從來沒說過這麼多，但不必說你也看得出來。

前一天下班以後他沿著碼頭往南走，所以今天他往北。天暗了，空氣變得冷冽刺骨，他想要是外套底下穿了毛衣就好了。

四十街上的碼頭深入哈德遜河水域最深處，最大的船隻一排排停靠在這裡。七十五號碼頭上那艘往阿根廷的船看起來像城堡一樣，堅不可摧，還是灰色的。他聽說這艘船在徵船員，要是他已經存夠錢，可能就去應徵了，他很想抵港以後可以稍微走走看看。不過反正總是會有開往別的地方的別的船提供別的機會。

七十七號碼頭上，有一艘冠達遠洋客輪正在為大西洋航程備置用品。聖誕節隔天，它鳴起了汽笛，從上層甲板往碼頭拋下了彩帶，這時罷工的消息傳到了舵手這裡。冠達公司打發乘客回家，但建議他們把行李箱留在船上，因為罷工事件肯定當天就可以解決。五天之後，每間特等艙都有一套宴會裝和晚禮服、馬甲和腹帶，在鬼魅的寂靜中等待著，就好像歌劇院閣樓上的戲服。

八十號碼頭，哈德遜河最長的碼頭上，沒有船隻停泊。碼頭突出河面，好像新建高速公路的第一條出口匝道。他一路走到尾端，從那一包菸裡拿出另一根，用他的打火機點燃。他啪一聲闔上打火機蓋子，轉身靠在一根樁柱上。

從碼頭尾端可以看見整座城市的天際線——街屋與倉庫與摩天大樓參差不齊的大集合，從華盛頓高地延伸到炮台公園。幾乎每一座建築內每一扇窗的每一盞燈光似乎都搖曳不定而且微弱，彷彿電力來自裡面的動物本能，來自爭吵和竭盡全力，一時興起和蓄意遺漏。但是這幅馬賽克畫零星散布著孤立的窗，看起來更亮一點，也更持久——點亮這些窗戶的，是少數沉著又有毅力的人。

他踩熄香菸，決定在冷空氣中再待一會兒。

因爲就算這風再怎麼不體貼，從這個絕佳地點望見的曼哈頓就是如此不像眞實，如此美妙，如此顯而易見地充滿希望——讓你想要以餘生接近而不眞正抵達。

後記

獲選者少

一九四〇年的最後一夜，大雪刮著，風速只差兩節就到暴風雪等級。再過不到一個小時，全曼哈頓就不會有任何車輛在移動，它們會像巨礫一樣被雪掩埋起來。不過現在它們還帶著倔強拓荒者疲憊的決心緩緩地前進著。

我們八個從大學俱樂部跌跌撞撞走出來，離開了我們根本沒受邀參加的舞會。派對辦在二樓，天花板華麗如宮殿，三十人的交響樂團演奏著新興流行旋即過氣的蓋伊・倫巴多風格（Guy Lombardo），宣告一九四一年到來。我們不曉得這場派對原來別有目的——是要為愛沙尼亞難民募款。一位將來的卡莉・納辛[62]站在失了根的大使旁邊，開始把她的空錫罐搖得喀答響，這時候我們開始往門口去。

畢琪在走出來的途中不知怎的弄來一把小喇叭，她表演著頗令人印象深刻的音階，我們其他人則是圍在街燈底下計畫行動步驟。瞥一眼街道我們就知道不會有計程車來救我們，卡特・西爾說他知道一個絕佳的隱蔽所就在附近，那裡有吃的喝的，所以我們在他的指示之下往西涉雪而行。我們幾個女孩沒人穿對服裝，但是幸好我有半邊哈利森・哈寇爾的毛領大衣可以躲。

走了半個街區，對面來了一團敵人往我們猛丟雪球。畢琪吹響進攻號角，我們開始反擊，在報攤和郵筒的掩護之下，我們擊退來者，並且像印第安人似的發出叫囂聲。可是賈克「不小心」把畢琪推倒在雪堆上，這時女生開始轉而進攻男生，彷彿我們的新年新希望就是舉止可以像十歲小孩一樣。

重點是，一九三九年雖然為歐洲帶來戰爭，在美國卻是帶來大蕭條的終結。他們那邊廂正在併吞

62 Carry Nation，1846～1911。十九世紀末、二十世紀初美國禁酒運動的領袖人物。

與姑息，我們這邊廂則是給鋼鐵廠加煤添火，重組生產線，準備滿足全世界的軍火需求。一九四〇年十二月，法國已經倒下，德國空軍轟炸倫敦，美國這邊呢，歐文．柏林正在觀察樹梢如何閃閃發亮，孩子如何在雪中傾聽雪橇鈴響[63]。**我們**距離第二次世界大戰就是這麼遠。

卡特說的附近的隱蔽所結果是十條街的艱苦跋涉。我們轉進百老匯大道，背後是從哈林區狂嘯而來的風雪。我把哈利的大衣罩在頭上，任由別人的手肘帶著我前進，所以我們到了餐廳前面以後，我連它長什麼樣子都沒看見。哈利帶著我下了階梯，把他的大衣往後一拉，噹啷，我在一間相當大的酒館裡了。這家位於街道中段的店供應義大利餐點，義大利酒，和義大利爵士（是啥就別管了）。午夜來了又走了，所以地板上滿是彩帶，大部分在餐廳裡倒數的狂歡客也都是來過又走了。

我們沒等他們的盤子清走，就跺著腳抖落身上的雪，隨意霸占了吧台對面的八人桌。我坐在畢琪旁邊，卡特滑進我右邊的椅子，哈利只得在對面找位子坐下。賈克拿起上一輪客人留下來的酒瓶，瞇著眼看還有沒有剩的酒。

——確實是。卡特說著抓住了一個侍者的視線，用義大利文叫人家大師，然後說，三瓶奇揚地紅酒！

——我們需要酒，他說。

侍者長了一雙男演員貝拉．盧戈西（Bela Lugosi）的粗眉和大手，以陰沉的服務風格開了酒瓶。

——這人不太和氣呀，卡特說。

不過這也難說。就像一九四〇年在紐約的許多義大利人一樣，或許他正常情況下的和善好脾氣，已經被故國可悲的忠誠道義蒙上了陰影。

63 歐文．柏林（Irving Berlin，1888~1989）為美國重要的流行音樂作曲家，此處即引用他作詞作曲的〈白色聖誕〉，此曲於一九四一年聖誕節初次公開發表。

卡特自願替我們這桌點幾盤菜，接著合情合理地開啟了一個話題，要大家說說在一九四〇年做過的**最棒的**事。這讓我有些懷念起迪奇，沒人能像迪奇・范德淮那樣，讓一桌子人都胡扯瞎扯起來。某個人喋喋說著古巴（「新蔚藍海岸」）之旅，卡特向我靠過來，在我耳邊低聲說話。

──你在一九四〇年做過**最糟的**事是什麼？

一塊麵包航過桌面，撞上他的頭。

──嘿，卡特抬起眼睛說。

要不是哈利的表情極為安詳，嘴脣微微嘟起來，你也看不出來就是他丟的。我考慮對他眨一眨眼，但是我改而把麵包丟回去。他大吃一驚。我正打算再丟一次的時候，侍者遞來一張摺好的紙條，潦草的字跡，沒有署名。

怎能忘記舊日朋友？[64]

我一臉困惑，侍者指向吧台，其中一張高腳椅上坐著結實帥氣的士兵，有些無禮地露齒笑著。他打扮得如此乾淨整齊，我幾乎認不出來，不過，千真萬確，他是絕不動搖的亨利・古瑞。

怎能忘記舊日朋友，心中能不懷想？

有時候人生似乎真的就是意圖如此。畢竟它基本上就像個離心機，每幾年旋轉一次，把相近的身體拋向截然不同的方向；停止旋轉後，在我們還沒能喘息之前，人生又用新的人事物行事曆把我們塞得滿滿的。即使我們想要回溯來時路，重燃往日情，又怎麼可能撥得出時間？

---

64 出自第一章提過的蘇格蘭民謠〈Auld Lang Syne〉，即〈友誼萬歲〉。

一九三八這一年，四個色彩鮮明、性格獨具的人，大大影響了我的人生，那是值得高興的影響。而這天是一九四〇年十二月三十一日，我有一年多沒見過他們其中任何一個了。

迪奇在一九三九年一月被強行連根拔起。

隨著紐約正式舞會季結束，范德淮老爺終於受夠兒子的隨性，在景氣復甦的幫助之下，他派迪奇去德州老朋友的鑽油塔工作。老爺相信這樣可以對迪奇產生「相當大的影響」，結果確實如此，不過不是老爺期望的方式。他的朋友正好有個刁蠻女兒，回家過復活節期間接受過迪奇的邀舞，到她回學校以後，迪奇想要從她那裡得到愛情的承諾，卻遭到斷然拒絕。她解釋說，雖然和迪奇相處的幾個星期很有趣，但是長期而言她想像自己會跟能幹一點、踏實一點、有野心一點的人在一起——換句話說，當然啦，就是更像她老爸一點。沒多久迪奇就開始加班，還申請了哈佛商學院。

他會在一九四一年拿到學位，恰恰六個月後，珍珠港事件爆發，他便入了伍，在太平洋上立下功績，回國以後娶了他的德州太太，生三個小孩，在國務院上班，並且大致上把每個人對他的評語弄成了一盤大雜燴。

伊芙．羅思，她就是跳著華爾滋舞步離去了。

她往洛杉磯失蹤以後，我第一次聽說她的消息，是一九三九年三月小蜜桃給我的剪報。在一張八卦雜誌的照片裡，興高采烈的奧麗薇．哈佛蘭[65]在日落大道的熱帶汽車旅館外面，推開一排攝影師往前走；挽著她的是個年輕女子，身材姣好，穿著無袖連身裙，臉頰上有一道疤。照片標題是「亂世佳人」，圖說文字稱帶疤女子為哈佛蘭的「閨中密友」。

65 Olivia de Havilland，1916～。知名影星，一九三九年曾出演《亂世佳人》配角梅蘭妮。

下一次聽說伊碧的事，是四月一日。半夜兩點我接到長途電話，那一頭的男人說自己是洛杉磯警局的警探，很抱歉打擾我，他知道很晚了，但是他別無選擇。有人發現一個年輕女子躺在比佛利山飯店的草坪上，沒有意識，他們在她的口袋裡找到我的電話號碼。

我嚇呆了。

然後我聽見旁邊有伊芙的聲音。

——她上勾了嗎？

——當然上勾啦，警探說，露出英國口音，像鱒魚咬假餌一樣。

——給我！

——等一下！

兩人為了搶電話扭打起來。

——愚人節快樂，那男人大喊。

然後話筒就被拔走了。

——我們騙倒你了嗎，老姊？

——騙得我一愣一愣的。

伊碧高聲大笑。

聽到她笑真好。半小時之間，我們來來回回互報近況，也向我們在紐約市的美好時光致敬。但是我一問她近期內有沒有可能回東部來，她卻說對她而言，洛磯山脈還不夠高。

華勒斯，當然啦，是從生者身邊被偷走了。

可是人生給我的其中一個小諷刺，就是四個與我共度一九三八年的人當中，華勒斯對我的日常生活影響最大。一九三九年春天，那位一身汗的卡波史衛先生再次來訪，這次帶來極不尋常的消息，他說華勒斯．渥卡特把我寫進了遺囑裡。具體地說，他指示將一筆隔代信託基金的紅利轉撥給我，直到我的餘生終結。這會為我帶來每年八百元的收入。八百元或許不是什麼大錢，就連一九三九那時候都不是，卻足以讓我在接受任何男人的示好之前，可以三思。如今想來，對一個年過二十五歲的曼哈頓女孩而言，是夠幸運的了。

錫哥．古瑞呢？

我不知道錫哥在哪裡，不過從某個角度來說，我算是知道他的結局。他讓自己隨風飄蕩，終究找到了他的路，前往無拘無束的自由地帶。不論是在加拿大的育空地區徒步踏雪旅行，或是在玻里尼西亞航海，錫哥就在地平線視野不受阻礙、蟋蟀主宰寂靜、當下重於一切的地方，而且在那裡，《社交與談話禮儀》絕對派不上用場。

怎能忘記舊日朋友，心中能不懷想？真這樣做的話，我們就太冒險了。我走向吧台。

——愷蒂，對吧？

——哈囉，亨克，你氣色不錯。

他確實是，任何腦筋正常的人都不會料想到，他的氣色會這麼好。軍旅生活的磨練，讓他的相貌和身材都飽滿起來了，卡其制服硬挺俐落，上面的袖章條紋宣告他的中士軍階。

我做出脫帽致敬的動作，表示注意到了他的袖章。

——不必客氣，他輕鬆一笑說，那個留不久的。

我可不敢這麼說，他看起來就像還沒在軍隊裡展現最佳本領的樣子。

他朝我們的桌子點點頭。

——看得出來你已經找到一個新的朋友圈了。

——好幾個。

——我想也是。我欠你一次，請你喝一杯吧。

他給自己點了啤酒，給我點了馬丁尼，好像他一直都知道我習慣喝馬丁尼一樣。我們碰了杯子，互祝一九四一新年快樂。

——你見過我弟弟嗎？

——沒，我坦白說，兩年沒見過他了。

——嗯，我想是說得通。

——你有他的消息嗎？

——斷斷續續。我休假的時候，有時會上紐約來，我們會聚一聚。

我沒料到。

我喝了一口我的琴酒。

他帶著狡猾的笑容打量我。

——你很驚訝，他說。

——我不知道他在紐約。

——不然會在哪裡？

——我不知道，我只是以為他辭職以後會出城。

——沒有，他一直待在這裡。他在地獄廚房的碼頭找到工，做了一陣子；後來就在各個區東飄西蕩，我們失去連絡。然後去年春天我在布魯克林紅鉤那一帶的街上遇到他。

——他住在哪？我問。

——我不確定，布魯克林造船廠旁邊的廉租旅社吧，我猜。

我們都沉默了一會兒。

——他好不好？我問。

——你也知道，有點髒，有點瘦。

——不，我是問他好不好？

——哦，亨克微笑著說，你是說他的**內在**好不好？

亨克想都不必想。

——他很快樂。

‧‧‧

育空的雪地……玻里尼西亞的海……莫希干人的小徑……這些是我想像過的，過去兩年錫哥可能會去的地方，可是這些時間以來他一直就在這裡，在紐約市裡。

我怎麼會假設錫哥離家如此遠？我很想說，是因為傑克．倫敦和史蒂文生和菲尼莫爾．庫柏筆下變化莫測的風景，打從他還是個孩子開始，就一直符合他浪漫細膩的情感。可是亨克一說錫哥人在紐約，我就知道，我把他想像成離鄉背井，是因為這樣我比較能接受他離開的決心——只要他是為了在荒野中獨自旅行。

因此現在聽到這樣的消息，我心中五味雜陳。想像錫哥在曼哈頓人群中漫步、除了心靈飽滿之外一無所有，我感覺遺憾又羨慕，不過也有一點引以為傲，再加上一點希望。

因為我們的人生道路不是遲早會再次交會嗎？雖然曼哈頓熱鬧喧囂，不也就是十哩長、一兩哩寬的地方？

於是往後的日子，我開始密切注意。我在街角和咖啡店尋找他的身影，我想像回到家發現他又從對街的門口現身。

可是幾星期過去，幾個月過去，月又變成年，這種期待感逐漸消失，緩慢而確實地，我不再期待在人群中見到他。我日復一日的生活被自己的抱負和責任所趨推著走，為遺忘帶來的恩惠打下基礎——直到，我是說，直到我終於遇見他為止，終於遇見，在一九六六年的現代藝術博物館。

・・・

我和法爾搭計程車回到位在第五大道的公寓。廚子在爐子上給我們留了一些晚餐，我們就把它熱了，開一瓶波爾多紅酒，站在廚房裡吃。

我想在大多數人眼裡，夫婦兩人晚上九點站在廚房流理台旁邊吃重新加熱的食物，是少了一些浪漫。可是我和法倫泰太常外出赴宴，所以兩個人在我們自己的廚房裡站著吃飯，反而是一週之中最精彩的時光。

法爾清洗盤子的時候，我從走廊走向我們的臥室。牆上滿滿掛著照片，我經過的時候通常視而不見，但今晚我發現自己一幅接一幅仔細看著。

這些照片不像華勒斯的牆上那些，並不是橫跨四代，而是最近二十年拍攝的照片。最早的一張是一九四七年，我和法爾參加半正式的宴會，兩個人看起來有點彆扭。當時一個共同的朋友剛剛想介紹我們認識，法爾卻打斷他，說我們早就認識了——一九三八年在長島——當時他在〈紐約的秋天〉曲調中載我進城。

除了朋友的照片和巴黎、威尼斯、倫敦的度假照片，還有幾張工作方面的照片：有一九五五年二月號《高譚》的封面——我擔任編輯的第一本，有法爾和總統握手的照片。但我最喜歡的照片，是我倆在我們的婚禮上摟著霍凌斯沃老爺，當時他的夫人已經過世，不久他也會跟著她去。

法爾倒了最後一滴酒，在走廊找到正在研究照片的我。

——直覺告訴我你今天會晚一點睡，他把杯子遞給我說，要人陪嗎？

——不用，你去睡吧，我很快就去。

他眨眨眼，微笑著輕輕敲了敲某張在南安普敦海灘拍的照片，拍照那時我才剛剛剪了頭髮，剪得太短了一吋。然後他親了我一下，便走進臥室。我回到客廳，走到露台上。天氣涼爽，城市燈光閃爍，那些小小的飛機不再繞著帝國大廈轉，但眼前的景象，仍然可說是呈現出「希望」的各種時態變化：**我希望過；我希望；我將希望**。

我點了一根菸，把火柴往身後扔了以求好運，心裡想：**紐約可不是把人攪得面目全非嗎？**

有種說法有點老套，說人生是一場隨意漫步之旅，我們在任何時間點都可以改變方向，這智慧之語還說，只要稍微轉動方向盤，我們就能影響一連串的事件，隨著新的人、新的境遇和發現，改寫我們的命運。可是我們大部分人的一生卻不是這樣，我們事實上會在幾個短暫的時刻之中，得到少數幾種截然不同的選擇：我該接受這份或那份工作？在芝加哥或紐約？該加入這個交友圈或是那個？晚上該跟哪個人回家？該現在撥出時間生小孩嗎？或是晚一點？或是更晚一點？

這樣說來，比起旅程的比喻，人生其實更像一局蜜月橋牌。我們在二十多歲的時候，眼前還有大把青春，時間多得似乎能容許一百次的優柔寡斷，一百次對未來的想像和修正想像——那時我們抽一張牌，必須當場立刻決定，該留下這張放棄下一張，還是該放棄第一張留著第二張，在我們醒悟之前，整副牌已經抽完了，我們做的決定即將形塑我們未來數十年的人生。

或許我上面的話比起原本心裡想說的，還無情了一點。

生命根本不必提供你任何選擇，打從一開始，它就可以輕易決定你的軌道，並且透過各種粗糙或細膩的機制控制你。能有一年，就一年，你的眼前出現各種選擇，讓你可以改變境遇、性格、軌道，那是上帝的恩賜，而且不會沒有代價。

我愛法爾，我愛我的工作和我的紐約。我毫不懷疑，他們就是我正確的選擇。在此同時，我也知道，所謂正確的選擇，其實是生命的手段，它讓失落因此結晶。

・・・

說回一九三八年十二月，我獨自一人在甘斯沃特街的小房間裡，那時的我已經讓自己跟梅森・泰特和上東城休戚與共。我站在錫哥空空的皮箱和冷掉的煤爐旁邊，讀著他的諾言，他說要念著我的名字開始他的每一天。

有一段時間我大概也做了同樣的事，我念著他的名字開始每一天。這樣做幫我維持了某種方向感，正如同他的想像，像是波濤洶湧的大海中，正確無誤的航路。

可是這個習慣被生活擠到一邊去了，就像其他許多事情一樣——先是變得斷斷續續，然後偶一為之，然後消失在時間洪流中。

將近三十年後，站在我家俯瞰中央公園的露台上，我並沒有責罰自己荒廢了這個習慣。我太清楚生活中教人分心著迷之事的本質，清楚我們的希望和野心，如何一點一滴地控制了我們聚精會神的專注力，把飄渺重塑成真實，把承諾改造成妥協。

不會，我對自己這些年不念著錫哥的名字，並不嚴厲自責。可是隔天早晨我醒來的時候，他的名字在我的嘴邊；自此之後，許多許多個早晨也是。

【附錄】少年喬治・華盛頓的《社交與談話禮儀》

一、與人共處時，一舉一動皆須對在場者表示若干尊重。

二、與人共處時，手不可置於通常不對人暴露之身體部位。

三、勿向朋友展示任何可使其驚恐之物。

四、有他人在場時，勿自顧哼唱歌曲或以手指、足部敲打出聲。

五、咳嗽、打噴嚏、嘆氣或打呵欠，須小聲且隱密為之；打呵欠時不可說話，須以手帕或以手掩面並轉頭。

六、他人說話時勿打盹，他人站立時勿就座，應沉默時勿開口，他人止步時勿行進。

七、有他人在場不可脫衣，亦不可衣衫不整離開寢室。

八、欣賞演出或烤火取暖時，讓位後來者乃禮貌之舉，且須注意說話音量勿大於平常。

九、勿向火堆吐痰，勿俯身靠向火堆，勿伸手就火取暖，勿將足部舉至火堆上方，若火上有食物尤其不可。

十、於坐中雙足平均踏地，勿蹺腳或交疊雙腳。

十一、勿於他人面前舉止不定或啃咬指甲。

十二、勿搖頭晃腦、抖腳抖腿，勿翻白眼，勿挑高單邊眉毛，勿撇嘴；與人談話勿距離過近，以免口沫噴濺他人臉上。

十三、勿於他人面前滅除跳蚤、壁蝨等害蟲；見汙物或黏稠唾液，須迅速踩住，若出現旁人衣物上，則不動聲色代為拂除，若出現自身衣物上，則向協助拂除者致謝。

十四、勿背對他人，講話中尤其不可；若有人以桌板或書桌閱讀寫字，勿搖晃其桌，亦不可倚靠其上。

十五、保持指甲短而乾淨，雙手與牙齒亦保持潔淨，然勿對此事顯露過多關心。

十六、勿鼓頰，勿吐舌，勿搓手搓鬚，勿噘嘴或咬唇，雙唇不可過度分開或緊閉。

十七、勿阿諛諂媚，亦不可勉強他人接受玩笑。

十八、勿於旁人面前讀信、讀書、讀報，若確有必要，須先行告退。未獲邀請，不可於他人閱讀寫字時靠近旁觀，未獲徵詢亦不可對內容表示意見。他人寫信勿在旁觀看。

十九、表情愉快，面對嚴肅之事則須略顯莊重。

二〇、姿態手勢須配合談話。

二一、勿以他人之天生缺陷責備之，勿以提醒他人之缺陷為樂。

二二、勿幸災樂禍，即使與事主為敵亦然。

二三、目睹罪行受罰，或可暗自欣喜，唯務必對受罰之犯行者表示憐憫。

二四、對任何公眾奇觀場面發笑，音量不可過大，時間不可過久。

二五、須避免溢美之詞及所有虛禮客套之造作，然應有所表現時亦不可忽略。

二六、向上階層人士脫帽致敬，如貴族、司法官、神職人員等，鞠躬程度依出身較高貴者之習俗及地位而定。遇地位相等者則不可期待對方先行禮，然於不必要時脫帽亦屬矯情；口頭致意及答禮則遵循一般習俗。

二七、囑咐地位較高者復帽乃失禮之舉，而應囑咐卻未囑附，亦屬失禮；同理，急忙復帽並不得體，應於初次或至多二次獲邀時為之。此處談及之行禮標準，應一體應用於就位及入座時，蓋儀式若無節制將造成困擾。

二八、於坐中有人上前說話，縱然對方身分較低，亦應起身；讓座時應視對方身分為之。

二九、與地位較高者途遇，尤其門口或任何直道上，應停步並退至一旁，禮讓對方先行。

三〇、多數國家似以右首為貴，因此與尊敬之人同行，應退居左首；若三人同行，中位為貴；二人同行時，鄰牆一側應讓與身分較高者。

三一、年齡、階級甚至功績遠高於他人者，若於自宅或他處讓座，地位較低者不可拒絕；位高者亦不應過分熱切、再三堅持讓座。

三二、於自宅內應將主位讓與身分相等或略遜之人，承此好意者應先婉拒，復於第二次受讓時拜受並表示慚愧。

三三、萬事以居高位公職者優先，然其人若年齡尚輕，應向門第相等或其他身分相等者表示尊重，縱使對方並未擔任公職亦然。

三四、等待他人先開口交談乃禮貌之舉，尤其若對方身分較高，絕不可搶先開口。

三五、與身負要事者交談應言簡意賅。

三六、工匠等身分低微之人不應對貴族及身分高貴者行使過多儀禮，然應表示敬重與尊崇；身分高貴者應親切客氣待之，不可傲慢。

三七、與具身分地位之人交談勿斜倚身體，亦不可直視對方或過度靠近，應至少保持一步之遙。

三八、探病時若對醫療一無所知，勿越俎代庖。

三九、書寫或談話應根據每人身分及地方習俗，給予適當稱謂。

四〇、與身分較高者議論勿力爭到底，須以謙遜態度提供意見。

四一、不可就身分相等者之專業給予指導，此舉有傲慢之嫌。

四二、與人交談應視對方身分以適切禮節相應；對粗人與君王一視同仁，實屬荒謬。

四三、勿於病痛之人面前表現欣喜，如此相違之情感將加深其人痛苦。

四四、對於克盡其力卻未竟全功者，不可責備。

四五、若要勸告或責備他人，須考慮公開或私下、當場或擇期為之；責備時不可怒形於色，須親切溫厚。

四六、無論何時何地受他人勸告，須感激接受；若其指責有誤，應擇適當時機場合澄清。

四七、勿模仿或嘲弄重要事物，玩笑不可過於尖刻；口出機智詼諧之語，應避免先於他人發笑。

四八、訓誡他人之前，須檢討自身是否無可責難，因身教勝於言教。

四九、勿對人惡言相向，亦不可詛咒或辱罵。

五〇、勿輕信中傷他人之流言閒語。

五一、衣著不可發臭、破損或骯髒，須確定每日刷拭，並留意勿靠近汙穢之處。

五二、衣著須得體並順應自然，不以博取欣賞為目的，應莊重整齊且合乎自身階級時尚，並以時間場合為依據。

五三、行於街道不可奔走，亦不可步伐拖沓；勿張嘴，勿甩臂而行，腳下不可揚起塵土；勿踮足或以舞姿行進。

五四、勿虛榮如孔雀，不可時時注意全身上下裝飾美麗否、鞋靴合適否、長襪整齊否、衣著漂亮否。

五五、勿當街進食，於室內若非用餐時間亦不可進食。

五六、愛惜名譽者應與上等人交往，蓋損友相伴不如守身獨處。

五七、若於室內與一位身分較高者同行，須先讓出右首，對方未停步不可停步；勿先行轉向，轉向時須面朝對方；若其人身分顯貴，勿並肩而行，應稍落後但兼顧對方交談方便。

五八、談話不帶怨憎或羨嫉，如此氣質乃是溫馴可嘉；情緒激動時應以理智克制之。

五九、於身分較低者面前說話不可無禮，舉止亦不可違背倫常。

六〇、勿厚顏促請朋友透露祕密。

六一、於嚴肅博學者面前，言語不可鄙俗膚淺；於無知者面前，勿談論高深費解之事；於身分較高或相當者面前，勿喋喋不休。

六二、於歡樂場合或餐桌上不可談論使人沮喪之事，勿談論死傷等悲哀之事，若他人提起，則盡力改變話題。勿述說夢境，除非聽者為密友。

六三、勿以成就或超群智慧自傲，更不可因財富、長處或家世自滿。

六四、旁人無心談笑時，勿戲謔說笑；場合不得宜時勿放聲大笑，甚至不可發笑；即使有三分理由亦不可嘲弄他人之不幸。

六五、勿說話傷人，無論態度戲謔或嚴肅；勿對他人冷嘲熱諷，縱是對方招引。

六六、勿唐突鹵莽，應親切有禮；須主動行禮致敬，傾聽談話並回答問題，該交談時不可沉思不語。

六七、勿貶抑他人，亦不可過度奉承。

六八、勿一意談論不知是否受歡迎之話題；未獲徵詢不可提供建議，若獲徵詢應簡要為之。

六九、兩人相爭，除非必要勿貿然支持一方；不可固執己見，事有爭議則順服多數。

七〇、勿責備他人之缺點，唯其父母師長得以為之。

七一、勿凝視他人之斑點疤痕或詢問成因。可私下告知朋友之事，勿公開傳達。

七二、勿以旁人不解之語言談話，應使用自身語言，談話應具上等人風範，不可言同粗人。高尚之事應莊重待之。

七三、先思後言，咬字清楚，勿急於開口，發言須條理分明。

七四、他人說話應注意傾聽，勿干擾其他聽眾，若發言者支吾期艾，不可擅自出聲協助或提示，發言者語畢前勿打斷或回答之。

七五、中途加入談話，不可詢問談話內容，若發現談話因自己加入而停頓，應客氣請發言者繼續；若有身分高貴者中途加入談話，可慷慨為其重述內容。

七六、發言時勿指向所談之人，亦不可過於靠近對話者，貼近對方臉部更是不可。

七七、有事與人相談須慎選時機；有旁人在場時不可悄聲說話。
七八、勿評論他人高下；若同伴有人因義舉受到讚揚，此時不可以同一理由讚揚另一人。
七九、勿談論真假未明之消息。談論聽聞之事不可提及消息來源；絕不可揭露祕密。
八〇、談話朗讀不可冗長，除非在場者樂意聽之。
八一、勿好奇打探他人事務，他人私下談話時不可靠近。
八二、不輕易許諾，言出則必行。
八三、做事審慎不過激，縱使對方品行低劣亦然。
八四、一旁有身分較高者與人談話時，勿傾聽、發言或發笑。
八五、有身分高貴者在場時不可發言，除非獲得垂詢；應答時應立正脫帽，並言簡意賅。
八六、爭論時不可一心求勝以致不容各方闡述意見；應服從多數人之意見，其為爭論之仲裁者時尤其應然。
八七、舉止須合乎身分，莊重鎮定，專心聆聽。勿處處反駁他人。
八八、發言不可冗長，勿經常離題，談話風格不可一成不變。
八九、勿惡言議論不在場之人，此舉有失公允。
九〇、用餐時不搔癢、不咳嗽、不擤鼻涕，除非必要。
九一、勿饕口饞舌，勿狼吞虎嚥。須以餐刀切麵包，勿倚靠餐桌，勿挑剔食物。
九二、餐刀若沾有油膩，不可用以取鹽或切麵包。
九三、招待客人時可將餐食端至客人面前勸菜，此為得體之舉；若非主人則不可擅自勸菜。
九四、以麵包沾醬汁，一次不可多過一口分量。勿吹涼湯汁，須等待自然冷卻。
九五、餐刀在手時，不可將食物送入口中，勿朝餐盤吐籽，勿將什物扔至餐桌下。
九六、向餐食過度俯身乃無禮之舉。手指應保持乾淨，若有汙穢應以餐巾一角擦拭。

九七、吞嚥後方可再送食物入口，一口分量不可過大。
九八、口中有食物時，勿飲酒水或說話，飲酒水時不可東張西望。
九九、飲酒水應不疾不徐。飲用前後皆須擦拭嘴脣。飲酒水時呼吸聲不可過大，以免失禮，平時亦然。
一〇〇、勿以餐巾或刀叉剔牙，若有旁人如此，應奉上牙籤。
一〇一、勿於他人面前漱口。
一〇二、經常邀宴已不合時宜，亦不必次次飲酒皆向他人敬酒。
一〇三、與身分較高者一同用餐，進食時間勿長過對方；手臂勿擱放於餐桌，僅可將手部置於餐桌上。
一〇四、應由身分最高者首先攤開餐巾開始用餐；此人應把握時間開始進食，並巧妙調節，以便最晚開始者可有充裕時間用餐。
一〇五、無論發生何事，勿於餐桌上發怒，縱有理由，仍應代之以欣然神色，尤其有生客同桌時，和氣融融可使平常餐食成為盛宴。
一〇六、勿主動入坐餐桌主位，除非按身分本應如此或主人盛情邀請，此時則不應再三推辭，以免同桌者困擾。
一〇七、餐桌上若有他人發言應專注傾聽，口中有食物時不可說話。
一〇八、談及上帝或神蹟應莊重嚴肅並心懷敬意。即使生身父母貧窮困苦，仍應尊重並孝順父母。
一〇九、消遣娛樂應正當，不邪不惡。
一一〇、努力使胸中名為「良心」之天堂火花熱情不熄。

致謝

首先感謝我的太太、小孩，以及父母、手足、姻親，帶給我無數的歡樂時光與支持。感謝Arndt先生，Britton先生，Loening與Seirer先生，在過去超過十五年間你們是最出色的同事和朋友。感謝我的密友及讀友：Ann Brashares、Dave Gilbert、Hilary Reyl，以及Sarah Burnes、Pete McCabe、Jeremy Mindich，感謝你們提供寶貴意見。我要特別謝謝Jennifer Walsh、Dorian Karchmar和William Morris出版經紀公司團隊，Paul Slovak與Viking出版公司團隊，以及Sceptre出版公司的Jocasta Hamilton，是你們的協助使本書得以問世。感謝運河街到聯合廣場之間所有優質咖啡店，還有Danny Meyer與Keith McNally兩家餐飲集團提供絕佳去處。

再往前回溯，我想感謝我的祖母與外婆，她們穩重沉著，又充滿活力。Peter Matthiessen早熟的信心造就了一切。在求知欲與紀律方面，Dick Baker一直是我的模範。謝謝Bob Dylan的創作，足以成為好幾輩子的靈感來源。感謝機運之神在意料之外帶我落腳紐約。

上流法則
Rules of Civility

作　　者　亞莫爾・托歐斯（Amor Towles）
譯　　者　謝孟蓉
美術設計　萬勝安
內頁排版　高巧怡
行銷企劃　蕭浩仰、江紫涓
行銷統籌　駱漢琦
業務發行　邱紹溢
營運顧問　郭其彬
責任編輯　吳佳珍
總 編 輯　李亞南
出　　版　漫遊者文化事業股份有限公司
地　　址　台北市大同區重慶北路二段88號2樓之6
電　　話　(02) 2715-2022
傳　　真　(02) 2715-2021
服務信箱　service@azothbooks.com
網路書店　www.azothbooks.com
臉　　書　www.facebook.com/azothbooks.read
營運統籌　大雁出版基地
地　　址　新北市新店區北新路三段207之3號5樓
電　　話　(02) 8913-1005
傳　　真　(02) 8913-1056
劃撥帳號　50022001
戶　　名　漫遊者文化事業股份有限公司
二版一刷　2024年04月
定　　價　台幣450元
I S B N　978-986-489-936-4

有著作權・侵害必究
本書如有缺頁、破損、裝訂錯誤，請寄回本公司更換。
Rules of Civility by Amor Towles
Copyright © Cetology, Inc., 2011
This edition arranged with William Morris Endeavor Entertainment, LLC
Through Andrew Nurnberg Associates International Limited
Complex Chinese Translation copyright © 2024 AzothBooks Co., Ltd
All rights reserved.

國家圖書館出版品預行編目(CIP)資料

上流法則 / 亞莫爾・托歐斯(Amor Towles)著；謝孟蓉譯. -- 二版. -- 臺北市：漫遊者文化出版：大雁出版基地發行, 2024.04
360面；14.8×21公分
譯自：Rules of civility
ISBN 978-986-489-936-4(平裝)
874.57　　113004550

azoth books 漫遊者
漫遊，一種新的路上觀察學
www.azothbooks.com
漫遊者文化

遍路文化 on the road
大人的素養課，通往自由學習之路
www.ontheroad.today
遍路文化・線上課程

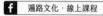